陈潄渝在山西长治嶂头村访问丁玲当年的房东

陈漱渝、李文兵等讨论修订2005年版《鲁迅全集》

陈漱渝探望病中的丁景唐先生

宋庆龄致陈翰笙信，信中的"这位作者"即指陈漱渝

亲爱的朋友：

我的右手再次受伤，所以手腕无法控制毛笔。关于这位作者的请求，我有一个好建议。廖梦醒是许广平的好朋友，而且她写的中文文章的非常好。所以叫辛西娅·廖为他写是最合适的，她的地址是复兴门外／国务院宿舍七组三十八号。我相信，为许广平做这件事，她会感到光荣的。

匆匆

SCL
1980年9月15日

楼适夷题赠："锐气英姿浑不同，顶天立地悬奇峰。千岩屏障挺秀竹，万壑云雷傲古松。石骨嵝峒见劲节，泉声浩荡发雄风。当年冰雪枝头赤，今日山花烂漫红。甲子春日录旧作应漱渝同志 雅属 楼适夷"

台静农书苏东坡诗《黄州春日杂书四绝》赠陈漱渝："清晓披衣寻杖藜，隔墙已见最繁枝。老人无计酬清丽，夜就寒光读楚辞。东坡黄州春日己巳中秋书 为漱渝先生清赏 静农书龙坡丈室 时年八十八"

陈漱渝同志：

来信收到已久，因事迟迟没有回信。承询"郭摊本"是指为歌永词"郭摊本"是指当时流行的用 yiddish（伊第绪语，一批犹太人使用的一种国际语。和希伯来语不大相同）写成的文学作品。当美国的犹太人官用伊第绪语出版了一个刊物，上面登有文学作品，但不多。现请鲁迅或译（二起搞中说（以信文译本转译）或令绍新摘太文字的简史，但未出以为此事可作鲁迅与文学研究会参阅之一种

材料，则恶未安。当时我接编十谈月报，来了不少伊底路草，择中择月报作为文学研究会的代用机关刊，其列鲁迟美刚文研会会员或当外人但他对文研会事业是支持的所以我请他为它撰、译文稿也。如此即颂

健康!

沈雁冰
九月十九日

附"郭摊太"著述剑下周寄你。

吾文字作之成晶，希伯来为古犹太人语。今惟仅行。

青岛海滨晚眺

月亮徐徐地爬上碧空，
海水波光相映一片酡红。
星点灯塔——
　　互相挤眉弄眼。
商船渔筏——
　　来往破浪迎风。

水兵雕像似的立在军舰上，
十年来不曾合眼一分一秒钟。
大海呼吸得多么饱满、舒畅，
吐纳它那无量巨大的蕴藏。
海的万民致之千劲，节约增产，
为了祖国之好的明天、后天。
半个世纪的噩梦吃惊于净！※
跃进歌声荡漾在天空、水面……

　　五九年八月作，陈激涛同志抄。

※德意志帝国主义先一次侵入青岛是十九世纪九十年代
　末叶。以后青岛被日本帝国主义占领和国民党卖国贼霸占。

　　　　　　　　　　　　　萧三
　　　　　　　　　　　（八〇年春节

萧三《青岛海滨晚眺》手稿

中国社会科学院文学研究所

漱渝同志：

来函敬悉。读附件以，忙威慨系。关于这个辩论，我一无所知。沈同志去年要求我写一张字，我劲劝解，劝他勿以用发窘旧子面作此笔战。话中词意秘沈女人以及那个辩论，完全对在外。鄙意足首必是造怯他的，那就不值得认真去答辩而旦近手倫理授棒了。

多些举後即致

敬礼。

钱锺书 言

钱锺书致陈漱渝信

澂瑜同志：

我现已回家，您随时可以下顾。

住在城内时距尊处甚近，本可约的谈，但跋

涉我家总有某些不便，故未奉约，乞谅。

我所知关于鲁迅了板，且板不重要，如尊处

认为已时过景迁或他种理由不必下顾，自以省了

之道也。专此敬颂

撰安。

聂绀弩 三月卅日

漱渝先生：

承赐佳讯，万谢。我和兆和将决定本
月廿五日左右去西安。
西师范学院专家，见西大同学赵氏
在云南时送过此友至联大同学赵氏
我主持此廿六大会议，因四月左右要到杭州去作
专题讲话。印刷上为此准备与咨询了相当
时间。廿九日和杨苡同志一同去绍兴乡村
先抢救一些民间艺术如弹词老先生
马如飞李庆奎等尚健在的几位尽可能
为此南下人去彭堇堂他研究。已约
北京师范学院要紧着他也将赶苦于
日来南京的，希望能见到地方，此其一。

其次，文方信中提起丁玲和刘白羽同志
李渝今好问题。写为序言未成，我打算改为
数目寄去，是我室内问题与先生合，
佳州乡就括去者，他来为印南次，寄连续
亲家李都踽魏踽毗陈敏到宝里，赶连续赶去来
(括标打宫苑绿的)
标志：中心深究集括的人传人，同时看刊的"唱研究
英料的秦原谱在此只是与研究工作，是以可以为工具用。同时寄刊唱的
我必写必以"拯披"推了，因此所传此一项研究方才可以展开
已完成的初步工作了，因此有请原谅。

沈从文
二月廿日

沈从文致陈漱渝信

序

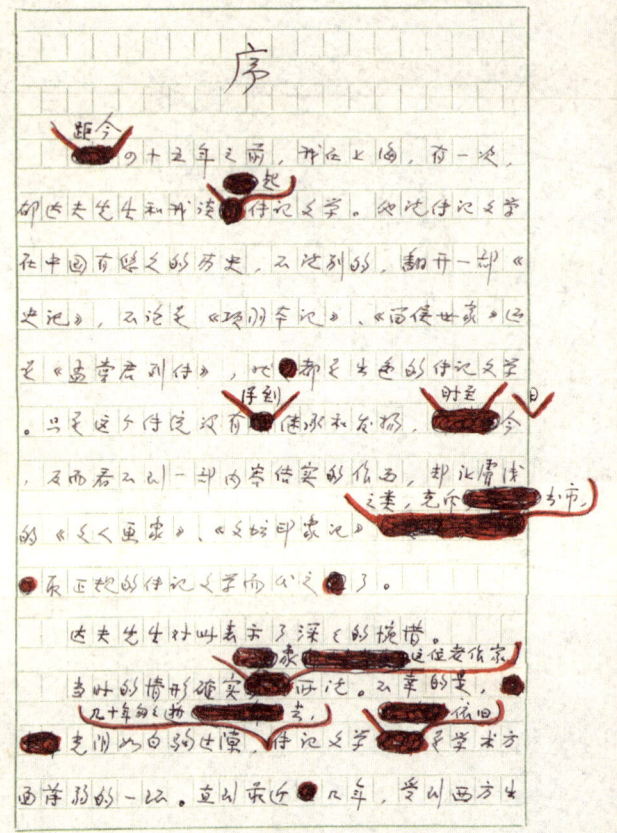

距今的十五年之前，我在上海，有一次，郁达夫先生和我谈起传记文学。他说传记文学在中国有悠久的历史，不论列的，翻开一部《史记》，不论是《项羽本纪》、《留侯世家》还是《孟尝君列传》，也都是出色的传记文学。只是这个传统没有[...]承和发扬，今，反而看不到一部内容翔实的作品，却让胡适之流，克家[...]方面的《[...]要求》、《[...]印象记》[...]真正地的传记文学而[...]。

达夫先生对此表示了深々的惋惜，[...]这位老作家当时的情形确实[...]也记不清章的走[...]依旧几十年的地[...]志。[...]克们(以自勉从事) 传记文学是学术方面[...]弱的一环。直到[...]近几年，受到西方[...]

唐弢为陈漱渝著《许广平的一生》所作序言手迹（部分）

我以天津招来,大部分是英帝学校"新学书院"的,或许现在还有个别人可以访问,但我此事迅先生早半个多月离开燕京,情况也早忘光!

这两个问题我尽我想到的所答非所问地絮叨了一大堆。我有一点不成熟的体会,鲁迅先生的日记有他自己的线索,若干事情未能为脉胳舍益在内,如果首这么一个事情,他记了而没有具体流传下来,那事情本身可能是流产了。倒如此大当年计划出四种季刊除自然科学外有"国学""社会科学"和"文艺",都拟在日记中出现,一九三三年七月曾一作大学文艺季刊稿一篇成,但此大事实上与"文艺刊始终没有出,他这篇稿子就无从查考了。

知草草,诸气指正。

即颂

著安

魏建功
一九七九.五.廿.

魏建功致陈漱渝信(部分)

鲁迅老师逝世四十周年有感 二律

1936.10.19—1976年10月19日—

四十年前此日情,床头泪抖如形容之瘦骨
俦一束,潭,歌颂自死若生;百战文场悲荷戟,
栖迟虎穴怒弯弓。传薪卫道虑传易,
啮血狼山步已踪。

忽北兴慎寸心茶,岁月迢遥四十年;镂骨患
情一着昔,临渊患训体枕戈;啮金肯口随
锱铢,折戟沉沙讵未闻,继得黄泉难见
日,敢将寿比车尘前。

一九七十六年 萧军

［印章］

中央文史研究馆

漱渝兄：

小文奉上，请书记代邮，不再送去。今上医院吸氧气车坐车（大和西斯）学三者（尝车费）。去协史上还未上面乞译本送来多谢赏耶。嫂夫人拜托。此处土产，再有祀芸、嫁之代替

佳芳为味小心世   乾上
                           98.8.20

萧乾致陈漱渝信

鲁迅史实新探 周建人题

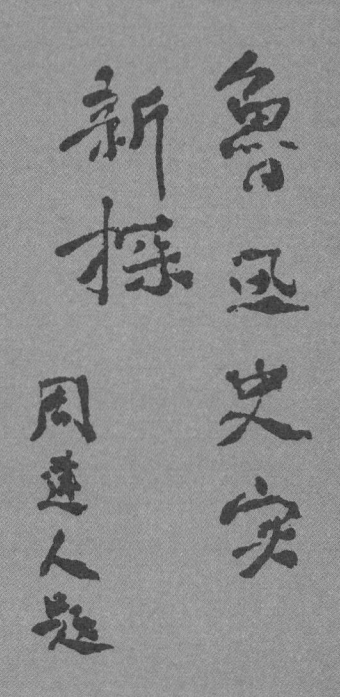

周建人为陈漱渝著《鲁迅史实新探》所题书名

陈漱渝 选编
孙旭宏 整理

陈漱渝藏学术书信选

文化发展出版社
Cultural Development Press

·北京·

图书在版编目(CIP)数据

陈漱渝藏学术书信选 / 陈漱渝选编;孙旭宏整理. — 北京:文化发展出版社,2023.6
 ISBN 978-7-5142-3935-5

Ⅰ. ①陈… Ⅱ. ①陈… ②孙… Ⅲ. ①书信集-中国-当代 Ⅳ. ① I267.5

中国国家版本馆 CIP 数据核字(2023)第 080141 号

陈漱渝藏学术书信选

选　编　陈漱渝
整　理　孙旭宏

出 版 人:宋　娜
责任编辑:周　蕾　　　　责任校对:岳智勇
责任印制:邓辉明　　　　封面设计:尚燕平
出版发行:文化发展出版社(北京市翠微路 2 号 邮编:100036)
网　　址:www.wenhuafazhan.com
经　　销:全国新华书店
印　　刷:北京金特印刷有限责任公司

开　　本:880mm×1230mm 1/32
字　　数:249 千字
印　　张:15
版　　次:2023 年 7 月第 1 版
印　　次:2023 年 7 月第 1 次印刷
定　　价:98.00 元
ＩＳＢＮ:978-7-5142-3935-5

◆ 如有印装质量问题,请电话联系:010-51727057

前言:"云中谁寄锦书来"

陈漱渝

又逢人间四月天。莺飞草长,杂花争秀。室内的蝴蝶兰还未全部凋谢,推窗已可见身姿婆娑的金黄色迎春花。路边的街心花园,白色的樱花已绽满枝头,还有梨花、桃花、海棠、丁香、二月兰,在陪伴着绵绵春雨。北京的暖气已停止供暖,卸去冬装,夜间不时有些凉意。在这乍暖还寒的春夜,已逾耄耋之年的我俯身在箱箧中清理一批旧信。我有一个优点,就是从不轻易撕毁对方的来信,因为凡信都有信息的贮存,也有情感的传递。缺点就是很少认真整理来函,书籍和信函都杂乱无章,分类查阅起来,眼累手累腰更累,胜过一场超负荷的体力劳动。但这是我有生之年想做的一件要事,所以还是费尽全力坚持完成了。

现存的这批书信写作日期大多在20世纪70年代中期至80年代。此前的书信都已在"十年浩劫"中焚毁,包括一些学术书信。如孙楷第先生考证中国古代白话小说渊源的书简，在那时也被视为"封资修"糟粕，属于"横扫之列"。而到20世纪70年代中期至80年代，中国的政治生活由寒转暖，万象更新。那是一个希望复苏的年代，是一个满怀豪情要夺回十年被虚掷光阴的年代，也是一个学术上充满生机活力的年代。我收藏的这批书信，真实传达了那个政治春天的气息，其意义已经超越书信内容本身。

开笔写这篇跟书信文化相关的短文，首先涌进我脑海的就是"云中谁寄锦书来"这七个字。它出自宋代婉约派女词人李清照的《一剪梅·红藕香残玉簟秋》。其时词人新婚不久，在一个月光皎洁的秋夜思念远方的丈夫，希望在那白云舒卷之处，大雁能捎来丈夫的锦书。锦书就是华美的情书，并不一定写在锦帛之上。至于鸿雁传书，那是汉武帝派赴西域的使者苏武虚构的一个故事。因为大雁秋来南去，春来北迁，怎能准确传递书信？只有经过训练的信鸽，才能有发达的神经，对生活周围的磁场十分敏感，短程、中程、远程都能精准飞到。不过信鸽的腿部毕竟短小，只能传递简短的情报，无法传递洋洋洒洒的尺牍。

谈到中国书信文化的源头，我说不清是在西周时期，还是春秋时期。但确知现存最古老的书信是距今二千四百多年的《云梦秦简家信木牍》。这是两个远征的兄弟写给大哥的信，向老母和长兄要钱要布。木牍是写在狭长木片上的信，竹简是写在狭长竹片上的信。但无论写在木牍上、竹简上，还是写在泥板、羊皮上，传递的信息都会受限，传递起来也有相当的困难，自东汉蔡伦用树皮破布等物造纸成功之后，才为书信提供了价廉轻便的载体。

不过，书信文化的发达，还是要归功于现代邮政。在中国古代，虽然有李陵的《答苏武书》、嵇康的《与山巨源绝交书》、李密的《陈情表》之类名作，但毕竟有限。直到1878年中国海关附设送信官局，1896年大清邮政总局设立之后，才彻底改变了用烽火台、驿站或托人传书的落后方式，让中国邮政跟国际邮政接轨，近现代的书信文化也才得到了进一步丰富。在中国现代作家中，鲁迅、许广平的《两地书》，宗白华、田汉、郭沫若的《三叶集》，傅雷的《傅雷家书》等都成了经典之作。书信体的文学作品更影响广泛，如冰心的《寄小读者》、丁玲的《不算情书》、冯沅君的《春痕》、石评梅的《缄情寄向黄泉》等都是其中的佳作。据说，在中国现代作家中，梁实秋最爱写信和收藏信件，仅他写给女儿梁文蔷一个人的家信，三十年中就积存逾千封。

我跟书信有何渊源？我这个人经历看似复杂，其实简单。1962年从大学毕业之后，我先教了十四年中学，然后调到鲁迅研究室，在那里工作了三十二年，退休至今。上学期间和刚工作时,我经济窘迫,除了跟母亲有书信联系之外,几乎跟其他人均无书信联系。那时虽然邮资极低,寄本地四分钱,寄外地八分钱,但我连那四分和八分钱也得算计。我之所以在1974年至80年代末与外界通信频繁,主要有两个原因:一是因为我从那时开始自学鲁迅,当然会遇到许多难点,需要主动拜师释疑解惑;二是我1976年4月正式调到鲁迅研究室工作,先后承担了编辑《鲁迅研究资料》、编撰《鲁迅年谱》(4卷本)的工作,组织编写了《鲁迅大辞典》,以及参与1981年版《鲁迅全集》的部分注定稿任务。我的五年大学生涯几乎是在政治运动中度过的,学识甚浅,要从事鲁迅研究,自然会感到捉襟见肘,困难重重。要驱逐这些学术征程上的拦路虎,我选择了两条路径:一是大量查阅相关文献资料,二是走访或函询一些鲁迅的同时代人和有关专家学者。这在当时叫作"抢救活资料"。我至今难忘当年在单位传达室取信时的心情。捧读一封封信封不一、字迹各异、厚薄不同的来信,心中都会激荡着一股暖流,滋润着我那知识干涸的心田。

用函询的方式拜师求教,首选对象当然是所谓"鲁迅研究的通人"。"通人"原意是学识渊博且通达事理之人。1942年,有苏联友人询问关于研究鲁迅文学遗产的几个问题,其中问道:"在现代中国作家中,谁是被认为先生文学遗产及其手稿最优秀的通人?"许广平的回答是:"在北京以前(1926年以前),许寿裳、李霁野、台静农先生比较接近;二六年以后,则曹靖华、茅盾等先生更了解他;而自到上海以后(1927至1936年)的十年间,以冯雪峰比较可以算是他的通人。"余生也晚,鲁迅的老友许寿裳1948年2月在台北被刺身亡时,我刚七岁,自然未能亲承謦欬,但我有幸结识了他的女儿许世玮,儿子许世瑮,儿媳徐梅丽、华珊,以及他的侄孙女许慈文——她是许勉文的妹妹,范瑾即是许勉文的笔名。从他们那里,我不仅得知了一些鲁迅跟许寿裳交往的史料,而且有机会读到并参与整理许寿裳的全部遗稿。冯雪峰是1927年6月在白色恐怖中入党的老党员,20世纪20年代末和30年代中期成了沟通鲁迅和党的关系的桥梁。令人痛心的是,从1954年10月开始,这位忠诚的老革命蒙冤受屈,直至1961年才被摘去"右派"分子的帽子,1979年恢复党籍和政治名誉。雪峰蒙冤时我刚十三岁,待我调入鲁迅研究室时他刚病逝,因此也失去了向他求教的机会,只是从他的儿子冯夏熊、孙子冯烈、孙媳方馨未那里得到了不少学术上的帮助。除开这两位"通人",我跟许广平提到的那些前辈倒都有或多或少、或深或浅的接触。曹靖华是鲁迅研究室的顾问,因某种原因,从未在单位露过面。我专程在京津唐地震期间拜访过他,他也为我留下了珍贵的墨宝。我拜访茅盾时,他已经八十一岁,身体相当虚弱,但仍应我之约为《鲁迅研究资料》撰稿,至今仍留下了他的三封来信(其中有一封涉及其他同事,不便披露)。

在鲁迅研究的"通人"中,李霁野先生跟我关系最为亲密,初见他是1957年在南开大学校园,开始通信大约是1975年。那时先生已逾古稀之年,患有冠心病。他不厌其烦地回答了我提出的所有琐细问题,有一段时间平均每月往返书信多达十余封;不少信件是复写件,说明他留有底稿,是认真写的。其中有一封为台静农辩诬的信,他特意叮嘱我好好保存,因为台静农当时远在海峡彼岸,而两岸同胞尚处于隔绝状况。这封信不仅具有重要的史料价值,而且说明李霁野先生忠于史实,笃于友情。待我亲自到台北市和平东路龙坡里拜访台静农这位八十七岁的老人时,因事前未做足"功课",所以多次聊天,扯闲篇多,谈鲁迅少。待到第二年我再去登门求教时,他已驾鹤西行,给我留下的只有几帧照片,一幅墨宝。这是我此生追悔莫及的事情之一。

除开以上这些许广平所说的鲁迅研究"通人",本书收录书信的作者大多是诸多领域的杰出人物或学术大家。比如胡愈之,1933年由周恩来发展的秘密党员,曾任民盟中央主席、全国人大常委会副委员长。陈翰笙，1925年参加革命，1926年加入共产国际，是一位马克思主义历史学家、经济学家、社会学家、国际关系学家。夏衍，1927年入党的老党员，著名左翼剧作家，曾任中国文联副主席、中顾委委员。来信者中还有一位传奇人物叫萧三。1983年2月20日，《人民日报》刊登了胡乔木的"萧三同志追悼会悼词"，对他的盖棺定论是"一位老一代的无产阶级革命家，一位杰出的无产阶级文化战士，国际著名诗人，一位为中国革命和世界革命、为保卫世界和平和促进各国人民的友谊和文化交流做出了积极贡献的政治活动家和国际活动家"。然而十分尴尬的是，初见时他虽已在被非法关押七年之后获释，但还没有解除"特嫌"；为了谨慎，我去敲他房门之前，手持单位介绍信先到当地派出所报了备。萧老当时一人坐在一栋平房的客厅里，室内有一个小煤炉。他老态龙钟，边说边喘，让我难于想象他跟毛泽东等革命前辈组建新民学会时那风华正茂的英姿。我们谈兴正浓时，有一位金发老妇推门进来，手持一个铁簸箕，往炉膛里添煤。她就是萧三的原外籍夫人叶华——也是一位国际主义战士，著名摄影家。我们谈得最多的是中国左联跟国际革命作家联盟的关系问题。为了让我们正确认识左联的历史地位，他还援引了他延安时期日记（《窑洞城》》中毛泽东谈话的内容。我请他题写一首旧作，他就欣然用钢笔抄写了一首《青岛海滨晚憩》，这是他1959年所写的《青岛随笔二首》中的第一首。1979年，萧老才恢复了党籍，获得了自由，但第二年就住进了友谊医院。他在病中仍然会客、创作，并跟我通信联络，不过他有些亲笔函件不知现在放在何处，因此本书未能全部收录。

来信者有不少鲁迅的同时代人，特别是跟鲁迅直接接触的左翼文化战士，如胡风、梅志、萧军、冯乃超、聂绀弩、江丰、力群等。胡风1979年刚获释出狱，我见到他时，已经是七十七岁的老人。他给我的复信是由他口授，女儿张晓风执笔，他审读之后再签名确认的，所以一封信中出现了两种笔迹。1985年，这位饱经忧患的诗人、文艺理论家就离开了我们。聂绀弩的情况也差不多。1976年11月10日我们初见时，他刚遭受了近十年的缧绁之灾，刚刚从山西获"特赦"返回北京，已经病得不轻，艰于起坐。川岛先生曾被鲁迅戏称为"一撮毛哥哥"。我初见他时，他还被人诬为"历史反革命"，在北京大学中文系扫楼道，妻子瘫痪，儿子跳楼自杀。我1976年9月通过组织安排采访他，旁边还有两个人在监听。一个月后，祸国殃民的"四人帮"被粉碎，我们之间从此就可以自由通信。但老人身体日衰，不久就无法握笔，说话困难，仅靠两瓶酸奶维持生命。所以，我对于这些老人的采访和函询，都确实是属于"抢救"性质。

本书的来信者中引人注目的还有几位中国现代文学研究的奠基人和学科带头人。李何林先生是我大学时代的业师，后来又是我的直接领导，也是中国现代文学专业的第一位博士生导师。他认为他的一生中值得肯定的有两点：一是为中国现代文学研究培养了大批人才，二是旗帜鲜明地批驳了歪曲贬损鲁迅的言论。我曾经在回忆文章中写过：我并不是李先生的得意弟子，但我跟他的其他学生都以有这样的恩师而得意。李先生在"文革"后期就发表过关于鲁迅生平和杂文的学术讲演，我阅读了讲稿，提出了不少问题。李先生当时已逾古稀之年，视力日差，但他耐心而认真地回答了我提出的所有问题。他在复信中说，他很少写过这么长的书信。重读此信，我的感念之情倍增。作为业师，李先生对他的及门弟子爱之深，责之亦严。当李先生让我接替他担任鲁迅研究室的主任时，有一封谆谆告诫我的来信，因为涉及单位内部的人事调整，未能收入此书。我虽早已退休，但常温此信，鞭策我走好人生最后一程。唐弢先生也是我的恩师。他主编的《中国现代文学史》，是中国第一部关于现代文学的高等学校文科教材。唐先生是鲁迅的同时代人，跟鲁迅有过交往，对中外文学均有精深研究。他的藏书极为丰富,特别是节衣缩食购买了不少有关现代文学的报刊。他告诉我,研究现代文学,不能孤立地研读文本,还必须关注作品周边的文化生态,而报刊最能展现作品产生的时代背景和文化氛围。在我心目中,唐先生是撰写一部能够流传久远的《鲁迅传》的最佳人选,因此主动拜他为师,不仅登门拜访,而且驰书请教。唐先生还为拙著《许广平的一生》作序,多有奖掖之词,至今铭感。王瑶先生著有《中国新文学史稿》,跟李何林、唐弢同为中国现代文学研究的奠基者。1976年曾兼任鲁迅研究室副主任,每周来单位坐班一天,所以有当面求教的机会,故无书信往来。我曾请王先生审读我的《鲁迅与女师大学生运动》一书的初稿,得到了肯定,这也让我深感荣幸。

接着,我想谈谈这部书信集的出版价值。

众所周知,当今社会已经进入了信息化时代,微信、QQ早已替代了手书这种传统的沟通方式。人类用敲键盘的"换笔"方式取代了传统手书,自然带来了资讯交流的便捷。据说,在世界上传递速度最慢的一封信是意大利航海家哥伦布写给西班牙女皇伊莎贝拉的信。哥伦布在大西洋航行的过程中,将这封信密封在一个瓶子里,想寄给支持他航海冒险的西班牙王室。然而这封信居然在海上漂流了三百五十九年,直到1852年才被美国的一位船长发现。然而写信人跟收件人均已与世长辞。当下,一封电子邮件瞬间就能发到世界各地,这无疑是一种历史的进步。然而这种字体模式统一的函件,却失去了传统书信的文字美与形式美。这又使传统书信具有了文物档案的性质,变成了难以再生的稀罕之物。所以,手书函件的出版和拍卖,成了当下的一个文化热点。

我选编的这部书信集除具有一般信函的性质之外,还有其他三个特点。

第一,这是一部名人书信选,囿于篇幅,香港和中国台湾友人的来信均未收入,国外——主要是来自日本的书信亦未收录。只消看看目录页上的那些名字,几乎都是社会名流和在各个领域的领军人物。因此,在人物简介中我一律没有加上"著名"这个形容词。既然是著名人物的书信,就都有独立研究的价值;信件或长或短,吉光片羽,弥足珍贵。因此,这本书可以受到更多层面读者的关注。

第二,这是一部学术答问集,我发出去的信件不是扯闲篇、议时政,主要是请教有关学术问题;而复信人也大多有问必答。因此这批书信虽缺少抒情性、趣味性,但具有学术性,反映出鲁迅学的科学体系日趋成熟的历史过程。其中的不少史料我并没有据为私有,而成了撰写1981

年版和2005年版《鲁迅全集》的重要依据。比如，鲁迅著名讲演《对于左翼作家联盟的意见》中，有一段十分重要的话："听说俄国的诗人叶遂宁，当初也非常欢迎十月革命，当时他叫道，'万岁，天上和地上的革命！'又说'我是一个布尔塞维克了！'然而一到革命后，实际上的情形，完全不是他所想像的那么一回事，终于失望，颓废。叶遂宁后来是自杀了的，听说这失望是他的自杀的原因之一。"在《帮闲法发隐》一文中，开头也有一段十分有趣的引文："戏场里失了火。丑角站在戏台前，来通知了看客。大家以为这是丑角的笑话，喝采了。丑角又通知说是火灾。但大家越加哄笑，喝采了。我想，人世是要完结在当作笑话的开心的人们的大家欢迎之中的罢。"

众所周知，我们这一代鲁迅研究者外语水平普遍差，因为学英语时赶上了抗美援朝；学俄语时又赶上了反帝反修。鲁迅学贯中西，旁征博引，而我们想要找出这些引文的出处，却是难于上青天。在十分苦恼的情况下，我想起了戈宝权先生。他是著名的俄国文学翻译家，曾在中国驻苏大使馆担任过临时代办和参赞，又通晓其他语种，于是就十分冒昧地驰函求教。戈先生当时年逾六旬，高度近视，他在百忙中认真回答了我的问题。他告诉我，叶遂宁的那两句话，分别出自《约旦河的鸽子》和《天上的鼓手》这两首诗作。《帮闲法发隐》中的那段引文,则出自吉开迦尔《忧愁的哲理》一书的日译本。叶遂宁通译为叶赛宁,他的诗作在欧洲影响广泛。我在贝尔格莱德的一个小酒吧里就看到过他的照片,但中国读者了解他的并不多。吉开迦尔,丹麦哲学家,通译为克尔凯郭尔,被誉为"存在主义之父"。据我所知,他的10卷本文集是直到2020年才由中国社会科学出版社出版的。因此,戈先生的发现,无疑是鲁迅研究史上的一个奇迹。他的重要发现我转告给人民文学出版社鲁迅著作编辑室,增补进了《鲁迅全集》注释,为所有鲁迅著作的读者共享。类似的例子,这本书信选中还有不少。

这本书的第三个特点,是可以作为治学的借鉴。前人说过,学贵得师,亦贵得友;师以质疑,友以析疑。所以《荀子·性恶》告诫人们,要"求贤师而事之,择良友而友之"。如果没有名师指拨,畏友批评,就会"有志也蹉跎"。我心目中的学生,不但要有"立雪程门"的尊师重道精神,而且还要有"三人行,必有我师"的广采博取精神。而我心目中的良师,不仅是在他所从事的领域卓有成就的人物,而且是能够具有"诲人不倦""有教无类"的传统美德的人物。诲人不倦其实就是甘当红烛,甘为人梯。有教无类是对求教者一视同仁,无性别、种族、财富、社会地位诸方面的歧视。我开始向诸多名家求教时，还是北京一所普通中学的初中教师，函询的问题十分烦琐，字迹又特别难看，虽然我力图一笔一画地写清楚，但仍属于"丑书"之列。但这些名流大家都是不厌其烦地回复。比如魏建功先生，鲁迅的友人，著名语言文字学家。他不但在抗日战争胜利之后在台湾地区普及国语立有大功，而且主持编纂的《新华字典》发行量至少超过了四亿多册，堪称家喻户晓。我向他请教时，他已年逾古稀，仍然一笔不苟地写长信回答我的问题。魏建功于书法金石艺术造诣极深，出版了多部书法、篆刻作品，曾应鲁迅之邀为其书《北平笺谱》写序言。因此，他给我的信件不仅具有史料价值，而且具有书法鉴赏价值，是我十分珍视的藏品。从这些学者名流的来信中，我不仅增长了不少学识，而且学到了一些做人的道理。我自调入鲁迅研究室专门从事鲁迅研究工作之后，也经常收到不同地区不同读者的来信。我虽才疏学浅，仍然学习前辈为人，有信必复，有问必答，竭尽绵薄之力，从来不用势力眼光把来信者分为三六九等。我也因此结交了一些真心实意的学友，在鲁迅研究的长途中相互砥砺前行。

行将结束此文之际，正值传统的清明节。我在慎终追远的同时，也满怀感念之情地缅怀在学术道路上扶我上马的这些前贤。他们的音容笑貌伴随着这摞发黄的信笺,时时浮上我的心头,时时深感愧疚。这不仅是因为我在治学方面没有达到他们的期望,而且因为种种主观和客观原因,未能好好报答他们的恩德,就像我愧对在困境中抚育我成人的母亲一样。萧三老人在病院中亲笔来函,想我随时去看他,我虽去过,但未做到经常。我跟恩师李霁野的通信也日疏,老人家对我的同事说:"漱渝的来信怎么少了呢?是我有什么地方做得不妥吗?"我诚惶诚恐,不知如何解释和谢罪。我去南京探望多年缠绵于病榻的戈宝权老人,未带任何营养品,仅送了一篮祝福他的百合花。临别时我紧贴他那清癯的面颊,他已无言,仅有一行热泪浸湿了我的左脸。特别对不起的还有林辰先生,他视我为文友,我视他为父执。每次我去看他,他都希望我陪他再聊一会儿,说:"漱渝,我寂寞。"2003年5月1日,林辰先生不幸病逝。令人痛惜的是,当时正值"非典"肆虐时期,无法举办聚集性的悼念活动。我也未能向他致以最后的敬礼,一种人琴俱亡之感从心底油然而生。基于这些感受,我觉得这本书信选的出版,既是我人生的一种纪念,也是我敬献给这些前贤大德的一瓣心香。

目 录

前言:"云中谁寄锦书来"   001

C
陈昊苏(1942—　)   001
陈梦韶(1903—1984)   007
陈辛仁(1915—2005)   010
陈学昭(1906—1991)   011
陈　沂(1912—2002)   012
陈　涌(1919—2015)   018
程中原(1938—2022)   021

D
丁景唐(1920—2017)   023

F
冯乃超(1901—1983)   026

G
高　曙(1921—2001)   027
高淑萍(1947—　)   028
戈宝权(1913—2000)   032
顾明远(1929—　)   057

I

H 胡　风（1902—1985）　　　　　　059

　　胡今虚（1915—2003）　　　　　　061

　　胡愈之（1896—1986）　　　　　　075

　　黄药眠（1903—1987）　　　　　　081

J 贾植芳（1915—2008）　　　　　　082

　　江　丰（1910—1982）　　　　　　083

　　江绍原（1898—1983）　　　　　　084

　　姜德明（1929—2023）　　　　　　085

　　蒋锡金（1915—2003）　　　　　　086

K 孔敏中（1899—1984）　　　　　　095

L 李何林（1904—1988）　　　　　　096

　　李霁野（1904—1997）　　　　　　102

　　李桑牧（1928—2009）　　　　　　168

　　力　群（1912—2012）　　　　　　171

　　林　辰（1912—2003）　　　　　　174

　　林　林（1910—2011）　　　　　　192

　　凌　山（1916—2012）　　　　　　196

　　刘和理（1909—　？）　　　　　　197

刘进中（1905— ？）	203
刘亚雄（1901—1988）	206
刘尊棋（1911—1993）	208
楼适夷（1905—2001）	209
陆晶清（1907—1993）	211
陆耀东（1930—2010）	216
罗宗强（1931—2020）	218
M 马蹄疾（1936—1996）	219
茅　盾（1896—1981）	222
毛注青（1919—1984）	225
梅　志（1914—2004）	229
穆　欣（1920—2010）	230
N 聂绀弩（1903—1986）	232
牛　汀（1922—2013）	233
Q 钱秉雄（1907— ？）	235
钱谷融（1919—2017）	236
钱锺书（1910—1998）	242

III

R

任白戈（1906—1986） 244

S

邵燕祥（1933—2020） 248

沈从文（1902—1988） 251

沈　谱（1917—2013） 254

孙席珍（1906—1984） 257

T

谭正璧（1901—1991） 264

唐　弢（1913—1992） 266

W

王宝良（1908—1992） 296

王定南（1910—1989） 297

王士菁（1918—2016） 299

王仰晨（1921—2005） 307

王映霞（1908—2000） 309

魏建功（1901—1980） 317

吴全衡（1918—2001） 332

X

夏　衍（1900—1995） 333

萧　军（1907—1988） 334

萧　乾（1910—1999） 337

萧　三（1896—1983） 342

许慈文（1929—2020） 349

许　杰（1901—1993） 353

徐懋庸（1911—1977） 354

许钦文（1897—1984） 359

Y

杨霁云（1910—1996） 364

杨小佛（1918—2022） 367

于　伶（1907—1997） 374

俞　藻（1914—2007） 376

袁良骏（1936—2016） 379

Z

张静淑（1902—1978） 383

张　望（1916—1992） 402

张友松（1903—1995） 404

章廷谦（1901—1981） 405

赵景深（1902—1985） 412

钟恬棐（1919—1987） 413

周海婴（1929—2011） 414

朱微明（1915—1996） 421

朱　正（1931—　） 423

编后赘语 435

陈昊苏（1942— ）

1942年生于四川内江，开国元帅陈毅之子。曾任北京市副市长、中国人民对外友好协会会长等职。

陈漱渝同志：

谢谢您将我父亲的诗作抄寄给我。你那篇评介文章也拜读了。

关于陈毅同志早年的作品，如果留心，或许还能找到一些。当时他在北京曾用"曲秋"的笔名在报刊上发表文章，在晨报的副刊中已找到十篇左右。

今后您有什么新的发现，还望随时赐示。

敬礼！

陈昊苏
1978年11月26日

陈漱渝同志：

寄来的《赠勤工俭学同人》诗及您的论文已先后收到了。

这首白话诗是我们家中收有的，在您上次提到的《归国杂诗》未发现之前,这是我们所知陈毅同志最早的一篇作品。这首诗反映了陈毅同志早年的斗争精神。但毕竟是陈毅同志青年时代的作品,其时陈毅同志还未入党,他的思想还不很成熟,文笔的修养也不很深厚,因此诗中也有明显的局限性,如提到"忍着吧",还有"我怀着鬼胎,毫不前进,任船儿走吧"这样的词句(也可能那时的人对于"鬼胎"二字并不认为是贬词,但我们现在读来总觉得不好,是用词不当)。因此,我的意见是在研究陈毅同志的作品时,不一定回避这些不足之处,不妨把它们指出来,特别不要把消极之处也硬说成是积极的,那样并没有什么好处。

随便说一下,这首诗张茜同志曾对之加工修饰,收入《人民日报》社编的《陈毅诗稿》之中。张茜同志将诗中一些消极的词汇改掉了,这项工作是在陈毅同志病危时做的,得到陈毅同志的同意。为了使陈毅同志的诗作得以更好地流传,这个工作是必要的。当然也会有人提出责难,我以为这是可以解释清楚的。现在要把原稿拿出来和读者见面,我认为也没有什么不可以,但不要把那些消极的东西说成是积极的,否则,张茜同志为什么要改呢?陈毅同志也为什么同意改呢?

连日忙碌,特此复信,并候教。

陈昊苏

1979年3月11日

陈漱渝同志:

来信收到。您热心研究搜集陈毅同志的诗作,提出很好的意见,我是很感谢的。我上次信中讲了自己的看法,也是和您坦率地交换意见,丝毫没有责怪的意思,我的看法也不一定对,讲错了请您不客气地指出,并希望原谅。

来信提到的"争回里大[1]的宣言",我早就看到了,并且根据其中某些语言与《赠勤工俭学同人》一诗相符合,判断陈毅同志起码是宣言的起草人之一。我曾当面问过我的伯父陈孟熙同志,他当时也在法国,并且是与陈毅同志一起被押送回国的,他也认为宣言很可能就是陈毅同志的手笔,因为那时候陈毅同志经常担负宣言起草工作。您的来信用宣言的文字来分析陈毅同志的诗,所作判断是有道理的。

这首诗的主要思想,如张茜同志曾分析过的:是"表

---

[1] "里大"指法国里昂的中法大学。1921年9月中国留法学生曾在该校发动学潮。

达了欲取得幸福与合理的社会生活必须依靠斗争，而不能指望别人赐予的明确观点"。所谓与的不如取的，取的不如别人送来的，由此出发，认定一个"争"字，即要经过斗争，赢得胜利，夺得胜利的果实（用别人送来的来形容这一点，不尽确切，故张茜同志做了一些修改）。既然认定一个"争"字，为什么又多次提到"忍"字呢？我同意这个看法，"忍"并不是要逆来顺受，不去斗争，而是说要有忍耐的精神，不急于求成，更不能为了暂时的利益向旧势力妥协而失去本来的面目。张茜同志用"要坚韧"来概括这一层意思，与您的解释是一致的。但是毕竟要承认，这个"忍"字容易造成逆来顺受的误解，进一步也应说承认，陈毅同志在那个时候由于比较年轻，在表达自己意思的时候，还有不够成熟不够准确的地方。这一点我们是可以理解的。

以上看法大致与您的意见是一致的，我只是主张在研究工作中基本上取赞扬态度，但也不要避讳作品中有不成熟的地方。而在发表的时候，又要取慎重的态度，最好是材料搜集得比较充分了再做结论。

顺致歉意。

陈昊苏

1979年3月28日

陈漱渝同志：

来信收到。提到的那首诗即《与南下八路军会师，同志中有十年不见者》❶，作于1940年11月，已收入《陈毅诗词选集》，请复按。东台会师即黄桥战役后，我新四军部队与南下的八路军部队在苏北东台会师。

如找到署名"仲弘"❷的文章，当系我父亲所作，请抄录后寄我一份。如不及抄录，标题目和出处抄示也好，谨致感谢。

此致

敬礼！

陈昊苏

1979年9月3日

陈漱渝同志：

今天收到您抄寄的小说《她》，初看了两遍，认为既然署名"仲弘"(这是我父亲的字)，作于西山，时间是1924年底，那么可以确认为是我父亲的作品，从文字的风格来说也与我父亲署名"曲秋"的文学作品相近。这篇东西作为早年的作品，显得比较粗糙。如文中的"她""他"

---

❶ 《与八路军南下部队会师，同志中有十年不见者》。

❷ 陈毅，字仲弘（原信写作"仲宏"）。

两字用得太多，就是一例。其中有错用的地方，使人费解，这也可能是排字的错误，须校正过来才能看得懂。例如第一页第三行第四字"他"，第七行"他"，两处都应该是"她"才能讲通。类似的地方还有五六处，请予校正。

今后如有可能，我想路经研究室❶时拜访您一次，看看您所找到的我父亲的作品（原件和抄件都好），不知您意下如何？时间可能要年底，因为我10月份也要离京一段时间。

谨致谢忱，祝好!

陈昊苏

1979年9月26日

陈漱渝同志：

月初寄来我父亲的遗文《读旧作记》已收到，十分感谢！《烈火》❷刊物我未曾见到，不了解其中情况。

陈毅同志曾参加文学研究会活动一事，最权威的材料应是王统照先生写的诗《赠陈毅同志》，中有"谁知胜算指挥者（指陈毅同志），曾是当年文会人。"文会即文学研

---

❶ 指鲁迅博物馆鲁迅研究室。

❷ 共产主义青年团创办的杂志。

究会，因为王统照是文学研究会的创始人之一，他的回忆是可靠的，至于西山文学社的情况，我现在还不清楚。在金满城的回忆中提到他和我父亲合组"斗·千社"❶，不知是否有些联系，都待以后查清。

希望以后有情况及时告知。致
敬礼！

陈昊苏

1980年7月25日

陈梦韶（1903—1984）

福建同安人。鲁迅在厦门大学任教时的学生。鲁迅曾为他根据《红楼梦》改编的剧本《绛洞花主》作序。著有《鲁迅在厦门》等。

漱渝兄为晤：

来信于我卧病半月后，到中文系办公室看见，拜读信的内容，简答如下：

---

❶ 北京中法大学文学院的一个学生文学团体。

（一）平民学校的学生，主要收校内工人及工人的子弟，兼收附近东西村失学的工农子女（"平民"二字，不专指校工）。

（二）1926年，厦大设文、法、理、商、工五科，分十三系。所谓"七科二十四系"，是筹备要设的，非那时的事实。学生四百多人。

（三）李淑美关于平民学校的回忆，有可信的，也有误记的（详见出版的《鲁迅在厦门的事迹辨考》一书）。

（四）中山中学是在虎头山上。八十多岁的老人江枫写回忆提及中山中学，也说是在虎头山上。麒麟山是虎头山左侧小山岗，现已锄为平地。现在无人考"麒麟山"这名称，只有另一个八十五岁老人（附近大同酱油厂工人），晓得当时有这"土名"。

（五）鲁迅在厦门时，与罗扬才直接接触是事实，如同照相、到中山中学演说，都是明证。但我没有看见其他的接触情形。

（六）厦门大学理科，没有"秉农山"[1]这个教员的名。刘树杞，字楚青，当时的大学秘书，理科主任，兼任教务长，兼国学院顾问。"风潮"后，跑到南京的东南大学教书，现已逝世。

---

[1] 秉农山（1886—1965），近代农学家。名志，字农山。

我们编有《鲁迅在厦门的事迹辨考》第一辑及第二辑，共两册，是油印的。不久装订出书，即寄赠给你。来信所询问题，会在这"两辑"里得到较详尽的解答。

专此，即颂

著祺！

陈梦韶

1979年5月22日

漱渝兄为晤：

多年不见，系念殊殷。鲁迅百周纪念会，您因忙，未能来厦，是意中事，希望后会有期。

鲁迅先生为《绛洞花主》剧本作《小引》，即寄北新书局出版，后版被毁，书亦无存。我即节录，付此间《新闻日报》副刊发表，只印八幕。日报停刊，余稿亦散失。去年我的儿子陈元胜，厦大中文系五年制毕业生，分配在安徽天长县❶第一中学，为语文教师已十三年。他于去年10月，下了重编《绛剧》的决心，到今年11月，把全剧编好，事前经我指示，要重编写一本与鲁迅先生亲眼校阅过的剧本一样的书。事后我校阅他重编的剧本，与当时鲁

---

❶ 今安徽省天长市。

迅先生看过的剧本稿子,精神完全一致。

为保存《红楼梦》研究的资料,为能更好理解鲁迅先生对《红楼梦》这本书的看法,我与元胜愿望人民文学出版社能出版此书。想请您帮忙:转请李何林及唐弢二位先生,代为推荐。您和李、唐较接近,应能做到,请助一臂之力。我们不想给福建出版社印书,投给《汇编》也不合适。

专此,即颂

著祺

陈梦韶

1981年12月20日

陈辛仁(1915—2005)

广东普宁人。左翼作家。中华人民共和国成立后曾任驻芬兰、伊朗、荷兰、菲律宾等国大使,文化部顾问,对外文化交流委员会主任等职。

陈漱渝同志:

日前绢川浩敏[1]君来访,蒙惠赠《鲁迅研究月刊》的

---

[1] 日本汉学家,研究东京左联。

合订本及他写的《汉学研究》一篇，已遵嘱向绢川君面答其所要知的多项问题。特此函复并致谢忱！

陈辛仁

1995年9月21日

陈学昭（1906—1991）

浙江海宁人。女作家。20世纪20年代即结识鲁迅，曾在法国替鲁迅收集木刻画册。著有《回忆鲁迅先生》《回忆鲁迅先生鼓励我学习创作》等文。

陈漱渝同志，您好！

5月27日信和附来《喝酒吧》[1]一文抄稿已收到。我读了这篇抄稿，口气、语调均像鲁迅先生的。发表的日期是1925年10月31日，当时我在北京，也常见到鲁迅先生，但是我却记不起来了，就是不敢确定地说是鲁迅先生写的，时间隔得太长久了。自从经过"文革"这十年，我的记忆

---

[1] 载于1925年10月13日《京报副刊》第296号。

力大差，受尽了"四人帮"走狗的折磨有关，连我自己发表过的东西也不记得了。

我的车祸腿伤已好多了，谢谢您的关怀！如见到黄源同志当为您问他好！

匆此怒草，此致

敬礼！

请代问李何林同志、叶淑穗同志好！

陈学昭

1979年5月30日

陈沂（1912—2002）

贵州遵义人。北方左联成员。曾任解放军原总政治部文化部部长、上海市委副书记兼宣传部部长。

陈漱渝同志：

你好，来信早收到，迟至今日才复信，请谅。你所问问题，就所知答复如下，供你们参考。

（一）当时中央代表是洪灵菲（1933年被国民党宪

兵三团杀害），另一中央代表据说是现在的孔原同志（中央调查部部长）。河北省委书记老孟（工人）、老罗（都在1933年被伪宪兵三团杀害），阮锦云（老施，省委组织部部长，1933年被宪兵三团逮捕后叛变，后干忠义救国军，在江南活动，现不知去向），李铁夫（省委宣传部部长，1937年在延安病逝）。还有军委老杨，也被宪兵三团杀害（1933年）。现在还活着的当时省委负责人，就只有林枫和黎玉（八机部副部长）二人了，你们可以去访问。

当时北平市委的负责人，现还活着的有江西刘瑞森（当时名义是燕京大学学生，前江西省常委会负责人之一，现在做什么不知），找到他就可以知道市委的一些负责人。还有陈曾固（前教育部副部长），当时任过北平市委组织部部长。李兆瑞（李乐光，前北京市委统战部部长）也在北平市委、北平文总负过责。

（二）鲁迅当时❶跟党（河北省委、北平市委）有无接触，我不知道，但他那次从上海北来，肯定是有党的介绍。出面接待他的，主要是范文澜同志和左联当时的负责人之一陆万美（此人现在昆明文联）。

（三）鲁迅的五讲，是由左联、教联、文总出面安

---

❶ 1932年11月。

排的，具体负责是我、范文澜、陆万美三人。我亲自给安排的是在中国大学的那一次演讲。我本人还出席照应了在师大的那一次演讲。目的是宣传革命和左翼文化活动，包括反"第三种人"，反对国民党对抗日和文化运动的迫害，其中还有营救被捕人的目的。而这些都是在河北省委具体领导和布置下让我们去执行的。

当时我是北方文总（前身是北平文总）的党团书记（等于现在的党组），范文澜同志是教联（左翼教师联盟）的党团书记，属文总下的一个团体，党的关系归文总党团领导。关于如何接待鲁迅问题，我们文总讨论过，我同范文澜同志特别交谈过。

我只讲讲我亲自布置的中国大学的那一次演讲。这是我到鲁迅先生在阜成门住地去亲自给他请示和商谈的。当时党组织要布置一次攻打国民党北平市党部，迫使他们开放抗日宣传活动，释放因抗日和进行左翼文化活动而被捕的人。因此希望鲁迅去做一次有关这方面问题的演讲，同时号召群众攻打北平国民党市党部。

鲁迅先生听了我的请示和报告之后，他没有半点犹豫就答应了。至今我想来，还对鲁迅先生的革命精神和党组织观念的深厚，留下深深的印象。当时我不过一个二十一岁的青年共产党员，他对我向他提出的要求，那么答应得爽快，使我十分感动，至今不忘。

到时我们的人去接了他，并为他的安全做了布置。

他讲完后，我们即号召听众（几千人）去攻打市党部，同国民党市党部以及来保护市党部的军警进行了一场搏斗。同时我们就护送鲁迅先生安全回家。

如果说前四次演讲只是革命宣传，而这次是把宣传和行动结合了起来，给人们留下极为深刻的印象。当时文总号召向鲁迅先生学习，学习他同敌人无情勇敢战斗的精神，学习他的组织性、纪律性，不顾个人安危的伟大献身精神。

其他四讲的情况，最近《南开学报》有一篇文章，你们可参看，也可问陆万美。

（四）北方文总、北平左联、教联在台静农家安排了一次座谈，主要是谈谈各左翼文化团体的工作情况，我出席了这次会。我只记得他对我们当时办刊物提了三点意见（也是指示）。（1）刊物不一定都要找名人写文章，因为所谓名人并不都能写出好文章。（2）要努力搞工农兵的通讯运动，从这中间培养自己的作者。（3）要关心泥腿子（农民），深入到他们中间去。陈独秀是不要泥腿子的。

陆万美也出席了这次会。

至于台静农是不是党员，我不能证实，因为我没有同他发生过组织关系。但这样的会在台静农家里开，不十分可靠是不可能的。不仅为了鲁迅先生的安全，也是为大家的安全。当时北平左翼文化活动的一些主要负责人都在场，出席了这次会（也可问问陆万美，但陆本人当时不是党员）。

（五）我第一次到鲁迅先生家，详细地给他报告了北方文总和下属团体的组织工作情况，请他回去后上报中央，并给我们一些指示。我记得他当时最中心的一条意见，是反对"左"倾关门主义和文化活动一定要去到工农兵中去，不要停留在学校中，不要只在一些知识分子和上层人物（教授）中，但也谈了一定要团结可以团结的人。北平是处在抗日前哨阵地上，要把左翼文化运动同抗日密切结合起来。还要在左联等团体下面，办一些更群众性广泛的文化团体。

也问了一些"托派"在北平有什么活动的问题，我据我所知给他做了汇报。

现在想来，鲁迅先生当时是未明确指出王明"左"倾路线，但他的这些谈话，是针对王明路线，和主席的革命路线相吻合的。

根据他的指示，我们工作是有些改变，但总的情况未变，我们也没有真正改变，这是今天想来都还引为遗憾的。

（六）1932年6月前叫北平文总，由北平常委领导，1932年6月以后，就改为北方文总，由河北省委领导。

北方文总（中国文化总同盟北方分盟），由河北省委领导，当时具体领导的是河北省委宣传部部长李铁夫同志。

文总下属：左联、教联、社联、音联、剧联、美联、语联（世界语），下面都有支部。

文总组织：总部（等于现在的主任）、组织、宣传、出版（现在知道文总情况的有张磐石，原华北局宣传部部长，我调离文总后，他接替我的工作）。

左联的组织：总部、组织、宣传、出版、工农兵通讯——下属两个刊：《文学杂志》《文艺月报》。[现在知道当时左联组织的，有陆万美和现在本溪市的前市委书记老李（我忘了他的名字，"文化大革命"中多次来外调过，他当时在左联负过责）]。（陈曾固也在当时社联负过责，陈北鸥编过《文艺月报》，王志之编过《文学杂志》，这些人现在去何处，你们可打听）。

以上仅就记忆所及写出，有机会见面，或我去京时找你们谈。

你们那里有什么材料，可寄点给我学习。

  致

敬礼！

陈沂
1977年1月21日

陈涌（1919—2015）

广东广州人。文艺理论家、鲁迅研究专家、中共中央政策研究室顾问，曾任《文艺报》主编、《文艺理论与批评》主编。著有《陈涌文艺论集》等。

漱渝同志：

刚才你来电话，盛情厚意，真正感谢之至！但我后来忽然记起，我此前还有幸被定为鲁迅学会名誉副会长。我多年来对鲁迅已经没有什么研究的表现，这个名誉称号，我自己已经当得颇有讽刺意味，如果说，学会还更多是一个团体，平常很少活动，挂个名也就罢了。你们的刊物❶却是每月都和读者见面的，我事实起不了作用，而又不断在"示众"！而且，人家也知道，我现在的思想，常和你们刊物许多主要文章的思想并不协调，把我这样一个人也算作顾问，也会使刊物读者见怪。

因此，我还是以不做顾问为好，这不只为我自己清静，也是为了刊物着想。

请考虑，照办，为幸！

---

❶ 指《鲁迅研究月刊》。

祝好！

             陈涌

             即日

漱渝同志：

  10月间曾打算和你通电话，未成，后来去博物馆造访，传达室一位老者告诉我，你要11月才能返京。前些日子，听说你确实回来了。

  我的目的仍然是想请你为"中国现代作家评传丛书"撰写林语堂这一本。这是一件颇为繁重的工作，你对资料的熟悉，你的一般观点，我们都是相信能写好的。我们至今没有约请别人写，固然，将来也许会有人向我们投寄同样的稿件，但在你，我看是不怕这类外界的影响的。

  甚望能把大致的计划、完成的时间简单地告诉我。为了使你能保证质量，我不打算催得太紧，但出版社却认为快些好，如果明年上半年或再稍晚些能完成，这在我看来便很不错了。

  如何？请赐复，为幸！

祝好！

             陈涌

           1989年12月24日

漱渝同志：

信早收到了，回信被我耽搁了一些日子。

施建伟氏有一本"流派论"❶，我看过有关"论流派"和林语堂的部分，似亦不错，但我对此并无更多了解，也未约他写"林传"❷，否则，我便不会再约你了。我也知道，同时约两位作者写同一本书，是不可以的。

我十分欣赏你不厌求详的调查工作，也许，施氏缺少你这样的机会和实践。我以为，你们都可以实事求是地对待这个问题，如果你自己适合为林语堂写一本比较客观、科学的评传，对他的一生做出实事求是的、公正的评价，那么，我是十分赞成你承担这个工作的。这是对"丛书"❸的很大的支持。但我毕竟情况知之甚少，如你确实认为施氏也自有他的优势，我们自然也盼望你和我们一起建议他接受这项工作。

但不论怎样，看现在情况，"丛书"工作也是"计划经济和市场调节相结合"，这就是说，同一个作家，同时有不止一本评传寄给我们，是难于避免的。自从《光明日

---

❶ 《中国现代文学流派论》。
❷ 《林语堂评传》。
❸ 陈涌主编的"中国现代作家评传丛书"，重庆出版社出版。

报》登了一个"丛书"的消息后，便有不少现代文学研究者给我们来信表示愿意为"丛书"写作了，有些已经寄来了成品。这对提高"丛书"的质量会有好处，但也容易使作家产生疑虑。

情况就是这样。甚望能把你的最后决定见告。如你愿意承担撰写"林传"，甚愿集中较多时间，尽早"杀青"。祝好！

出版社整理出一个材料，从中可以知道大家对"丛书"的一些意见。这次聚谈时，本来也去请你，但你还在海峡那边❶……

陈涌
1990年1月5日

程中原（1938—2022）

江苏无锡人。党史研究专家。当代中国研究所原副所长。曾在江苏淮安淮阴师专任教，研究中国老一辈革命家早期的文学作品。

---

❶ 指我1989年赴台湾探亲。

代表作有《张闻天传》。

漱渝同志：

大稿已经妥收，昨天我专程送到淮安。报社的同志们都非常感激，要我代为表示诚挚的感谢，真所谓"海内存知己，天涯若比邻"。当时我同他们做了研究，初步决定您的文章以"北京专稿"的名目发表。"周总理早期文学作品"名下载《有什么分别》，"北京专稿"名下载您的《"革心"的召唤》，另外刊登一张周恩来同志1920年的照片。您看这样行吗？另外总理那篇小说第一页上"很多"误为"得多"，第三页上"问""升"二字误为"向""什"，我已擅自改了，不知妥否。因时间紧迫，您如还有什么意见或嘱咐，请直接给《淮安日报》李为锦同志去信。

文史丛刊❶正在排印，欢迎您继续赐稿。祝新年好！

《答托》信一文，只删了P.5的一些内容，都是照您的意

---

❶ 指江苏淮阴师专出版的《活页文史丛刊》。

见处理的。萧兵同志向您致谢!

程中原

12月26日

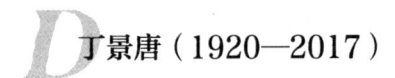

丁景唐（1920—2017）

浙江镇海人。文史专家、出版家。曾任上海出版局副局长、上海文艺出版社社长兼总编辑。

漱渝同志：

效洵同志❶见到否？

看来，《高长虹文集》还得托你买一部。书费以后在稿费中归还（世家要我写稿，现在先开支票，也许落空，以后再说）。

中华艺大❷，我已看到《社会科学》上一文中材料，实际早在1924年或1925年已成立，不在多伦路，在别的

---

❶ 郑效洵（1907—1999），福建福州人。编辑，学者。
❷ 中华艺术大学，位于上海山阴路201号弄25。

地方。王锡荣答应替我查一查。洪野[1]、关紫兰[2]，都是中华艺大早期人物。关女士的照片已看到，很文静，擅长油画。

《鲁迅全集》中有一个注，说关在上海艺专任教，鲁迅曾去看过展览会。

也请你代为留意。谢谢。顺
祝好！

但这要查明出处。
小丁[3]向你问好！

老丁
1990年4月14日

陈漱渝同志：

我有一个习惯，要看许多材料，才能下笔做。

为写纪念许广平的文章，翻了许多书刊，又去访问1940—1942年与许广平住在一起的郑玉颜女士（1939年入党，我与她在上海学联学生活动时认识，但无组织关

---

[1] 洪野（1886—1932），画家。
[2] 关紫兰（1903—1985），画家。
[3] 丁言昭，丁景唐之女。作家。

系)。她是刘长胜[1]夫人,还是周文夫人的八妹。她们一家共有九姐妹。我还陪同日本一位资深记者寻找许广平被捕入牢的日本宪兵部(已无)。材料一大堆,有些还要再了解。在文字的剪裁上,开了三次头。身体不好,就要小丁打电话给你,想暂时放下,以后再写。在打电话后,我还是"抢急"理顺思路,决心把上述两事先放一放(得再找郑玉颜谈谈,再找虹口区方志办了解日本宪兵队旧址),依历史顺序来写,这样就写成了。以上二事,以后再写。

快件寄去的稿子约4500字,请帮忙作文字修改。

如能在《鲁迅研究》[2]上先刊一下,以偿我多时未为贵刊写稿之"债",则幸矣!(可在你改稿之后复印一份给王世家兄)

向朋友们问好。

握手!

丁景唐

1995年4月6日

---

[1] 刘长胜(1903—1967),山东海阳人。中华人民共和国成立后曾任中华全国总工会副主席。

[2] 指《鲁迅研究月刊》。

冯乃超（1901—1983）

广东南海人。作家。后期创造社的骨干。1930年3月任中国左翼作家联盟党团书记。中华人民共和国成立后曾任中央人事部副部长、中山大学副校长等职。著有《鲁迅与创造社》等。

陈漱渝同志：

谈话记录稿[1]已加修改，寄回请查收。

改删之处：

（一）受日本福本和夫（主义）影响[2]删去，原因是不容易具体地说明，查过一点资料，也没有用处，只好删去。

（二）文艺团体成员部分，早见各有关资料，不必重复。另增一小段"左联"成立经过。请酌办。

敬礼！

又，成仿吾说他可能较忙，记忆力不好。

周扬住中组部招待所一号楼，他可能欢迎谈话。

---

[1] 当时我请冯乃超谈后期创造社、左联和鲁迅，并将谈话记录交《鲁迅研究月刊》发表。

[2] 指后期创造社。

我已迁至西城区三里河南沙沟六号楼一门二号。

冯乃超

1977年3月27

高曙（1921—2001）

山西盂县人。中国现代作家高长虹独子。

陈漱渝同志：

您好！

在京时前去拜访，受益颇多，非常感激。

前次提到的《高长虹家史》，因原来的打算有变动，我写了个《高长虹生平》，家史中的一部分也写了进去。这些文字是我几年来所了解到的一些东西，也包括您提供的资料。但由于自己水平低，写得很不成熟，也由于我知道的还不多，有些地方还是空白，或者有出入，或者为"流言"所误，希望能得到您的帮助。

关于我父亲和鲁迅的关系问题，我以为有深入研究的必要，在这些文字中是遵循革命前辈张稼夫的《我和狂飙社》(《山西文学》1982年第12期)一文中的看法,不知妥否?我以为这应作为一个历史问题来看,是对一个历史人物的评价问题,应取慎重态度,做客观的、有根有据的分析。在这方面您知道的是要比我多的。我也将在这方面多做努力。

盂县政协不知给您去信了没有?我们总的想法是想得到您的支持和帮助。

上次您提到的让萧军的女儿萧滨写篇文章,这是我们很欢迎的,可于9月中旬或稍后寄盂县政协办公室张海慧同志收,稿子写明工作岗位和职务。我们现在对有关高长虹的回忆文章和评论文章都是欢迎的。

您有什么看法请来信。

并致

敬礼

高曙

1988年9月3日

高淑萍(1947—)

山西盂县人。中国现代作家高长虹的孙女。

尊敬的陈老师：

您好！

我在电视旁荣幸地见到陈老师，由于我是女性，吸取高长虹爷爷的教训，不敢露面，只好用写信的方式说话。

我本想通过董大中老师跟您通信，但董老与夫人同去北京儿子家，因为媳妇坐月子需要住两个月。这两个月的时间对我而言太长啦，有话很想让关心我爷爷的陈老师先睹，于是我又想通过山西社会科学院前院长张海赢，张海赢院长懂历史，又是我的老姑父，但他做心脏手术后还没恢复，这几天口、舌疼痛难忍又加上咳嗽。看见他说语句都不完整，我也觉得很难受，便没有提这件事。我向关心我爷爷的陈老师致意，希望陈老师接收我这个新学生！

我是高长虹的孙女，是普通的老农民，叫高淑萍，是1947年生，1964年盂县一中毕业回家务农。1967年由受爷爷影响不能求进，经介绍嫁到太原小店区。2001年我爹高曙意外地殁于野外，百日后我去了北京闫继经表叔家，因为他们书信来往很多。2004年在阳泉参加了由省作家协会、阳泉市宣传部、市文联、盂县政协和文联组织召开的纪念高长虹暨狂飙社成立八十周年座谈会。2005年由董老协助去沈阳寻找解开高长虹死因谜团的证人。2006年，由廖久明与证人书信来往，得到在沈阳旅社一段时期完整的材料，由阳泉派人去沈阳，感谢三位证人的证言，我复印寄到陈老师手中先睹为快。

内有补充材料，还没告董老师，董老师的夫人李老师11月2号用010-87560323给我打电话，后来我用这个号码给李老师打无人接。

执笔材料漏掉高长虹在欧洲就加入共产党，高长虹去世后，东北局的一位科长去过，旅社是按照东北局组织部的批示办理，操办丧葬事宜，高长虹的遗体安葬在当年塔湾的墓地，并有"高长虹之墓"的墓碑，漏写"同志"二字。存在闫振琦那里的几十"万"元津贴费上缴组织了。漏掉一个"万"字，当年的小李服务员是河北省滦南县高各庄镇侯各庄人。

尊敬的陈老师，从我拜读您给董老著《鲁迅与高长虹》的《序》就知道您很关心高长虹，在不知高长虹的下落前您只好写他生前的小传追念他。

今天通过证人证词清楚地澄清，高长虹是1949年前住进东北旅社，1954年春季病逝于东北局旅社。在旅社的这段日子，要稿纸、要笔墨写作品。他迈着曾受过伤而有些跛的腿，拄着文明棍，拎着作品、剪报和稿，徒步北京、上海、延安、重庆等地，还有出国的本领，为何在东北旅社连买秦皇岛的火车票也不会呢？

（一）发下的津贴本人不领取，存闫振琦处代管。

（二）去秦皇岛自己不去买火车票是让闫振琦给买，闫不给买就不敢再要。

（三）需要的日用品如稿纸和笔是写条子给服务员，就连吃饭用水都是靠服务员，难怪同志们找不到。据李庆祥证人说："这个服务员是河北省滦南县高各镇侯各庄人，叫李怀崑。"

尊敬的陈老师，小学生没有本事，高长虹的孙女叫高淑萍，尽一点微薄之力，向研究和关心高长虹的同志们感谢，为娘娘、爹和妈尽孝，更是为党的先进性和关心高长虹的同志们致谢，为娘娘、爹和妈尽孝。因为文化低，努力写也写不好，望老师多多指教。

证人李庆祥老师的联系电话：024-86428724，地址：辽宁省沈阳市皇姑区华山路104号（15号楼）3单元5楼2号

此致

敬礼

小学生 高淑萍

2006年9月11日

戈宝权（1913—2000）

江苏东台人。翻译家、外国文学研究专家、中国社会科学院学部委员。

陈漱渝同志：

来信收到已经好几天了，请原谅没有即刻复你的信，因为你所询问的几个问题，我也不完全知道。近来我查阅了有关的书籍，向几个老同志请教过，也没有能够得到圆满的解答。因此这次既不能按时"交卷"，答复也可能都"不及格"。

（一）关于爱罗先珂的问题

承你读了我在十五年前写的《鲁迅与爱罗先珂》一文，你来信中引用了爱罗先珂的话，说他本人宣称"自始至终是人道主义者，和平主义者"。我在文章中也接触到了这一方面的问题，说"他热爱和同情一切贫苦和不幸的人们，而且希望全人类将来都会过着和平与幸福的日子"；但我接着就又指出："不用说，在阶级社会和人吃人的社会当中，这些幻想都不可能实现，而且不通过斗争也是不可能取得的。"更何况在阶级社会里，不同阶级的人对人道主义、和平主义这些概念的理解都有所不同。如毛主席《在延安文艺座谈会上的讲话》中，就批判了"人性论"和"人类之爱"的观点："在阶级社会里就是只有带着阶级性的人性，而没有什么超阶级的人性。"人道主义也是如此。列宁也曾揭穿了和平主义的资产阶级实质，说"和平主义及抽象地宣传和平，乃是欺骗工人阶级的形式之一"。爱罗先珂到了日本，和日本的进步人士往来，参加日本社会主义同盟的活动，就被日本当局驱逐出境。他来到我国后，同我国的进步青年和革命知识分子接触，教授世界语，介绍俄罗斯文学，写了同情我国受苦受难的人民的《枯叶杂记》等作品，但他只能用诗人的纯洁的童心写成的童话，来唤起大家向往幻梦的未来。正因为这样，我才说爱罗先珂"不是一个马克思主义者"（秋田雨雀也这样说），也不像十九世纪美国和德国的空想社会主义者，"而只是一个抱有空想的社会主义思想的人"。至于这种说法是否确当，请教正。

（二）关于世界语问题

我虽然也学过一点世界语，但关于世界语运动，我知道的并不多。世界语原是波兰人柴门霍甫根据欧洲语言所创造的一种国际语言，称为 Esperanto，意即"希望者的语言"（曾有人音译为"爱斯不难读"）。鲁迅对世界语运动是采取支持和赞助的态度，而且1923—1924年还曾在北京的世界语学校教书。

世界语在东欧各国很流行，我国过去翻译和介绍东欧国家的文学作品，不少就是通过世界语介绍过来的（如孙用、鲁彦等人翻译的作品）。

我国从20年代起世界语也很流行。记得当时上海专有世界语书店，还举办过世界语展览会，北京办有世界语学校。建国后成立有世界语学会，用世界语出版过不少书，其中有毛主席的著作和鲁迅的作品。北京还出有对国外宣传用的刊物《人民中国报导》（*El popolo ĉinio*）。我写的那篇《鲁迅与爱罗先珂》，就译载在1961年第6期的这个刊物上，题目是 *Ge Baoĉjuan：Lusin Kaj v Eroŝenko*。

至于目前有关世界语运动的情况，建议向中国世界语学会或是外文出版局的世界语编辑室了解，他们会比我讲得更清楚。

（三）关于鲁迅在集成国际语学校任教的问题

这方面的情况我不知道。但从鲁迅的日记来看，他1923—1924年在北京世界语学校教书。他担任什么课程，据我猜想，大概是讲授中国文学。

（四）关于《阿Q正传》最早的俄译本

来信中说："查俄译本《阿Q正传》是1925年由商务印书馆出版的，在苏联发行不知道是否在1929年。"我想，你大概看了沈鹏年辑《鲁迅研究资料编目》，其中说："俄译本《阿Q正传》，1925，商务印书馆版。B.A.Vasiliev 王希礼译，鲁迅先生写'序言'。"其实这是错误的，不知他根据什么来源。据我所知道，商务印书馆出版过梁社乾的英译本的《阿Q正传》，但没有出版过王希礼的俄译本。最早的俄译本确是王希礼译的，于1929年由列宁格勒"激浪"出版社出版，鲁迅写了序言和自传。关于这一问题，你可参阅曹靖华写的《花》和《春城飞花》两书中的《好似春燕第一只》一文。

（五）关于吉开迦尔的几句话

我查了鲁迅的藏书目录，其中有两本丹麦哲学家吉开迦尔著作的德译本：一本是 *Sören Kierkegaard und sein Verhältnis zu "ihr" aus nachgelassenen Papieren Hrsg im Auftrage der Frau Regine Schlegel.1905*（《索伦·吉开迦尔和他与"她"的关系》。受雷吉娜·施勒格尔夫人的委托，根据遗稿编纂。1905年出版），据说施勒格尔夫人就是吉开迦尔的爱人的名字；另一本书是 *Das Tagebuch des Verführers*（《诱惑者的日记》，1905年出版）。至于你要问的那段话出自哪本书，不通查全书，就很难答复。

以上答复，不一定能满足你的愿望，请原谅！并顺致敬礼！

补充：关于第三个问题

前信写完后，发现在鲁迅的日文藏书中，还有两种吉开迦尔著作的日译本，即：

（一）《忧愁の哲理》，キエルケゴ著，原晃一郎译，昭和八年（1933年），东京春秋社版。

（二）《キエルケゴ选集》（《吉开迦尔选集》），伊藤乡一等译，昭和十年（1935年），东方改造社版。

经查《鲁迅日记》1933年8月27日："午后往内山书店买《忧愁の哲理》一本"，《帮闲法发隐》写于1933年8月28日，一开头说："吉开迦尔是丹麦的忧郁的人"，可能这篇文章是在看了《忧愁の哲理》之后写的。

戈宝权

1975年8月30日

陈漱渝同志：

昨天寄上一信，想已收到。

今天去鲁迅博物馆，查阅了鲁迅先生的藏书，发现了你要查询的丹麦哲学家吉开迦尔的那几句话。这几句话见于吉开迦尔的《忧愁の哲理》日译本第17页，而且加了注，说这是在彼得堡剧院实际发生过的事。《忧愁の哲理》是一本由杂感、随笔、断想之类的东西编成的，你要问的几

句话，也就只有鲁迅先生译出的那样多。匆此

祝好！

戈宝权

1975年9月2日

陈漱渝同志：

你好！

9月4日来信早已收到。我因两眼老花，上次把你的名字误看成陈淑渝，因此在信封上和信里面都写错了，疏忽之处，请原谅！

（一）关于找吉开迦尔那段话的出处，承你过奖。鲁迅先生的知识是广博的，要对他引用的文字和提到的史实一一加注，确非易事。广州中山大学《而已集》注释组的同志前些时向我提了不少问题，有些已解决了，有些至今还没有解决或是完全解决。我想你可把吉开迦尔那段话的出处函告人民文学出版社鲁编室，至于你建议我写篇短文，我想那就用不着了。

（二）接到你的来信后，我就着手查找叶遂宁（现通译叶塞宁）那两句诗的出处。虽然只是短短两句诗，但要找到出处却花了不少时间。鲁迅先生在《对于左翼作家联盟的意见》中引用了这两句诗，不知他是从哪里看到的。

我手边有几种叶塞宁的诗集，我先查了他在1917年以后写的以革命为题材的作品，毫无所获。后来就只好细看他在十月革命后写的全部作品，通段通行地看，这样才查出了你要询问的那两句诗：

1．"我是一个布尔塞维克"

这句诗出自1918年写的《约旦河上的鸽子》（"Иорданcка яroпубчка"）这首诗的题目和内容都取材自《新约圣经》的《马太福音》第三章第13~17节。据说当耶稣到约旦河上施洗的约翰那里去受洗礼时，忽然天门开了，上帝的灵仿佛鸽子降下，落在他的身上。这首诗的第二部分开头四句的后两句是：

"мать Моя - Родина,
Я - большевик."

译出就是：

"我的母亲——是祖国，
我是一个布尔塞维克。"

2．"万岁，天上和地上的革命！"

这句诗出自1918年写的《天上的鼓手》（"Небесный

барабанщик") 这首诗第一部分第二节四句诗的后面两句是：

"Да здравствует революцик
на Земле и на небоесах！"

译出就是：

"地上和天上的
革命万岁！"

在俄文中，"地上"通常也指"人间""尘世"；"天上"通常也指"天国""天堂"。

请注意，鲁迅先生的引文是"天上和地上的革命"，但原文中是"地上和天上的革命"，"地上"在前。

（三）关于梭波里

广州中山大学《而已集》注释组也向我问过，梭波里的名字在一般的俄国文学史和苏联文学史中，甚至连《苏联大百科全书》和《苏联小百科全书》中都查不到。幸好我藏有一本苏联在1928年出版的《作家：当代俄罗斯散文作家的自传与画像》("Писатель：Автобиография и портрет современных русских прозаиков") 其中载有梭波里在1924年写的自传。不久前，我又从苏联

新出版的《简明文学百科全书》第6卷中查到有关他的条目,现综合介绍如下:

梭波里的全名是尤利·米哈依洛维奇·梭波里(Юлий Михайлович Соболь),笔名安德烈·梭波里(Андрей Соболь)。梭波里这个名字,按新华社在1973年编印的《译音表》应译为索鲍利。

梭波里于1888年5月25日生在伏尔加河萨拉托夫城的一个贫苦的犹太人家。十四岁离开家庭,曾到过乌拉尔和尼日尼等地,还在西北地区当过夏季轻歌剧院的提词人。1904—1905年参加地下革命小组的工作,1906年被判处四年苦役,流放到西伯利亚,1909年初放逐期满,逃往西欧,在各国流浪,直到1914年。第一次世界大战爆发后,曾申请作为志愿兵参加法国军队,但因疾病未被接受。1915年秘密回到俄国。1917年4月到了莫斯科,适逢大赦,结束了秘密的生活。8月到北方前线,任第12军政治委员。十月革命后,在俄国各地浪游。从1913年开始写作,1926—1927年出版《作品集》四卷。梭波里的作品,主要描写十月革命前后的知识分子的生活,他的主人公多半是被生活车轮所抛弃和生活洪流所吞没的人物,内容充满伤感气氛。1926年6月7日,由于内心忧郁在莫斯科自杀。

（四）关于鲁迅和爱罗先珂的中文材料，你比我看的多得多。据我所知，日本人对爱罗先珂做了不少研究，如高松一郎写过一本《盲诗人エロシンエの生涯》，他还编过3卷本的《エロシンエ全集》，收集他的全部作品。

以上意见供参考，匆此，并顺致

敬礼！

戈宝权

1975年9月25日

陈漱渝同志：

你好！

当此1976年元旦即将来临的前夕，特先在此向你祝贺新年好！前些时在鲁迅博物馆碰巧见到你，心里非常高兴！听说你准备写一本有关鲁迅在北京的书，我想这很有意思。我过去见过孙世恺编写的一本小册子《鲁迅在北京住过的地方》（北京出版社版），总觉得还不够。希望你这次写得详尽一些，把鲁迅住过的地方同他的文学创作和社会活动联系起来讲，如能加印一些图片那就更好了。

承抄寄许钦文有关《阿Q正传》的文字和写给你的信，这都是很宝贵的史料。现在有些史料，在书报上见不到，只能向一些健在的老人请教。你说你前些时为《人民日报》写了一篇短文，谈鲁迅与资产阶级法权观念决裂的事。你来信中问起想将鲁迅不要捷克译本报酬的话写进去，你不用征求我的同意，虽然我发现这个材料，但知识不能私有，更何况在研究鲁迅的问题上。你抄的那首《叶遂宁绝命诗》，我已查阅了原文，同原文很相似，不知署名"自成"的这位译者是否根据俄文译出的。我现在根据俄文翻译如下，供参考：

再见吧，我的朋友，再见吧，

我的亲爱的朋友，你是活在我的心中，（也可译为：我心里想念着你）

这命中注定了的分别

许诺了今后的再次相见。

*

再见吧，我的朋友，没有握手和道别，

不要忧愁，不要皱眉悲伤，——

在这个生活里，死并不新奇

但是生，当然更不新奇。

叶塞宁虽也写过歌颂革命的诗，但他并不理解革命，不认识革命，最后还是走向自杀的道路，可见世界观的转变和改造对于知识分子非常必要。鲁迅在《对于左翼作家联盟的意见》中对叶塞宁的评语，是非常中肯的。

冯至同志处我已代你打了招呼，他问起你教书的学校在哪里，我也讲不出来，只好把你住家的地址抄给他，不知他曾否复你的信。

关于参观鲁迅北京故居事，我已同唐弢同志研究过，文学研究所正在做组织工作，等弄好汽车就请你和孙瑛同志当向导，那时我也和他们一同去。

匆此祝好，并顺致

敬礼！

戈宝权

1975年12月31日

陈漱渝同志并请转告李何林同志：

你好！

前些时你来电话说，有位老师写信给鲁迅研究室，询问鲁迅送给白莽的一本德文的《中国游记》，究竟是怎样一本书。这本书是美国女记者安娜·路易斯·斯特朗在1928年写的《中国的亿万人民》一书的德文译本。我已从北京图书馆借到这本书的英文原本，查清了这一问题。最近因地震避居在外，直到今天始能答复，请原谅！

此事请转告李何林同志，并请代为问好！

此致

敬礼！

戈宝权

1976年8月17日

【附录】

鲁迅送给白莽的一本德文的《中国游记》，究竟是怎样一本书？

在《为了忘却的记念》一文中鲁迅这样写过："直到左翼作家联盟成立之后，我才知道我所认识的白莽，就是在《拓荒者》上作诗的殷夫。有一次大会时，我便带了一本德译的，一个美国的新闻记者所作的《中国游记》去送他，这不过以为他可以由此练习德文，另外并无深意。然而他没有来。我只得又托了柔石。但不久，他们竟一同被捕，我的那一本书，又被没收，落在'三道头'之类的手里了。"（《鲁迅全集》第4卷第371—372页）

这里提到的一个美国新闻记者是谁？这位记者作的

《中国游记》又是怎样一本书？

鲁迅这里所说的左翼作家联盟的一次大会，看来是在1931年1月15日，因鲁迅在这一天的日记中写过："以Strang之*China's Reise*赠白莽。"（第815页）这里的"Strang"当系strong之误。又查鲁迅1930年12月2日日记："午后往瀛环书店买德文书七种七本，共泉二十五元八角。"（第797—798页）查1930年"书帐"中即有"*China-Reise*一本，三·七〇"（第812页）。从这里可以知道，鲁迅送给白莽的一本德译的《中国游记》，就是Strong（斯特朗）著的*China's Reise*了。

Strong即安娜·路易斯·斯特朗（Anna Louise Strong，1885—1970），是美国的进步记者。毛主席1946年7月20日曾在延安和她谈过话，做出了"一切反动派都是纸老虎"的英明论断。

斯特朗在苏联先后住过将近三十年，其间曾六次来到我国访问：第一次是1925年省港大罢工时，她到了广州；第二次是1927年，她从上海到了武汉，后与孙中山先生的苏联顾问鲍罗廷一同经由西北、外蒙前往苏联；第三次是1937年，她经香港到了武汉，访问过华北游击根据地，在山西见到朱德同志；第四次是1940年，她从苏联来到重庆，见到了周总理；第五次是1946年日本投降后，她到了延安，见到伟大的领袖毛主席；第六次是1958年，她从美国来到中国，此后就在北京长期居住，1970年逝世，葬北京八宝山革命烈士公墓。

她在1925年和1927年头两次访问中国后，写成《中国的亿万人民》(*China's Millions*)一书，于1928年在美国纽约出版。全书共分两部分：第一部分是《华中的群众暴动》，写1927年湖北和湖南一带的革命运动；第二部分是《穿过中国西北的足迹》，写她随同鲍罗廷出走的情况。这本书曾译成各国文字，德文译本题为《中国游记》(*China's Reise*)。

又查鲁迅的外文藏书中有アンナ·ルイス·ストロング写的《ボロティン脱出记》(安娜·路易斯·斯特朗：《鲍罗廷脱走记》，昭和五年（1930年）东京改造社出版，谈德三郎译，封面上有该书的德文题名：*China's -Reise. Mit Borodin durch China und die Mongolei*(《中国游记·随同鲍罗廷穿过中国和蒙古》)以此更足以证明《中国游记》(*China's -Reise*)就是斯特朗所写的，也就是鲁迅在1931年1月15日托柔石转送给白莽的那本德文书。

戈宝权
1976年8月17日

关于《从小说看来的支那民族性》

鲁迅在1933年10月27日致陶亢德信中写道:"《从小说看来的支那民族性》,还是在北京时买的,看过就抛在家里,无从查考,所以出版所也不能答复了,恐怕在日本也未必有得买。"(《书信集》第425页)

查《从小说看来的支那民族性》一书,是安冈秀夫所著,原名《小説から見たる支那の民族性》,大正十五年(1926年)由东京聚芳阁出版。鲁迅藏有此书,在1926年6月26日买的。查《鲁迅日记》该日载:"往东亚公司买……《小説から見たる支那の民族性》一本。"(《日记》第514页)并见同年书帐:"《小説から見たる支那の民族性》一本一·二〇"。(《日记》第533页)现此书藏鲁迅博物馆,我曾查阅过。

著者安冈秀夫生平查不到。

关于后藤朝太郎

后藤朝太郎的生平不详。

此人著有《支那文化研究》一书,是大正十四年(1925年)由东京富山房出版的。

鲁迅藏有此书，原文《支那文化の研究》。是1925年9月26日买的。日记载："往东亚公司买《支那文化の研究》一本。"（《日记》第483页），并见同年书帐。（《日记》第495页）

戈宝权
1976年12月7日

关于德哥派拉

鲁迅在1933年12月28日致王志之信中提到德哥派拉："德哥派拉君之事，我未注意，此君盖法国礼拜六派，油头滑脑，其到中国来，大概确是搜集小说材料。"（《书信集》第471页）鲁迅在1934年1月8日写的《未来的光荣》一文中（见《花边文学》）也提到德哥派拉："现在几乎每年总有外国的文学家到中国来，……前有萧伯纳，后有德哥派拉；……德哥派拉不谈政治，本以为可以跳在是非圈外的了，不料因为恭维了食与色，又挣得'外国文氓'的恶谥"。（《鲁迅全集》第5卷第344页）

德哥派拉（Maurice Dekobra，1885—1973）是法国的资产阶级作家。第一次世界大战时，曾在英国任过联络官。写有小说作品多种。1933年11月曾来我国访问，到过上海、北平（现在的北京）等地游览，避而不谈政治，但恭维了中国的饭菜和女人，如当他到上海时，一些中国记者问他："你对日本侵略中国之感想如何？"他说："此问题过于严重，非小说家所可谈到。"当他在上海法文协会举行的欢迎茶会上，有记者请他谈谈"对中国之感想"，他回答说："来华后最使我注意的，一是中国菜很好二是中国女子很美。"德哥派拉从南京到北平，一路上都受到国民党政府官员及御用文人的迎送，记者探访时都用上述一类的话应付，因此1933年12月11日《申报》的《北平特讯》说："德氏来平，并未谈及文学仅讥笑中国女子，中国女子认为德氏系一文氓而已。"

有关这方面的情况，请参看鲁迅写的《未来的光荣》一文，如需要知道更多的情况，请查阅1933年11月上海和北平的各大报纸。

鲁迅称他为"法国礼拜六派"，按我的理解，并非法国有个"礼拜六派"，而是指他的作品和我国的"礼拜六派"（鸳鸯蝴蝶派）相类似之意也。

以上供参考。

戈宝权
1976年12月7日

《鲁迅研究资料》编辑部

荣太之、陈漱渝两同志：

你们好！

昨天老安同志带来《鲁迅研究资料2》三本，非常感谢！夹在《资料》[1]里的两张通知单，都是陈漱渝同志亲笔填写的，看来你们近来是一定很忙的。

日前陈漱渝同志来信，问起几件事，现答复如下：

（一）《鲁迅与瞿秋白》一文的译稿，我没有见过，看来你们不是送给我看的。

（二）楼适夷同志翻译的周树人氏谈《教育部拍卖问题的真相》，我已看过，译文很好，我只改动了几个字。译文末注："原载日文《北京周报》，藤原镰见编"。"见"系"兄"之误。藤原镰兄是这个《周刊》的编辑、发行兼印刷的负责人。

楼适夷同志的这篇译文，你们准备何时发表，并如何发表？我最近对20年代初在北京出版的日文《北京周报》进行了一些研究，发现在1922—1924年的该刊上，译载过鲁迅的小说和《中国小说史略》，在周树人氏谈《教育部拍卖问题的真相》的前后，还发表过周树人氏的两次谈话，一次是《谈猪八戒》，一次是与周作人同谈《"面

---

[1] 《鲁迅研究资料》。

子"与"门钱"》的问题,字数都不多,可以译出一齐发表,题名为《日文〈北京周报〉上发表的鲁迅谈话》,如需要,我可写篇短文做些介绍。

(三)徐州师院李建钊试译的《鲁迅日记·书帐中的日文书名译释》,我已粗阅过,并做了一些改动,发现其中错误不少。现作者来信,要拿回去继续进行研究修改,我特写了一封信附上,你们也可转去,供他参考。

(四)《鲁迅与普实克》一文拼版后的清样,望能及时送我一阅,因上次看到的大样,其中错字和拼错了的地方还不少。又清样以送两份来最好,我准备留一份。

(五)至于在《资料》中发表外国人论鲁迅的文字,不知你们是否向李何林同志请示了?如同意,我就可以将普实克论鲁迅和鲁迅在越南的几篇译文全给你们,盼便中告知。

匆此,并顺致

敬礼!

戈宝权

1978年5月22日

陈漱渝同志:

你好!

前天在鲁编室见到延边的陈琼芝同志,才知道你们已从厦门回来，想这次远行收获当甚丰富！

现有件小事要麻烦你：我从《鲁迅研究资料2》第366页注①中，发现郭老在1936年11月16日《现世界》第1卷第7期上写过一篇《坠落了一个巨星》。这篇文章你们那里是否有？如不长，就抄给我；如长，是否代我复印一份，因我最近在写一篇文章谈罗曼·罗兰谈《阿Q正传》的文章，想找此文一阅。

《资料3》的校样，错字仍多，外文字未排，有些注解拼错地位，如已有清样，仍望能给我看一下。

请代向荣太之等同志问好，并顺致

敬礼！

戈宝权
1978年7月17日

陈漱渝同志：

你好！

影印件已收到，谢谢！麻烦你把《山上正义论鲁迅》的一部分（177—196页），也代影印一份，诸多麻烦，容面谢！

《鲁迅与光复会》原稿（包括删节部分）卞立强同志已寄给我，我们准备全文收进《日本人论鲁迅》论文集中。我最近写了一篇专文《鲁迅和增田涉》，等发表后再请你教正。

你问《字林西报》有无中文版。此报在上海出版，只有英文版，没有中文版。

外奉上拙著一本，请教正。

匆此，祝

节日好！

戈宝权

1978年8月28日

陈漱渝同志：

当此新春佳节行将来到的时候，谨向你和你的全家人预祝节日幸福康乐！

承你惠赠《许广平的一生》，我怀着很大的兴趣读完这本书，颇受教益和启发。你在里封面说要感谢我多年的培养，而且自称后学，你实在太客气了，事实上我也没有给予你多少帮助。

你来信中询问我们对郭老的《我建议》写的补充意见，并不是在第一次文代会期间提出的，郭老写的关于纪念鲁迅的《我建议》，是1945年12月17日的事，曾在重庆的《新华日报》上发表，后收入他的文集《天地玄黄》，并见《沫若文集》第13卷第252—253页。我们写的补充意见，并不一定是由我领衔。提议的人当时都在重庆,如其中的乔木,实为乔冠华。郭老的建议和我们的补充建议,有些已经实现,这在今天看起来,也就够欣慰了。

外奉上我写的《〈阿Q正传〉在国外》一本,请多多指正!

专此,并顺致

敬礼!

戈宝权

1982年1月20日

《鲁迅大词典》编辑室杨燕丽同志转陈漱渝同志:

你们好!

三四月间我到绍兴、宁波、普陀、舟山、金华、杭州、上海等地访问、开会和讲学,你们请我写的几个鲁迅著作外文译本的条目,直到最近才抽空写出,请原谅!词条这样写法,是否合适,请你们审阅。

杨燕丽同志送来的一本冰岛文译本和一份丹麦文译本的影印件也一并送还,请查收。

鲁迅著作外文译本词条的编译工作,是否已完全结束?此外还有些新出的译本是否要收进去(如意大利文的《鲁迅诗集及诗选》,英文的《鲁迅诗集》,法文的《门外文谈》等），也请考虑！

　　此致

敬礼！

戈宝权

1984年5月15日

【附录】

《白光》（斯洛伐克文）

扬·弗尔利奇卡和爱德华·特瓦罗热克根据俄文和世界语编译，1952年由斯洛伐克出版社出版。平装。这本小说集共选译了鲁迅的15篇作品，即《孔乙己》《明天》《一件小事》《故乡》《阿Q正传》《端午节》《白光》《社戏》(节译)、《在酒楼上》《风筝》《示众》《失掉的好地狱》《立论》《孤独者》《聪明人和傻子和奴才》等篇。书末还译有苏联汉学家写的《鲁迅》一文。

《阿Q正传》（丹麦文）

保罗·布拉姆斯和安德尔斯·蒂科合译，1953年丹麦哥本哈根的斯蒂恩·哈塞尔巴尔克出版社出版。精装。书前印有安德尔斯·蒂科写的前言，对鲁迅的生平和著作做了简短的介绍，此后即为《阿Q正传》译文。

《铸剑》及其他短篇小说选（塞尔维亚文）

佩塔尔·丘尔奇亚根据英文翻译，1957年贝尔格莱德文学出版社出版。精装。书前印有鲁迅的照片和《〈呐喊〉自序》。小说选中共译13篇作品，即《狂人日记》《孔乙己》《药》《一件小事》《风波》《故乡》《社戏》《祝福》《在酒楼上》《幸福的家庭》《孤独者》《伤逝》《铸剑》。书后附有译者写的关于鲁迅的简介。

《鲁迅小说选集》（冰岛文）

哈尔道尔·斯泰芳松根据英文翻译，1957年由冰岛雷克雅未克的海姆斯克林拉出版社出版。精装。书前有译者写的序文，对鲁迅的生平和著作做了简要的介绍。书中共译了鲁迅的《阿Q正传》《药》《狂人日记》《祝福》《孤独者》等五篇小说，此外卷首印有彦涵作的套色木刻的鲁迅像。

戈宝权

顾明远（1929— ）

1929年生，江苏江阴人。周建人的女婿。教育学家。曾任北京师范大学副校长，现任国家教育咨询委员会委员、中国教育学会名誉会长等职。

陈漱渝同志：

《鲁迅论教育》已寄上，谅收到。八道湾房子的事，回来我问了周老，他说中间三大间原来就有的（是否是抗战时周作人翻造，那就不知道了）。这三大间中间一间是客厅，两屋是老太太的住房，东屋是朱氏夫人住的。前面又有东西厢房各三间，东厢房放着鲁迅的书籍，鲁迅搬出后，书被周作人堆放在中间的东屋里，东厢房就被改成餐厅。东西厢房往南有一垛高墙，两扇黑漆的二门。高墙和黑门现已不见。二门外面就是鲁迅写《阿Q正传》的角屋。按照周老所说，北屋九间，三间为一套，东三间爱罗先珂曾住过，西三间是周作人夫妇住的。据此可做图。

专此奉达，顺致

敬礼

顾明远

1978年3月5日

陈漱渝同志：

您给周建老提的问题，因前一段建老身体不好，到今天才和他谈，所以迟复为歉。现将建老谈话记录如下：

民权保障同盟是借孙中山的民权主义一词来反对蒋介石的独裁和蔑视民权的法西斯政治。主要由宋庆龄、蔡元培领衔的，头一次来邀，鲁迅和我一同去参加，在场的有宋庆龄、蔡元培、杨铨、史沫特莱，还有林语堂。第二次鲁迅和我去时，林语堂就没有去了，史沫特莱总是去的。我想这个同盟是在党的推动下搞起来的，而由宋和蔡出面，因为宋、蔡都是国民党元老，蒋介石不敢拿他们怎样。史沫特莱是第三国际的联络员，有她来参加，证明一定有党的推动。

鲁迅是同盟的执行委员，我是调查员，同盟的任务是保障民权，如有革命者被捕，就以同盟的名义给国民党政府写信，保障政治犯的权利。

我不知道同盟有什么分会，有人说胡适是北平分会的会长，这是谣言。同盟的最高领导机关是执行委员会，杨铨是秘书长，或叫总干事。同盟与济难会不知道有什么关系。济难会我也去参加过，那里几乎都是共产党员，当时有姚蓬子、丁玲等，还是他们被捕以前。

其他问题他也记得不太清楚了。

专此，并致

敬礼

顾明远

1978年9月16日晚

胡风（1902—1985）

原名张光人。湖北蕲春人。文艺理论家。曾任左联宣传部长和行政书记。著有《胡风评论集》等。

陈漱渝同志：

因病，不能用脑力，你的信昨天才看到。延误了回复，很是抱歉。两个问题简单答复一下：

（一）吴奚如说，1936年，我是中央特科和鲁迅之间的交通员。但据我的记忆，当时吴是在中央军委工作的（也许特科是属中央军委的），我是必要时才向鲁迅传达党的要求的，并没有明确具体的工作任务，如交通员。记得清楚的是，曾代军委向鲁迅请求金钱的帮助，鲁迅都照所要求的数目给了我交吴奚如。

（二）鲁迅曾交给我一叠白信纸，说是放在内山书店转给鲁迅的。鲁迅不知是怎么一回事，就交给我去研究一下。我就和吴奚如谈这件事，吴教我用碘酒擦擦看看，果然擦过后，白纸就显出了字迹，原来是被关在南昌监狱的方志敏写给鲁迅的一封信和党中央的一份报告。方给鲁迅的信的内容是要求鲁迅和孙夫人设法营救他，向南京政府提出要求释放，并未提以民权保障同盟的名义。

吴奚如收下了那份给党中央的报告，把给鲁迅的那封信仍让我交给鲁迅。鲁迅认为在当时情况下，如果提出营救反而会加速蒋介石对方志敏的杀害，他希望方利用这一段时间写一些东西留下来。我把鲁迅的答复转告了吴奚如。这就是我的全部记忆。至于方给中央的报告是什么内容，是怎么处理的，我都不知道，有可能是吴交给了冯雪峰，冯再转走的。

至于《可爱的中国》是否就是那份报告，还是以后写的，我就不清楚了。

如果那份报告就是《可爱的中国》，那有可能是冯雪峰交给他的老朋友代为保存着，解放后才拿出来出版。具体情况我不清楚。

（三）当时徐平羽也在上海，他是在中央驻上海的办公厅工作，他和吴奚如都曾要我和周扬一起谈谈，消除隔阁。我表示同意。但我当时没注意办公厅和特科究竟是同一个机构还是两个机构。

专此及祝

工作顺利！

胡风

1980年6月2日

胡今虚（1915—2003）

浙江温州人。曾与鲁迅多次通信。著有《鲁迅作品及其他》、《鲁迅诗读札》（油印）、《鲁迅诗考注琐谈》等。

漱渝同志：

1月29日手书敬悉。

去年10月，鲁学会在杭州举行，会后文件已看到，知道你同北京诸前辈专家皆到来，喜甚。温州参加者二人，一为师专中年教师，一为瓯海县❶中学教务主任邵

---

❶ 今浙江省温州市瓯海区。

太安同志。邵早一月先来谈及，商写论文，我肠枯事乱，不能作一字。会期中，闻浙学会史莽同志已谈及温州数人已参加学会，1983年春末将在绍兴举行大会，上海陈梦熊同志亦来杭，曾问及贱况。梦熊同志常通讯，近在理一书稿，极忙。

近年来，我忙于杂务，旧编读诗稿，实为杂烩，多摘抄，偶有二三浅见，亦皆琐碎。有的问题，所有论鲁迅诗文章中皆未注意，或有意曲解，常思摘写短稿，亦未暇。稍后总当写出，以求教于同好，并报师友关怀。

关于读《秋夜有感》旧稿，1981年春已经锡金同志校改，本即可发表，总感未甚妥，又加改写，迁延两年。现已付打印，约一万五六千字，极枯散，但力主韵事说，根据有力。多冒犯他人，必受斥责，但为求讲真话，正学风，不计其他。自印可免多遭删削限制，待打印后，再自己删改。留五六千字，能否在报刊发表，已不急了。下旬即当寄请教正。

陈福康同志询郑振铎事，我所知不多，前略有所闻，本地郑之同志老友已找不到，我再当向各方询问，并开列一些人名，再请福康同志去信联系。

雁荡在温州区，市中心乘汽车去仅数小时，你如南来之便，可约伴同游，那时我如在本地，当陪往。温州市场繁荣，但亦畸形，物价混乱，远不如上海、杭州等大城市正常。

1980年香港印行周作人《知堂回想录》，你已看到否？约四十万字，内颇多有助鲁迅研究、抄附数条，此书如未看到，可购求。

锡金同志前曾为拙稿谈《秋夜有感》写一《附记》，谈抗战时在上海文学活动事。上月我将此文转寄东北鲁迅学会或北京《鲁迅研究》，我本无此意，否则，我自己原可早于一年前寄去。现在如能先发表亦可。我愿将此文与拙稿同在一学术性报刊发表。

琐琐奉闻，诸渎精神，乞谅。

即此，顺颂

撰安

友人尹庚近在内蒙古《花地》发表记30年代初上海举行远东反帝大会事，原为其文学回忆录之一，无多新资料，想亦已寄鲁迅研究部门。

弟 胡今虚
1983年2月7日

【附录】

周作人60年代初所作《知堂回想录》，1980年11月，香港三育图书有限公司出版，共727面。

P.265，民元，鲁迅去南京教育部之前，周作人写《望越篇》（或许刊于《民兴日报》），现留有草稿，上有鲁迅修改的笔迹。

P.274，引《关于鲁迅》（1936年后作的）中所说：辛亥年冬，鲁迅作《怀旧》，文末题名，过了两三年，作人加了一个题目与署名，寄给《小说月报》云云。《知堂回想录》中说："至于那篇《怀旧》由我给取了名字，并冒名顶替了多少年，结果于鲁迅去世的那时声明，和《会稽郡故书杂集》一并退还了原主了：我们当时的名字便是那么用法的，在杀青投稿的时节，也是这种情形，有我的两三篇《随感录》就混进到《热风》里去，这是外边一般的人所不大能够理解的。"（按：民初，作人在绍兴曾帮鲁迅抄《古小说钩沉》及故书杂集资料。）

本书中某处谈及辛亥革命后，作人写一文发表于《民兴日报》或《越铎日报》，内似乎说经鲁迅版修改过，用笔名"独应"或"独"字刊出。

今年报刊上发表过新近发现的鲁迅遗文，内有一篇原署名"独应",改正者也说过这笔名原是作人的,但鲁迅也用过。《知堂回想录》所记,可供参考。

漱渝同志:

这次小儿中原赴京开美术工艺会,特嘱趋候,借广识见,他适逢市上展销,因便带奉微物,虽极薄,亦欲聊申敬意。日昨始返,以未一瞻芝宇、亲聆教益为怅,乃惠书道谢,深为羞愧。弟处所需书物,取用甚便,鲁研新刊,亦常读到。他无所需,请勿挂念。如再费神,只增我罪疚,至祈察谅,勿再道及。

知你著述甚忙,甚为钦羡。锡金、马蹄疾、陈梦韶、郑心伶及贵友邢富钧同志亦常有通信,皆甚辛勤。弟常自责自戒,不应常以琐事干扰。唯常以能得知诸友近况佳讯为慰。年来苦于打杂,欲理旧稿亦无暇,只能偶写短文。去年在青海《雪莲》季刊发表两则,近又发表谈聂绀弩诗一则。读聂诗者已多,我只恐多滥调,今刊出后检看,尚幸无人云亦云。稍后拟寄奉该刊,文虽短,亦欲一求大教,并以代函。

温州近准备开放,已日益繁盛,《文学报》近亦在此开会,几时大驾如来温或来杭,借日一叙,实为欣幸。

匆此,请不必复示,顺颂

撰祺

胡今虚 启上
1984年5月30日

潄渝同志：

前接大礼，并蒙赐书，喜甚，谢谢。

近年来我协助本地民主党派杂务，甚忙乱，去冬又试办中原书法函授，面向全国，参加学习者颇多。两月来，连接待李何林、赖少其、唐弢、萧军、黄源诸前辈专家题词赠言，给予学习者鼓舞极大，此工作甚艰重，当竭力严肃谨慎，不敢有负赐助者和学习者的属望。

两年来，常欲整理出关于鲁迅诗的一些短稿，所谈之事，为别处所未及或被明显误解的，但总无暇。《教授杂咏》的字幅受赠者邹梦禅及白萍两人事迹过去知者不多，全集注中也未详。去年我已详知梦禅经历，他为著名书法篆刻家，又承他告知白萍事，极难得，应加报道。但总未写出，今写一稿，甚琐碎，亦多闲文，原欲供研究者参考，现随函奉上，请多加删削，如可作为《资料》或《动态》❶补白甚好，其事总该使读者知道。梦禅近与我常通信，当还

---

❶ 《鲁迅研究动态》，鲁迅博物馆内刊。

可请其记述所知，冯雪峰及"左联"事。

又，前已谈起，关于《秋夜偶成》一诗的拙稿，我现仍在整理。虽于1983年已发表摘录，但拙稿所记尚有重要材料。此诗含义问题，实有关学风问题，在此健谈彻底批"左"时，鲁迅研究中"左"风仍未认真批判、纠正，所以我即拟于下月再设法将拙稿排印寄发各处。

马蹄疾同志去函告"辞典"即可完稿，喜甚。嘱补写陈光宗事，已写出，并附寄去别的几点材料。

知你极忙，不必复信，如果《动态》手头有多，请便中寄赐，浙鲁学会拟于3月在绍兴举行，今仍未确定。

匆此，顺颂

撰安

胡今虚

1985年3月18日

漱渝同志：

久未函候，常在各处报刊读大作，甚喜。

3月号《动态》承录用拙稿，甚感。得《文学报》顾家干同志信，知代向贵刊介绍此文，至感盛情。

4月间，浙鲁迅学会在绍兴举行，我应召参加，得与黄源、史莽诸同志详谈，并作今后浙江研究与纪念活动打算。闻将筹设鲁迅研究中心，不悉已初步计划否？明年鲁迅逝世五十周年，浙当有纪念活动，温州方面也将提供资料，我已与此间诸友商议。浙会新理事会已选出，但部分同志间有误会，会务未顺利开展，史莽同志深感不安，朱忞同志与我力请注重团结。

今年6月为黄源先生八十寿辰，我先已致贺，并力主举行大型活动，并庆祝《译文》杂志创办五十周年，但杭州诸人因事忙，未多做准备。

《动态》改版，充实，甚好。我现拟补购1至3期各一二册，又预订半年，款已汇去。《鲁迅研究资料》及《鲁迅研究》今后编印计划不知如何？看来因为既很专，又较大，办理殊不易。《动态》较活泼，有的资料及研究短稿，似亦可在《动态》发表，可较快与读者见面，似稍佳。

拙稿谈《秋夜偶成》，4月间又改写，再打印，在浙鲁会上提出，并做了讲话。多得指教支持。单演义同志于4月底来信为《鲁迅研究年鉴》索稿，即将此稿再压缩改写寄去，或有录用可能。拙稿所谈琐细，又提出张梓生本人似不欲张扬之事，但为实事求是，为正学风，为廓除神化鲁迅的歪风，当亦有一定意义。

锡金同志去前曾为此稿写一《附记》，谈《鲁迅诗话》发表经过及抗战后期上海地下文学活动情况，亦有参考价值，特再录出，寄上，请加斧正，未悉可在《动态》发表否？

我年来为此间民主党派办杂务，极烦乱，尚有一些关于鲁迅诗的小资料及学习心得，稍后定当写出，寄供参考。又曾与邵太安同志合写一文，再谈鲁迅诗中的"神矢"及鲁迅婚事，虽然别人说得已多，但也补充一些资料。此稿前似已寄给贵处，稍后当再抄改，仍请斧正。

即此，顺颂

撰安

胡今虚

1985年8月30日

漱渝同志：

拙作《记梦禅》承赐发表，又闻读《秋夜偶成》一稿亦将在《资料》刊出，至感。该期《资料》不知何时付排？拙稿或有数处稍改，拟另抄一稿，未悉可换入否？恐亦多不便。

《鲁迅诗论注》，所读已多，总感尚有商榷之处。我多年札记颇多，本当提出一二向诸家求教，苦于琐务忙迫，无暇动笔。陈梦熊同志寄示近作《记郁达夫批驳梁实秋》，甚好。我感《吊卢骚》一诗有极重要意义，许多人未加注意，必须提出。曾做札记漫谈，因脑乱，文极琐碎，纠缠重复，自知不成样子，但又无力且无暇细改。兹先抄出，敬寄请教正：

第一，主要要求，拨冗费神，全部改写，痛删闲文。第二，文中提及卢骚出走、苦未细查事实，究在何时、何地、何故，向何人告辞，何状，皆未明。想来《忏悔录》或他人作的传略，当有线索。你学富识广，想有所知，如能代为查明，加以述说，更所感激。如蒙不弃，此稿敢请赐予合作，并以大名署前。如一时无处发表，请改后寄下，或许可就近在绍兴师专专刊或其他小刊物发表，或兄自行打印分寄。总希望这一看法，早日向同好提出。此种心情当蒙明察。

4月中曾参加在绍兴举行的浙鲁学会大会，受热情接待，极不安。会前后与黄源、史莽、俞芳、朱忞、谢德铣等同志详谈多次，并议及明年鲁迅逝世五十周年纪念事，浙当有较大活动，我当再至杭州或绍兴参加。上海鲁迅纪念馆已为明年纪念来信约稿，明年二三月必须写出数篇较切实的纪念文。近年新得一些史实，颇有意义，当写出。再当寄请教正。

广州郑心伶同志近主编《文艺新世纪》，每期寄来，想亦甚忙。

欲陈未尽，匆此，顺致

近安

胡今虚 上

1985年12月10日

漱渝同志：

前上专函，当已到。29日邮寄一点海味，目前离春节还远，邮寄费当不会太涨。年来全国各处食品供应多，但群众讲享受，价涨得快。此次的寄虾干及鳗鱼鲞，本年产量多，在海味中涨价最少，且此二者在温州春节前后，为酒席上好菜，本地人特喜爱，味确也清鲜，特此因便寄奉少许。此二者都已由我家人趁好天色，晒多天，很干，但冬至后渐近立春，容易还潮，虾干可吃一二个月，鳗鲞只可吃到农历正月上旬。虾干比虾尾更鲜，且用处较大，可以烧菜汤，稍加开水使软后，就可装盘碟上菜桌。

鳗鲞请整片稍稍浸水后，蒸熟，再用菜刀打斜切成极薄的小片，如酒宴上的火腿片大小，每片各可以全肥猪肉（无一丝瘦肉）衬着，一起蘸酱油、黄酒（或醋），下酒极宜。所寄很少，只可备两盘。碎块、有骨头的，可以放在底下，或烧菜汤吃。所寄极少，乞谅。老同学徐淦（北京人民美术出版社连环画脚本编写专家，今退休后仍在社，《新民晚报·夜光杯》上常有稿），绍兴人，去年我寄鳗鲞去，他是美食家，嗜酒，来信要吃黄鱼鲞（他不知鳗鲞之身价在温州高于黄鱼鲞，后者只可作饭菜，上不得筵席，家常宴客，也极少摆上黄鱼鲞），但黄鱼鲞产量不多，我补寄了去，不算好的，他却爱。在北方实在极少有人爱吃鳗鲞。至于虾干、虾尾到各地都喜，以其方便。

今午接《动态》8期，读锡金的《附记》一文，题如旧，文章发表时已删去许多，至于上海的文学活动部分都不见，因此，内容与题目不相合。看来现在的题目应是《漫谈鲁迅诗话》，不过现在已发表了，也无关。此原是报道动态，供参考。本期附录锡金信，相当长，他对这些事极关心，做得很仔细，他曾将拙稿全都改抄两次，如他之忙，细心负责如此，我极为感动，所以后来不常常烦扰他，他所改稿，我自己搁得太久，他如此关心，我极不安。

我现在温州，协助民革市委会及政协文化组整理一些文史资料及杂务，极忙乱。许多应做的事都未做，上海纪念馆及别处都约为明年鲁迅逝世五十周年纪念写稿。我正要写的有好些材料，鲁迅写赠邹梦禅的字幅，上月又承邹老面告种种，亦可写一些文字。又温州多次纪念鲁迅逝世情况及其他事，也都可写，明年二三月当写出。

锡金同志处最近当去信，他极忙。

无暇勿回信。

余另陈。即此，祝

安！

《鲁迅研究资料》及《动态》本市无零售，较少见。《动态》近几期我将补购，并续订。

温州购书购物很方便，比北京方便，城区小，我家即住闹市，请千万勿寄书物来，千万，千万。

弟 胡今虚 上

1985年12月31日

漱渝同志：

曹靖华先生题字，今日已寄到，多劳精神，感甚。题云："发扬鲁迅精神，纪念鲁迅逝世五十周年"，极珍贵，当年治丧委员会中，今唯曹公健在，恭祝他健康长寿。

萧军同志亦赐题"鲁迅逝世五十周年纪念"一行，当作封面。许杰先生亦有字来，我还请中青年研究者题字，以光篇幅。此次所印资料专辑，见复印本，仅供内部参考纪念，有的题字印复制再送别处，或可得录用。上海馆的编纪念集已基本完稿，拙作短文及所寄邹梦禅先生字，亦将刊入，还来信索取小照。今天我即将曹、萧的题字复印寄上海并建议本集内应多影印题字，当为读者欢迎。

陈梦然、单演义同志题词今已寄来，另有数处也即将寄来。此月我即作为个人的纪念月，能多得题字最好，妄拟请你便中也写几行，录鲁迅语亦佳，数十字、一行皆佳，内容形式皆不拘。大小要在三十二开纸以内，如不便复印，拟即排印或复印。延至月底付印。4月上旬可订发，你如有暇，请赐一幅，二十七八日寄下亦佳，迟寄也可补入。如果可用打字或排印，则字数二三百亦佳，如此一页上容量可大。如实无暇，当不敢再强求。

周海婴同志处，不知信可寄到否？

诸渎清神，多恕。即此，致

敬礼！

老友陈光宗

1933年我替他寄一小画像给鲁迅，见于鲁迅日记，1934年他在内山书店速写鲁迅全身像，此像流转各刊物编辑室，不及发表。鲁迅亦知其事。1937年他又为鲁迅逝世周年绘巨像。我近日写一短文即记此三画，稍后还将写些短文，因便奉陈。

胡今虚
1986年3月18日下午

胡愈之（1896—1986）

浙江上虞人。鲁迅在绍兴府中学堂任教时的学生。作家、政论家、世界语学者。1933年加入中国共产党。著有《莫斯科印象记》，受到鲁迅赞许。中华人民共和国成立后曾任出版总署署长、《光明日报》总编辑、文化部副部长、第六届全国人大常委会副委员长等职。

陈漱渝同志：

来信收到。承提出两个问题，就我所知奉答如下：

（一）关于30年代"文委"的情况。据冯雪峰同志生前告我，"文委"原来直属江苏省委宣传部。1934年上海中央局和江苏省委全部遭到破坏，只有文委还保留下来。1935年2月文委书记阳翰笙被捕后，由周扬接任文委书记，后来周扬等人解散左联，提出"国防文学"口号，即是以"文委"名义做出决定的。1936年鲁迅去世以后，"文委"亦销声匿迹。周扬等人于1937年8月间都离开上海，去了陕北，从此"文委"就不存在了。复社（以后改为鲁迅纪念委员会）出版《鲁迅全集》是1937年10月以后发动起来的，与江苏省委文委绝无关系。当时党中央在上海设临时办事处（八路军办事处），对《鲁迅全集》的出版工作确实予以支持。记得和我联系的是刘少文同志，现仍在北京。又武汉八路军办事处预购了大批的全集精装本，送去陕北，这也是在经济方面的支持。至于"复社"是出版《西行漫记》时用的名义，不是真有这样一个团体。新闻小组这个名称我没听说过，可能是1938年以后我离开上海后成立的，要问梅益同志就会知道。

（二）文学研究会是在1920年前后在北平成立的，发起人是哪些人，现在记不清。当时我和茅盾都在上海商务印书馆担任编辑。我还没有认识郑振铎，所以绝不会通过我请茅盾当发起人。后来郑振铎到上海进商务印书馆工作，文学研究会也迁来上海，我是在后参加的。记在当文学研究会在北平成立时鲁迅已经和文学研究会密切合作。不过名义上不算会员罢了。如果说是由于《文官法》限制而不参加，我怀疑是否属实。

在鲁迅博物馆的谈话记录❶，大概是三年前的事了。恐记忆有误，如能印出清样，可否给我看一下？

---

❶ 1972年12月25日，胡愈之和冯雪峰应邀跟北京鲁迅博物馆职工座谈。谈话记录稿经本人修订后，刊登于文物出版社出版的《鲁迅研究资料》第一辑。

问您好。请代向李何林同志问候。

胡愈之

1977年2月3日

陈漱渝同志：

15日来信收读。

文艺家协会我没有参加。据说成立会是在1936年6月7日召开的，那时我在香港，所以开会情况完全不清楚。成立会开过两次，这话也说不通。所谓第二次会，可能是文化界救亡协会的成立会，那是在1937年8月初召开的，上海各大报都有详细报道，可查当时《申报》就可知道。文化界救亡协会我是参加的。但这一次的会完全为潘公展、周寒梅所把持，并非文艺家协会。唐弢同志回忆的"文艺界救亡协会全体大会"，可能就是"文化界救亡协会"，记错了一个字，也未可知。据我的回忆，1936年鲁迅去世后，文艺家协会已无形解散，"国防文学"这个口号，也没有人提了。林淡秋同志记起的第一次内部郑振铎主持的成立会，要问他是哪一年哪一月召开的。如确实是1937年8月召开的，那肯定是把"文化界救亡协会"误作"文艺家协会"了。

此致

敬礼!

胡愈之

1977年7月16日

陈漱渝同志:

11月25日来信时,我正往医院,以致迟复为歉。

关于你提到的三个问题:

(一)复社是1937冬在上海成立的一个地下出版机关,做了出版《西行漫记》和《鲁迅全集》这两件事,并不是一个社团。参加工作的人大部分是上海抗日救亡团体联合会(公开的称为星二座谈会❶)的成员。这个团体到1938年(我已离开上海)人数陆续增加,因为是不公开的,所以我也只能记得其中一部分。总人数也不只是二十人。你所开列的十六人中,陆蠡、蒯斯曛我不认识。除此十六人,我能记得起的,还有张宗麟、梁士纯、梅益这三个人是比较重要的。复社后来被法捕房查封,所以出版《鲁迅全集》时,不再用复社名称,而用鲁迅纪念委员会。

(二)国际问题研究会似乎就是国际宣传委员会,是属于上海文化界救亡协会的,许广平同志好像没有参加。

---

❶ 星期二活动一次。

（三）上海人民团体的联合救亡组织，即上述的上海抗日救亡团体联合会。

此致

敬礼

胡愈之

1977年12月14日

陶忻、陈漱渝同志：

17日来信收到。

关于民权保障同盟，我是在1933年1月被邀参加的。以后开过三四次会，即6月间杨杏佛被刺，以后就无形解散了。我只记得1月间那一次会是中央理事会宣布成立的会，参加者除正副理事长蔡、宋、总干事（或秘书长）杨以外，鲁迅、林语堂、邹韬奋和我是理事。伊罗生，可能还有史沫特莱，是被选为理事，还是以外国记者身份列席的，我已记不起来了。陈彬龢似并未出席过会议。至于筹备经过及所谓上海分会，我完全不知道。胡适大概是负责组织北平分会的，在上海的第二次会议，因胡适以保障同盟名义视察北平监狱后，在报上发表谈话，说政治犯在狱中待遇很好，没有刑讯，等等，是袒护国民党的，后似由中央理事会通过予以开除。至于北平是否成立分会，我也不知道。

民权保障同盟肯定是党的外国组织。据我当时所知，它是共产国际所组织的国际的群众性组织，中文译成济难会，是为救济各国政治犯而设的。群众基础是外国工人。在上海早已有济难会组织，是绝对秘密的。民权保障同盟则为济难会的一分支，是公开的、合法的上层组织，与英美法等国由罗素、巴比塞、爱因斯坦等知名知识分子所构成的类似组织有联系。但这是我的猜想。冯雪峰同志生前也是这样说的。所谓上海分会，可能是济难会的组织，我一点也不知道。1933年郁达夫已移家杭州❶，不参加任何政治活动，因此这个分会名单也不可信。

当时地下党员了解济难会情况现在在世的是很少了。可能现任政协常委的王学文同志（住在南河沿）会知道一些，他是30年代做党的地下工作的。如需要弄明白，是否可以通过政协去访问王学文同志一下？

敬礼！

胡愈之

1978年8月18日

---

❶ 郁达夫离沪赴杭是1933年4月25日，可参阅郁达夫著《移家琐记》。

黄药眠（1903—1987）

广东梅县（今广东省梅州市梅县区）人。1928年加入中国共产党。诗人、文艺理论家、教育家。曾任全国政协委员、民盟中央常委、中国文联常务理事兼副秘书长等职。

陈漱渝同志：

　　来函收到。简复如下：

　　江南书店，是创造社出版部被封后，原班人马换过一个招牌。我1929年出国，后期情况我不知道。陆一远❶是留苏回来的。彭芮生❷是彭康的弟弟。详情可问冯乃超或阳翰笙。

祝好！

（我现生病住院，此信由别人代笔）

黄药眠

7月12日

---

❶　翻译家。

❷　20世纪30年代初中央文化工作委员会成员。

贾植芳（1915—2008）

山西襄汾人。作家、翻译家、学者、教授。著有《贾植芳致胡风书札》《贾植芳文集》等。

漱渝老弟：

此次又有幸在上海见面，十分高兴，可惜时间仓促，未能畅谈欢叙一场，又感到遗憾。因为像我这样日暮穷途的人，能多和朋友们见面一次，畅叙一番，一次也算一次了。

您们那里办的《鲁迅研究月刊》当年第3期上有一篇冷子兴先生的文章《"无可厚非"的"牛奶路"》对谢天振先生从译介学的角度提出的不同现象，进行了批评议论。现在谢先生对此文提出种种意见。我向您们推荐，希望贵刊本着"百家争鸣"的学术观点，能予以揭载，因为真理是越辨越明白。

谢先生是我的研究比较文学的同行又是朋友，他现任上海外国语大学外国语言文学研究所教授，我也希望您们通过文学之交成为朋友。

匆此，顺颂

福安！

贾植芳
1995年6月27日上海

江丰（1910—1982）

上海人。美术家。1931年加入中国左翼美术家联盟，组织一八艺社研究所。同年8月参加鲁迅举办的暑期木刻讲习会。中华人民共和国成立后曾任中国美术家协会副主席、主席，中央美术学院副院长等职。

漱渝同志：

（一）我参加《前哨》的工作，是冯雪峰把我从美联调去的，负责秘密发行工作，时间大约是1931年10月间。楼适夷负责校对工作，我俩住在公益坊十二号前后楼。我记得我去工作后发行过一期《前哨》，分发给社联等团体。以后改名《文学导报》，何时改我已记不起。上海一·二八战争爆发，我与楼适夷都去从事抗日救亡运动，这时《文学导报》好像也不出版了。

鲁迅是否参加具体编辑工作，我不清楚。我记得有一天晚上,鲁迅和冯雪峰可能还有丁玲来到我们的住处,我没有参加他们的谈话,楼适夷是参加的。

(二)《前哨》第1期何时出版,我不清楚。

(三)楼适夷迁居公益坊十二号比我早,具体月份我记不起。

(四)《文学导报》的出版情况我已记不起。

此复,致

敬礼!

江丰

9月8日

江绍原(1898—1983)

安徽旌德人。宗教、民俗学专家。《语丝》撰稿人。鲁迅在广州中山大学任教时的同事。

漱渝同志:

惠赐小说英译两种,多谢!忙于增删不久前从贵室李主任手收回的一件烂稿子❶,尚未畅读。今天完工,未加

---

❶ 指他谈鲁迅《会稽禹庙窆石考》的长信。

润色便准备付邮，封皮上将写明请您拆阅，意在敬恳耗费半旬左右宝贵光阴，耐烦通读，剌取要点自留，聊供诸位同志参考，不必誊清或打字了。这一切烦转达李主任。错误在所难免，求一一指正，盼甚。即颂

进步迅速，心情愉快！

江绍原

1979年3月14日

西城新街口八道湾十一号

姜德明（1929—2023）

天津人。高级编辑、藏书家、书话家。著有《姜德明书话》《余时书话》《书梦录》《活的鲁迅》《相思一片》等。

漱渝同志：

你好。

百花小文库❶，我看还是用"序跋选"为好，小说不

---

❶ 此文库由姜德明主编，百花文艺出版社出版。我负责编《鲁迅序跋集》。

必了,也师出无名,令人莫解。能有六万五千字即可,稍多二三千字也行,这样让人看到有章法,有目光。否则人们会问:何以不选杂文?此意想能同意,我已与范希文同志讲定了。

同出版社打交道,也真有难处,想能谅解。明示。匆匆,祝

近安!(空时盼来聊天!)

姜德明
1984年7月19日

蒋锡金(1915—2003)

江苏宜兴人。诗人、学者、教授。

漱渝兄:

抄录两份材料,以供参考。

一、南京解放时的荆有麟
孔罗荪谈
武汉第三厅时期好像大家都不觉得有这个荆有麟。

以后到了重庆，在郭老领导的文化工作委员会中荆有麟便出现了。由于他的行踪诡秘，文艺界对他都怀有警惕性。

南京解放的时候我正在南京，那时还有陈瘦竹和方光焘。大军刚过江，国民党匪帮逃散，人民政权尚未建立起来的时候，南京的街头上贴出了"维持会"的布告，下有三人具名，其中有一个是荆有麟，会址设在中央饭店。我纳闷，是不是就是那个荆有麟呢？恰巧我要路过中央饭店，就悄悄地进去转了一转，看到有些人在那里开会，而站着讲话的正是荆有麟，就赶紧退了出来。我把这事对朋友们说了，大家都很纳罕。这个维持会可能很快就解散了。

过不了几天，在新街口又出现了一个剧团，有一帮男男女女出出入入，而其团长又是荆有麟。

这时，北京传来了要召开第一届文代大会的消息，我们在南京的一些朋友正在合计，怎样和北京联系，产生代表。荆有麟忽然找到我，还带了一个女的，说是他的秘书。文艺界的人带着女秘书找人的事是从来未有过的。他说，他想打听一下，怎样和北京联系，产生文代会的代表，他也想参加这个会。我们合计了一下，决定不睬他。

而夏衍从上海来联系，要商量产生文代会的南方代表的问题。我们去了上海。正商议间，荆有麟又给上海去了信，表示了他的愿望。我把他的情况说了，大家觉得代表团中不能搁上这样的人。所以又没有睬他。

听说他还给北京写过信或打过电报，详情不知道。

不久之后，就听得南京的公安部门抄查了这个剧团，抄出了电台，还有许多其他的罪证。以后经过审查、核实，正式宣判，就把荆有麟镇压了。

谈话时间：1977年11月14日

谈话地点：上海淮海中路1610弄5号，孔罗荪家

蒋锡金　追记
1977年12月

二、关于荆有麟的材料

（一）

《新华日报》1951年4月30日第二版文章摘要：

《文化特务荆有麟的双手染满了祖国优秀儿女的鲜血》

文化特务荆有麟，二十多年来，一直用极端卑鄙毒辣的阴谋，进行暗害破坏活动。早在1923年，就打着"鲁迅先生的学生"的"金字招牌"，混入李大钊先生创办的《哈哈报》，为北洋军阀吴佩孚做情报，用中国优秀革命领袖

李大钊等十七人的鲜血，换取法西斯统治的地位。北洋军阀倒台后，荆匪投入蒋介石匪帮的怀抱，参加军统和中统，为蒋匪帮的双料特务。

1940年6月，荆匪又挂起他的"金字招牌"，伪装"左"倾文化人，混进了郭沫若先生的文化工作委员会，暗中监视中共驻渝代表周恩来、董必武、林伯渠、邓颖超、民主人士沈钧儒、章伯钧、史良、王昆仑、曹靖华等。

……

抗战胜利后，荆匪因残害人民有"功"，由匪保密局任为南京站少将文化组长，由匪中统局任为南京实验区专员……

淮海战役结束后，匪保密局布置潜伏组织，荆匪以为他那伪装的"左倾"文化人又可在解放区打掩护，遂由匪首毛人凤亲自布置为潜宁第一分站少将站长，领到C.S.M电台一部，密码六本，活动经费大宗，还派了译电员，报务员数人随荆匪工作，荆匪当即组织剧团，以唱蹦蹦戏为掩护，着手搜集我军及苏联使馆情报，向台湾报告。南京解放后，荆匪伪造军管会的臂章及布告，到处招摇撞骗，刺探情报，被捕后，仍散布第三次世界大战即将爆发的谣言，自命为被捕特务的"总顾问"，阻止其他特务坦白。

荆匪这一阴毒无比的特务……厚颜无耻地说："我以

为挂着总统府少将秘书的名义，拿三个职务的薪水，不要上班，倒是顶舒服。"……

刊登上述揭批文章的大标题为：

《这批反革命首恶欠下千万人民血债，天理国法人情都不许他们逃避正法》

编者按语为：

"本市人民政府接受广大人民的正义要求，于昨日处决了一批美蒋特务、恶霸等罪大恶极的反革命分子。现将被处决的一部分反革命分子的罪恶劣迹揭露如下。"

（二）

南京市公安局存有荆有麟档案。上述文章基本内容为档案中所存对荆匪起诉书（草稿）的摘录。

下面三则材料是从档案中摘录的：

1. "（荆有麟）山西猗氏县孙大苑村人，现年46岁。"

2. "荆有麟化名：李林、金林、林安、周建新、金星，又名定庵。"

3. "1939年由重庆伪考选委员会派往伪军事委员会'防奸防谍训练班'受训，毕业后奉军统特务头子戴笠令仍回原机关从事特务工作，受伪军事委员会特检处（军统组织）刘潘云领导，同时，又参加中统局工作。"

蒋锡金 抄录

漱渝、允经同志：

10日抵武昌。寓武昌的"珞珈山宾馆"。材料虽不多（大都在"动乱"中烧去），总算还有一些，此行还算不虚。今日已把武大的材料看完抄毕，省图还有一些未看未抄；华中师院也有些材料，还未去了解；然而市图据说最近从沙市和宜昌找回一些材料（抗战中落在那里，今方找回），答应我们去翻阅，这样，就得考虑是否搬到汉口去住（来回过长江大桥从汉阳转，太远，真不方便；来回路上费的时间太多了），尚未最后决定。此外，省市还有两个档案馆，还有一个"八办"也有些材料。要查起来是很要花费些时间的。

厦门之行，此间武大与华院皆有同志去赴会，他们说，我与赵彝❶可于2日与他们结伴同行，一日出发，路上人多，好有照顾；我想这样倒可以腾出返京的时间来，用在找材料上，所有我也就表示同意了。特去信告知情况，请示是否可行，不知你们有什么意见。总之，我们是会在开会前

---

❶ 蒋锡金夫人。

一周报到的。

来此后我基本上匿居"山"中,老朋友都未见面(奚如❶闻病危已不省人事,又听说他被儿子占了住房,不知怎么回事;他的新伴我不熟,去了不好谈话,所以也无法去看他)。此间有两位湖北省当地人的旧友见了面,他们也年龄大了,行动不便,好在有他们的孩子一辈可以帮些"跑腿"的忙,颇得其助。昨日(21日)武大给了一辆面包,跑了一天武昌的旧址,拍了些照片;后日"武汉文化志办公室"亦将给一辆面包,跑一天汉口的旧址,也拍些照片。在武汉打算是跑此两天了。因为惊动了文化志办公室,因而必然也要花上半天到一天的时间,回答一些他们所关心的问题。这也是应该的和理所当然的。

幸而武汉这几天一点也不热,隔天下点中雨或大雨,天气立化成秋。所以,说不上是到火炉里锻炼,却是到武汉避暑来了,事情也真怪。如有回示,望寄"武昌武汉大学北三区11栋3门163号皮远长同志"或"汉口解放大道73号叶平林同志"转均可。

专此,即致
敬礼

---

❶ 吴奚如。

赵彝均此问候!

请代问候鲁博各位同志,并问候李先生[1]和王先生[2],不久就可在厦门晤面了。

锡金
1983年6月23日

漱渝兄:

大连一别,我到10月1日半夜1时47分才回到长春。你们的旅途大约也很不容易吧?这次的会务的安排,说实话真不能令人满意。哈尔滨的会也几乎一样。当然,困难是不少的,但有些困难是人为的,你说是吗?

青海师大的范泉教授率研究生刘为民、李怀亮二君过长春,他们还要去北京停留一会。他们除了到各地访学外,还有一个编纂《中国现代文学社团流派辞典》的任务。他们要了解的北京社团较多,如要你一一指点,当使你疲于奔命,然而,如果你能指点一下他们如何能下手找到的途径,那就可以免去他们的大海捞针之苦,那就也是"功德无量",很可感谢的了。

---

[1] 李何林。

[2] 王瑶。

原拟本月去厦门，但赵彝有事缠身走不开，我一人走动不免有些怯于路途。故已打电报去辞谢不往。这也是没有法子。12月间（日期尚未确认定）作协要开代表会，我要来开会的，到那时希望你能在北京，图一良晤。

专此，即问你和允经同志的

近好

锡金

1984年10月12日

漱渝兄：

在京一晤，匆匆有别。老太太❶福体康复否？甚以为念。

去渝一行，躲过了将近一月，回来又陷入写鉴定的泥淖中了。这也是理所应当之事，怪不了谁的。

李允经同志谈起，《辞典》将定稿，将在北京集合一些人进行，问我能来否。我表示愿意来，因为，我愿意借此摆脱一些没完没了的杂务。你们如陷身其中，不仅会感到烦腻，或者也会感到可怕的。

谭洛非同志处我已去信，让他把请柬直接寄到鲁博。

在京多麻烦你们，临行仓促，未及走辞，望代致歉意。

---

❶ 我的母亲。

好在我们相距还不远,见面的机会还是多的。

  专此,即颂

岁祺

赵彝均此问候!

王国绶、张铁荣、强英良同志问好。

锡金

1985年11月21日

孔敏中(1899—1984)

祖籍江苏,生于上海。原名孔庆瑞,中国民权保障同盟成员。20世纪20年代在清华大学图书馆服务,后转为教员,是中国现代公共图书事业发展的重要推动者。

北京西黄城根北街国家文物局鲁迅研究室

陈漱渝同志:

  12月11日来信收到,有关30年代初的民权保障同盟的情况与作用等,京地有宋庆龄、周建人二位在,定能说得详尽准确。我有勇气在白色浓雾中驱车接迎鲁迅老师到前中研院开会，原是一个小卒的事，微不足道，但也可说明，这是鲁迅老师的伟大人格，浩然正气给我的感应之大。手边没有所提各种文件，很是可惜。

贺庚金在20年代初来京，考进的学校是宣内石驸马大街上的女高师，即年招的是国文系，所以得在鲁迅老师授课的班上听课，与许广平等同班学习，其时没有女师大和女大等名称。

您有机会出差来沪，请驾临指教为幸。此复

敬礼！

孔敏中

1976年12月28日

李何林（1904—1988）

安徽霍邱人。鲁迅研究专家。历任天津师院、中法大学、华中大学、北京师大及南开大学教授、中文系主任，鲁迅博物馆馆长，鲁迅研究室主任。编著有《鲁迅论》《鲁迅的生平和杂文》等。

漱渝同志：

来信收到时，即寄《野草》（寄158中）注解一本，计已收到。《鲁迅的生平和杂文》我已没有。这两书如有愿买的，可以汇款去"西安市东大街新华书店邮购部"，不要邮费，每包书如需挂号，多汇一毛二分即可。我买过几次，因此知道。出版社送我不多（也无稿费），我只得买了送人。我已七十岁半，且有肺病（医叫全休），任务也多，所以你的信至今才能简复于下（视力日坏，写一页即模糊，须休息二十分钟）：

（一）译文我提了一下，作为文学家，译文不重要，而且大半已过时了。我不赞成这次印"全集"，把译文也印上，不如只印著作，反可多印点（纸张紧张）。

（二）鲁迅是否读过《民众的大联合》，我只说"我有一个想法"……并未说死。

（三）如果说鲁迅前期能用"历史唯物主义"分析评价文化遗产，也不符合事实。"历史主义"是不违反当时的历史条件来评价历史遗产的意思；到1930年以后他才能运用阶级分析。不能因为吴晗用过，这个词就不能用了。

（四）如果说1928年下半年即完成世界观的转变，那么1929年一年的杂文应该大有变化，像《二心集》似的杂文应该产生一些；但现在选鲁迅杂文的，还是在《二心集》及以后七本中选的多,《三闲集》(二七、二八、二九)选的很少。上海印的"青年自学丛书"《鲁迅杂文选》上下册共选六十三篇,其中1929年的只选一篇《新月社批评家的任务》,其他选本则很少选这一篇。而这上下册选1930年的共五篇,选1931年的共五篇,马克思主义的质量远远超过1929年的,可以说是"突变"。你可以把1928年、1929年的杂文和1930年杂文对比看之。姚文元我也认识,他的那本书是十年以前写的吧?学术问题可以有不同的看法。我是看了"73年"第1期《学习与批判》上石一歌的《论鲁迅世界观的转变》说的,我说"今年有人说……"我不知道姚文元那本书是那样说的。

那六十三篇杂文选,大约也是石一歌选的;如果1928年下半年完成,为何不多选1929年的呢?

(五)《未有天才之前》的本文你可再看一遍,看是否所说的泥土是一般民众,还是知识分子;鲁迅所批评的当时妨碍天才产生的泥土(三种思想)是不是都是知识分子搞的?今年和去年有些报刊评价这篇文章,只从表面词句看,未就全文主题看。

(六)我只就《从百草园到三味书屋》的具体描写来看那个私塾老师,至于寿镜吾这个真人如何,可以不管。鲁迅的作品中的人物,和他用的"模特儿"都不尽相同。

（七）记得我没有完全肯定藤野是"国际主义"，手边现无《……问题试答》（我又汇款去北京买），记不得原文了。你所引的《谨忆周树人君》那段话，如果是抗战期间写的，那他当然要避免不表示对鲁迅很好，中日还在打仗，他怕有"亲华"的嫌疑。藤野不是很进步，是肯定的，但他当时对鲁迅确实与众不同。

（八）《一件小事》中的坏脾气，仍是反话："一件小事"是和"国家大事"对立的，将坏脾气拖开，就是看得起人（车夫）了。

（九）S门也可以说是宣武门，顺字拼音第一个字母也是S，顺治门也就是宣武门。

（十）孔乙己教孩子识字不只"暴露了他的迂腐"，还暴露了他夸耀自己识字多。

（十一）《药》的末尾乌鸦"箭也似的飞去了"，并不象征革命前程万里，但给读者以有力的感受，不是"阴冷"。

（十二）标点排错怕还有，不只四十八页十五行第一句吧？

（十三）"在革命时代有大叫'活不下去了'的勇气……"是对革命叫活不下去了，不是对反动派；如果是对反动派叫，那倒容易解释。下面最后一小段所说的叶遂宁和梭波里，也是对革命大叫，不是对反动派。如果照你的解释，对这最后一小段也讲不通，你们教研组可以讨论一下。

（十四）两种流浪都是说的托洛茨基，第一次"连送一片面包的人也没有"，这就不能把第一次流浪说得很坏，否则就不能和"现在的流浪"对比。

（十五）"反动的韧性"是说以后"周扬一伙"，这一伙里面有创造社、太阳社的人。我对两社的人是区别对待的，我有时用"一些人"，不全面否定。我不明说是哪一些人，但在1928—1929年和30年代反鲁迅的人，现在很多人都知道，他们自己也心里明白。他们不只反鲁迅，实际是反主席的革命路线，执行"左"倾机会主义。

限于我的精力和视力，天气又热（昨天和今天还好），总算对于你提的以上十五个问题，简单地答复了，也不一定对。原来出版社要公开卖，我觉得许多看法不成熟，是我要求在封面印"内部参考资料"的。将来如果再版，一定参照你和读者的意见修改。可能不必再版了。我最近已经接到湖北和安徽两个单位要转载和翻印这本书，供语文老师参考，可惜我现在无时间修改，手边也没有这本书。

我因视力坏，回信一般只写一页，这样长的信是不写的。为免遗失，寄挂号信，收到时望回信说"收到了"即可。

祝好！

158中地址在何处？还是写上街名好，免得邮递员去查找。

李何林

1974年（？月）23日

国绶、英良同志：并转

德延、淑英、潋渝同志❶：

我的《为鲁迅、冯雪峰答辩》一文已在《动态》7期上全文刊出，印的一字未错，殊为难得！应感谢编校同志的辛苦！

此文前已压缩为六千字（全文约一万五千字）在《群言》上公开发表，该刊已付给我稿费，我不能再接受其他任何刊物稿费，因此《动态》的稿费也不能接受。如需开支，是否拨作公益金、互助费之类？我万万不能要！现已通知《纪念与研究》❷，不接受它的稿费。

由于文艺刊物多数在夏衍等势力影响之下，不可能发表这篇文章（它不能在上海馆纪念五十周年专辑上刊出，只能在八辑上刊出，就是一例），而30年代的左翼文艺界的那几个问题又是关系重大的问题；为着多有一些读者，

---

❶ 收信人为王国绶、强英良、潘德延、赵淑英、陈潋渝。

❷ 上海鲁迅纪念馆的内刊。

就在两个刊物上发表了。我只能领一份稿费,即《群言》的。

匆上。祝大家好!

李何林

1986年8月2日

李霁野(1904—1997)

安徽霍邱人。作家、翻译家、教授。曾主持鲁迅发起的未名社。著有《鲁迅先生与未名社》。译著有《简爱》《四季随笔》《被侮辱与损害的》等。散文集有《给少男少女》等。

漱渝同志:

89号开会的人,不必细查了,知道那次会被人泄露。因而发生"新式炸弹"案,就可以了,而且泄露的人并不是你所写的那些人名。从鲁迅给萧三的信看,也看出去苏与那次会无关,因萧是中间人,我们是早知道的。

关于两次回平,据日记和书信所记:

1929.5.22:往燕大讲;5.29:往北大二院讲(应为三院,临时改的);6.2:往师范二院讲,往师范一院讲。

1932.11.12：先往北大二院讲，次往辅仁大学讲；11.24往女子文理学院讲，晚到范寓晚餐（与89号会同性质）；11.27往师大讲；11.28往中国大学讲。共五次。

（1932.12.12给曹靖华信："讲演了五次"；1933年3月10日给赵家璧信："我还没有写北平的五篇讲演"；1934.12.11给杨霁云信："1931年到北平时，讲演了五回……"——1931系记误。）

人文那条关于厘沙路的注若问不到底细，只好作罢。《小说林》南大❶没有，想去人民图书馆查查，也未必有，如得便，可请到北京图书馆查问一下；胡风的译书同。便中为之，不必专跑。听说人民文学出版社在译厘沙路的诗，前些时给一熟人写信打听，未得复。可请函托较熟的人（不必再烦林辰）一问，如有此事，能否将他的绝命诗英译抄寄？要我写点什么的人颇有，但鲁迅先生直接谈过的事不多或忘记了，很为难，所以想了此一愿，查问无结果也就算了。

祝好！

绍兴地区资料，有人借看，请寄来，用后即寄送你，我不

---

❶ 南开大学。（李霁野信中注文多为李霁野自注，部分为编者补注）

留。《忆鲁迅》过几天寄还。

李霁野

1975年3月17日

漱渝同志：

3月28日信收到。所提问题简答如下：

（一）我们当时知道任国桢是地下党员，也听说他牺牲了，但我们与鲁迅未详谈过，也不知详情。我个人不认识任，从谁听到的情况已记不起。

（二）我们因为韦丛芜堕落，素园病，靖华在国外，鲁迅在上海，决定结束未名社。为防韦丛芜再利用社的名义，在京几人说定以后不再用未名社几字。韦说他去通知鲁迅，我们当时怕鲁迅伤心，又怕影响素园的病，未将韦丛芜情形告知他们。但鲁迅已感觉到韦有问题，所以只给他写信声明退出，不让其他人知道，韦丛芜利用这一点，也不说。那时我实际上已离开。

（三）许广平所说被捕公文事❶，未听说过。

（四）那次原定在北大二院的讲演，因人多改在三院，题目不记得了，只讲了不到一小时。记得他讽刺冯玉祥吃

---

❶ 传言1932年鲁迅回北平探亲时当局想行文通缉。

窝头而内夹鸡肉，似乎与批判北洋军阀有关。

（五）沈❶所言事不知。

我的爱人高血压，心脏病发作，现服潘生丁，尚可买到，逐渐好些，承关心至感。现不需要什么药。祝好！

《纪念鲁迅先生》系稍加修改的《回忆鲁迅先生》重版，另寄书一册。

李霁野

1975年4月13日

漱渝同志：

来信收到。以前的"社"，主要为对外通信，有个总代收的地方，并非真正有个团体，若干成员，有社章之类。《莽原》既出版，就得有这样一个"社"，先有几个比较固定的人如高❷、荆❸，还要有个通信地址，这就是荆的住处。所以可以说是有，也可以说是无。我们以个人名义投过稿，毫无社团关系。未名社是自筹印费，与借用报纸一角不同，

---

❶ 沈鹏年。

❷ 高长虹。

❸ 荆有麟。

但也因对外要有代称，就用丛书之名来名社。各人都筹一点经费，又约定先不用版税，人数就有了限制，也就是成员了。因为《莽原》是鲁迅起的刊物名字，所以未名社出刊物就沿用了，但未名社的几个人中，五个和高、荆等毫无关系，所以说二社❶有什么历史联系，是他们利用这一点胡闹，鲁迅说得十分明确。

青君是台静农，他在台北未能出来，当时觉得不用真名较好。长虹以后情况不明。所言未名社三个地址是对的。

关于你所提的两点意见，可以考虑。当时批判《红楼梦研究》，不仅涉及俞平伯的一本书，所以那样标点，批判为"研究"，并非批判小说。鲁迅在林❷堕落之前，对林的友谊，照一般标准说，确可说深厚；在林堕落之后，仍力图挽救，亦可为深厚，这正是鲁迅的交友原则。不到不可挽救，不与决绝，不等于放弃原则。祝好！

李霁野

1975年4月29日

---

❶ 莽原社与未名社。
❷ 林语堂。

漱渝同志：

5月9日信收到。苏合丸❶已由上海方面友人买到几瓶，可以够用很长一段时间，请不要再想法购买了。现在每天服用此丸及潘生丁（天津可买到），观察一段，先不用他药。谢谢你的关怀。

素园墓碑迟立，因为托友人找一个善于刻石的人，费了一些时间，并无他故。我曾给鲁迅先生写信，建议由他协助许广平同志为他写一传记，或自己写一自传，所以给我的复信那样说。陈翔鹤同志1969年去世。❷ 祝好！

李霁野

1975年5月24日

漱渝同志：

鲁迅博物馆的同志们带来药和糖，早收到了，谢谢。他们谈了一天，我对他们谈了些未谈过写过的事（鲁迅文信中所说"新式炸弹"事件）。你若有兴趣，可找他们谈谈。佚文我很想看看，得闲寄来一看，至盼，有人约写一小文，

---

❶ 冠心苏合丸。中药。

❷ 1986年接翔鹤之子来信，始知他在被批斗后回家途中心脏病发，倒卧路上即逝世。

或可有点启发。

天津内部书发售处，对我也未曾公开，偶有人托买点书，还得转托人，我想不去找他们了。林君[1]若欲买书，可由他的单位写一介绍信给（津）文化局或直接给新华书店，一定是可以的。

我不常去南大了。未做什么具体工作，因体力确也很差了。祝
好！

霁野

1975年6月20日

漱渝同志：

6月22日信及迅师佚文，7月15日信，早先后收到，未能即复，因为家里不断来人住，杂事较多，实在不暇顾及了。今天写完了《关于未名社二三事》，就那时的作者、读者、书籍和期刊数目，与现今做一对比，以见今昔不同，是给对外做宣传用的，只有一份稿，不能给你先寄了。

来信所提问题，简答如下：

（一）等待将来记述的事，就是关于"新式炸弹"的。

---

[1] 林辰。

此事当时有一报记载甚详，记不起报名了。

（二）立人（韦丛芜）那时已成小政客，所写大概是写政治性谬论，我未见过。《小公园》❶不记得何人编。与台❷同时被捕的有李昭野，我的三弟弟。另有王冶秋，不久即释。还有赵赤坪。

昭与赵和台同解送南京，约半年始出。但这不是搜出"炸弹"的一次，而是1934年夏的一次。这次捕人的是国民党宪兵三团，我当时在台家，也被带去关了一周。1928年4月。搜未名社，捕我，牵连了台和韦丛芜。韦一周即释，台和我被关五十天。另一次捕台在1932年12月，即"炸弹"一次。共三次：1928年，1932年，1934年。

（三）1931年未名社结束，尚有一些书和不少期刊存台处。

（四）找蔡先生❸帮助是1934年那一次。

（五）台在《追思》所言遗稿，即《娜拉走后怎样》。

（六）鲁改二稿❹是"文化大革命"中丢失的。

嘱写《未名社史话》，恐怕难以实现，因为一些琐细，

---

❶ 《大公报》副刊。

❷ 台静农。

❸ 蔡元培。

❹ 鲁迅用毛笔改字的静农一篇小说，素园一篇散文。

差不多都写过了。

最后，我很关心你的病❶。你的精神是好的，望坚持。脂肪肝似乎也并不是不治之病，和我同住的人即患此症，他仍照常工作。久了可能导致肝硬化，但那需要很多年，而且我听一位名医说，不少七十以上的人死亡解剖，已肝硬化严重，而并不死于此病。所以留心治疗，并注意饮食起居就好了，不必忧虑。我患冠心病已廿年，不是还健在吗？匆匆祝

近好！

李霁野
1975年8月7日

漱渝同志：

来信并记事一则，收到。此事先不宜外传，因台君❷尚在台北。博物馆记录基本还好，不过我略有增改，所以重写了一份，约万言，嘱不外传，但说明你若看是可以的。社科院收集资料事，先不承担义务，等他们做一段工作之后，有需要时再商量吧。未名社实际已无多事可写。

---

❶ 脂肪肝。
❷ 台静农。

苏合丸我已托人买到不少，不再要了。谢谢你关心，一直忙着这件事。文贞❶心脏近无不适感，请释念。现服点口服西药，似尚好。

《简爱》并未重印，所传究为小道消息，现在恐怕更不会印了。但听说另几种在上海印了。

我译安特莱夫是受鲁迅早年所译短篇影响，那时我在青年苦闷时期，到第一次大革命才有所改变，但以文艺作斗争武器，在更后才有这思想。

不知小酩情况。若"青雨"为"青曲"，则是台静农用过的笔名。祝

好！

李霁野
1975年中秋节

漱渝同志：

来信收到。照片不必急，什么时候寄来无关系。不要为这些事多费时间与精力，不然我倒不好托你办什么事了。

《访鲁迅故乡》是《纪念鲁迅》忘收的诗，或许你未

---

❶ 李霁野夫人刘文贞。

看过。《关于未名社二三事》是别人嘱写,打算在香港发表,重在今昔对比,只系一个很小的方面,无大意义,别人抄一底来,我复写一下,只存一份了。《韦素园墓碑记》是西北大学一人❶要编纪念年刊嘱写的。此二稿请看后寄还,也不必急。

你们要编《鲁迅在北京》很好,所列纲目,我看也可以。可惜我能提供的资料不多。

我和未名社成员虽多为五十年以上的朋友,有些事情仍无十分把握,前为博物馆所写材料简而不全,已请靖华自写,别人亲属写一自序小传,可较确实。未名社经历若写详细点倒也有点意义,但只怕写不好耳。

顺便并如有比较知情的人,可请代问买点较好宣纸(不超过十五到二十或十张)如何。天津无法。并非急事,只在顺便时一问就可以了。祝
好!

李霁野
1975年11月3日晚

---

❶ 单演义。

漱渝同志：

两次来信先后收到。座谈记录只用挂号寄来好了，不必急，我一时用不着。研究鲁迅应从大处着眼，有些枝节小事，不必要细究；帮助了解他生平与思想的资料，自然要注意。裘沙在编《鲁迅照片集》，来二信问到寄我二次照片情况，我已复，但也有细节记不清了。未名社成员都无大成就，但因社费先生时间精力不少，但能有益的事，我无不乐作。近代史所同志如提出具体要求，我一定全力以赴。特别博物馆若认为什么事应作，一定承担义务。便中可请转告。寄来关于未名社版税的信，对我很有用处，因为：

（一）我对社负主要责任，结束时，素园因病所支款，由我和静农应得版税还付了；韦丛芜超支过多，鲁迅的版税未支，应由他还付，开明❶接收存书及韦以后应得之款，说定支付给鲁迅，他信中说已清，基本上与我所记相符。

（二）此前鲁迅有一信给曹靖华，说他的版税三千多，靖华版税一千多，我八百多，大概都无望了。靖华整理书信出版，我建议加一注说明，以免误会，他不主张加，我也不好勉强。如此信也将收入一千二百封之内，可以防

---

❶ 开明书店。

止别人恶意污蔑；如此信不收，我想知道信在谁手❶，必要时照一张相，因自卫之法必有也。但此系后话，不必管它。我非常感谢你将此信抄给我。另一信无必要。但瞿❷的结论如像所传修改，那又当别论。周扬的情况，我也听人说过。

未名社的广告是鲁迅写的，他说的是我所写《黑假面人》广告，已不存。因为你说及几个与鲁迅有关的地方已大改变，我倒想何时去京，把三个与未名社有关的地方照照相。目前这三个地方还未大变。搜出"最新式炸弹"的房子也还在，照照相也可以作为新古董，如写社史，亦可作一小点缀，但作为资料则无意义。

鲁迅书未交开明，他不愿与他们打交道。我们原决定只用个人名义，但韦与开明仍用社名，我们全不满。开明重印的书很少，记得只有我的《影》，素园译的《外套》，此外就代售一些积存的书而已。

最近我开始把旧的译作整理一下，计失去全稿的有：《战争与和平》《鲁拜集》（五、七绝句译）、杂文一卷、译及作诗二三百首。但也并不觉可惜，存在的也绝大部分愿

---

❶ 在章雪村孙子之手，当时跟我同事。

❷ 瞿秋白。

自行弃置,这倒是大可哀的。想毕事后再做点新的工作,但未想定做什么,才最不负剩余的若干年月。祝

好!

李霁野
1975年11月7日

漱渝同志:

二信先后收到。所提问题,简答如下:

鲁迅与张凤举合编过《国民新报副刊》,未听说过邵某❶介绍。那时张与先生关系较好,据我了解,是张约他去的可能性大。鲁迅先生只谈到要与张合编,未对我们说明何人约他去。我不知邵为何许人。(张凤举即张定璜)鲁迅介绍韦素园去编《民报副刊》,只出半月,报被封。周作人存期刊及各报副刊比较完整,抗战前捐给北大了,要想查找,可去一试。

了解点新潮社的不多或竟没有了,如北新书局李小峰尚在,可以找他谈谈或去信;此外可找北大章川岛,他一定知道一些情况。浅草与沉钟恐怕只有找冯至了,别人或病重或去世。新青年社想不起什么人,但也可问问章,他

---

❶ 邵元冲。

比我们接触鲁迅较早较多。

赵赤坪是我的叶集同乡，是革命者，鲁迅略知他的情况，是我们介绍的。他入狱七八次，一半是我们保出来的。台静农第三次押解南京时，他也去了。在叶集解放时他参加工作，那时叶集是拉锯地区，一次开会时赵被地主武装捕去，至死未屈，据家乡人说，地主想使赵只要"认错"，即可不杀，赵高呼口号拒绝了，从容就义。赵与鲁迅谈话时未涉及政治活动。

未名社的照片我都已丢失，如博物馆连同那封信的照片见惠一份，至谢。如太麻烦，就不必了。

便中请问问博物馆有没有《莽原》《未名》合本及未名社所出各书。我二刊均丢，书也不过二三本了。如能收集一套亦好，因这些费过鲁迅先生不少时间精力也。祝好！

李霁野

1975年11月20日

漱渝同志：

12月信收到。墓碑另立事我是从一个河南朋友听说的。若未立，似不妥，有机会，我要向博物馆建议一下。至于文中所说，就不必改了。照片收到，已复信谢过了。

宣纸既有，便中可问问每张价多少（中上，写字用的），我只需要十到十五张即可，价太贵，先不买，只请告诉我何地何店出售及价钱，春节可有人代买带来，邮寄不方便。千万不必专为此事跑路，更不必急办。

文章是单演义约写的，《二三事》则为学校应别人之托，想在国外发表。二稿先存你处，不必寄来。迅翁四十年祭，如陕社愿意，即将《纪念鲁迅先生》再版，将遗漏诗及二文加上。一时写不了别的东西。未名社前前后后倒有点可写的事，我在想。看座谈纪要的朋友们有何意见，希见告，稿子我倒不急要。

戈君❶信已复，川岛❷不知是否还在北大，介绍信附上一试。我与他多年无联系，但总还记得我。祝

好！

李霁野

1975年12月23日

漱渝同志：

看了看你写的《鲁迅与三·一八惨案》，很好，这样把一件事的资料综合起来，很有用处。我只在几个地方提

---

❶ 戈宝权信问《阿Q正传》英译者情况。

❷ 请他接见漱渝，后知那时他还不能见人谈话，信未见到。

点意见，另纸写出。关于李大钊同志的党内结论如何，我不清楚；不过他是这运动的领导人之一，仅幸免于难耳。这是我从鲁迅处听说的。

宣纸请代买二十张，七角五分的即可。琉璃厂另有一家戴月轩笔庄，不知还在否？如还在，请代买几支小楷狼尾笔，一元左右的即可，以余钱为度。如已无此店，在荣宝斋买亦可。

记得你信中说过，不记得在什么地方鲁迅提到"新式炸弹"，我一时也未查。近看《且介亭杂文末编》征求意见本，在《曹靖华译〈苏联作家七人集〉序》中提到。

你的母亲和孩子该早已康复了吧？我倒还好的。祝好！

李霁野
1976年1月5日

漱渝同志：

前天去学校❶，得来信并取得宣纸和笔，都很好。谢谢你！

绍兴鲁迅纪念馆寄来两册资料，其中有董秋芳一篇

---

❶ 南开大学。

回忆文，尚可看看。听老罗❶说，最近获悉有关刘和珍的情况，当时救护她的人❷居然健在，博物馆不知同她及刘君家属❸联系否？有些资料要收集起来，不必展览，可留作参考。例如他们的照片可由馆选择复印几张，亦可请生者写点回忆。便中望和他们谈谈。我还要三张鲁迅先生致章❹信照片，张小亦可，不必放大，亦望便中给张小鼎同志说说，用费我付最好。

何林尚未接到天津调令，春节后再看了。

祝

好！

霁野

1976年1月24日

漱渝同志：

何林何日去京尚未定。我个人想，你去博物馆合适，前曾同他谈到，据说调人要中央组织部办理，他本人知道

---

❶ 罗宗强。

❷ 张静淑。

❸ 刘和珍之弟刘和理。

❹ 章雪村。

你工作情况，自然同意。至于家庭问题❶，此前我们全不知道，我想应不成什么问题。我想你可以同意我把你的信给他看看，使他心里有数，文物局大概负审批之责，他可以先想想如何谈他的意见。当然，我们的意见只能供参考而已。

1932年鲁迅回京时，我见了见就回天津了，亲自知道的事不多。一次在静农家会见地下党员情况，因为他在户外防守。他说陆万美那次去了，写过《鲁迅北平五讲》谈及此次会，但这书我们未见过。你来信提到陆，如有五讲一书，请寄我一阅，我已托人去北京图书馆一查，但不一定得到答复。你说陆说及安排去苏一事，本文我似也未见过，手头如有，或见于何处，希见寄或告知。去苏的事是萧三安排的，鲁迅谈到过，只说当时不宜成行。我未听到他或静农谈到那次与安排去苏有关。那次参加人有十几个，主要为左联在京成员，在此等场合，不会谈去苏的事。这次会是在皇城根89号开的，被人泄露了，因而发生"最新式炸弹"事件。这事与其他一些情况，使我决定写点资料，算尽点应尽义务；至于交给何处并无关系，很久也不能公开。近代史所并无来信，你不必催问他们，我也并不是为他们而写。写这种资料，对我也并非没有痛苦之处，

---

❶ 我生父在台湾。（陈漱渝补注）

但权衡轻重，我决定写，只是不少事要调查核实。

鲁彦曾与静农同住一公寓，但我们并未介绍他去见鲁迅，一般青年，特别是发表过一点作品的，鲁迅总接见。

《莽原》改为半月刊由未名社出版，是我们主动提出的，与《京报》无关。至于周刊停刊原因，我未听鲁迅说过。鲁迅未转过周刊撰稿人任何文章，只主张选登饶超华一首诗，因为素园在起初时将社员以外来稿都寄鲁迅过目，听取他的意见。

这信写写停停，现在总算写完了。祝
好！

霁野

1976年2月5日

漱渝同志：

《忆鲁迅》收到，以前看过，现将陆❶文重读一次，对那次会见情况有些补充，可惜范君❷已故，台君在台，再详细了解已困难了。于伶文看过，只仿佛记得他提出台君名字，有的朋友很不以为然，因他还在台北。你所述

---

❶ 陆万美。

❷ 范文澜。

已颇详细，找出此文也麻烦，就不再找了吧。我只记与未名社成员有关的那次会见，其他几讲，台君虽都陪去，不想细记了。但关于林枫组织活动的事，希能便中从姜君❶证实一下。此事与去苏安排，我当时在津，只来看看鲁迅，到北大三院听一次讲，未多谈什么，且谈时总有几人在座，自然不会谈到。（一般资料都写原定的二院，其实临时改了，事虽无关大体，但可见难准确无误。）我所以决定写点有关未名社的事，主要为你的督促，其外也因为可以减少误传。那次会的地址是皇城根89号，不是有些资料所记的五龙亭，在这里发生的是另一次，我也被带去关了一周。

座谈纪要请便中即索回，你如不再看，即请寄回来。我拟写的资料，等有些事实查清，即可动手，自然不能发表。祝

好！

李霁野

1976年2月19日

漱渝同志：

何林已去京，住：西四西黄城根北街二号内东楼鲁迅研究室。

---

❶ 姜德明。

座谈纪略已收到，我已另复近代史研究所的信。我即将着手写《鲁迅与未名社》❶，有若干资料尚可对读者有些用处。你说89号会名单你有，可请抄来。此会之泄露消息人已查清，写时不提名。"新式炸弹"案由此引起。

近查《鲁迅日记》，他1929年5月13日抵平，5月22日在燕大讲演（韦丛芜约）；5月29日在未名社先坐，后至森隆吃饭，饭后去北大二院，中途到三院，知改地讲演（我曾听），日记作二院误。1932年11月13日抵平，11月22日同静农先住北大二院讲演，次往辅仁大学讲演。11月24日同范文澜往女子文理学院讲演，后回至范寓晚餐。（女院似后并入北平大学，沈尹默做校长，传在北平大学讲演，或为女院之误。但记不确切，因我在津。）11月27日往师范大学讲演。11月28日往中国大学讲演。在平讲五次是确切的，日记可证。（1929年6月2日，日记记在师院二及一院讲演。）

想写一关于菲律宾诗人厘沙路（J.Rizal）短文❷，《鲁迅全集》卷一P.318提到他；P.549注言梁启超译过他的绝命诗。我查《饮冰室全集》未找到。便中请代问鲁迅著

---

❶《鲁迅先生与未名社》，人民文学出版社1984年7月版。
❷ 厘沙路诗英译文在多处未找到，后承一友人自菲律宾寄来他的传记和诗的译本，霁野始译出他的《绝命诗》并介绍了他的生平。

作编辑室：绝命诗见于梁集何卷何篇为感。祝

好！

李霁野

1976年3月2日

漱渝同志：

前几天的信想已到。人文的熟人已复信，并无译J.Rizal❶英译诗事，只有俄文材料，已请她寄来；但找不到那首绝命诗即无用矣。

以前有一封信说到关于鲁迅给曹靖华一信加注事，我们有点意见不同，现经与何林一同商量，已加简注，没有问题了。这些信先在上海单印，以后人民文学社才集全印行，所以我也给人文写了信，说明加注必要。请你对任何人不要谈及那点分歧经过，以免引起无益推测。同时我也给博物馆去一同样的信，同他们也不必谈。

何林住西黄城根北街二号内东楼，上次似乎写落"北街"二字吧。祝

好！

李霁野

1976年3月21日

---

❶ 通译黎萨尔，又译厘沙路，菲律宾爱国诗人。

漱渝同志：

寄来的南大[1]学报和光明[2]发表的文章，先后收到，我觉得对鲁迅研究很有用处，比泛泛空论的文章好些。

南大党委宣传部嘱为五四写三千至四千字文章，谈谈鲁迅培养青年的事情，对我起了促进作用，我即开始写《鲁迅先生与未名社》，下分为：

（一）鲁迅对文艺嫩苗的爱护与培育。

（二）践踏文艺园地的屠伯——北洋军阀。

（三）别具风格的未名社售书处。

（一）约万字，节录约四千字，给南大校刊，节录八千字给学报。你交给学报的《关于未名社二三事》，分量太轻。诗已给西北大学年刊，对学报不宜，已嘱勿用。（二）（三）已交外文系总支审阅。等初步定稿后，再寄你请提意见。

（四）写二次会与五讲，可惜多未参加，间接资料也不多，陆文很空，恐只能一笔带过。

（五）"最新式炸弹"案，座谈记录已有底，修改一下即可。

---

[1] 南开大学。

[2] 《光明日报》。

（六）书刊简介。

（七）鲁迅评价与批评社（有些事当时他不清楚，如日帝侵略战中之损害，如鲁迅日记丢失，其他人书籍损失之类）(《忆鲁迅》还要迟几天寄还)。

《绝命诗》不必再费事找了，因为找不到英译，即无必要了。近找到一本俄文的《厘沙路文选》，无诗，但有自传及导言，略事介绍，也可以了愿了。祝
好！

夫人手好了吗？代候。

霁野

1976年4月24日

漱渝同志：

译登厘沙路诗那种丛书很普通，或可找到，已发信去问几个人；传记资料已有一些。

《鲁迅与未名社》已寄去之一、二、三，现另寄去四、五、六，将座谈记录改一下，二次会和五次讲演还未定如何写法，因未直接参加，又缺资料。现想：

（一）请你便中将你以前所抄报纸记事借我一阅，加点间接材料，分写一短文，放五之前。

（二）在五前加以简短叙述，不另成篇。你抄的材料如因在别人手中不便寄，即作罢论。

关于胡适开书目的事，我手边毫无材料，那样写是根据了一篇文章或年表资料，记不得了，尚未查出，希你查清见告，以便修改。

也听到人劝我写文章要谨慎，意思很好，所举一例即关于章士钊，因为他是特殊人物，最好在"三·一八惨案"中不提他。这倒是好办的，所以除已给师院的删稿，给南大的较长节稿外，其余的并不急于发表。但希望你同王德厚同志尽量提意见，亦希望给何林看看，但都不急，希望你们不要因此担心误时。三、六中有些情况本可不提，似嫌琐碎，但我以为要尊重鲁迅先生的纪念，写比不写好。在这些地方，我特别希望何林、德厚和你的意见。此信亦请转他们一看，不另写了。

原稿无大价值，并且还要征求意见后修改，自己也还要多看几次才定稿，以后再说吧，希转告。祝

好！

霁野

1976年5月27日

德厚、漱渝同志：

你们先后三封信都收到，所提意见都很好。漱渝附加的二项意见尤要考虑：一般说，我不牵强联系现实斗争，但希望对之并非漠然无关；琐事如版税之类，应据日记和书信，弄清事实，不然对不住鲁迅，因为他是实事求是的人。因为二次会和五次讲演我未参加，无第一手材料，漱渝所写，详尽多了，我不再写，只在适当处加几句话交代一次会引两次案件就够了。这些节不能发表，等台湾解放后看情形定稿。全稿已完，全都先后寄你们看了；修改后，你们再看看也好。总之，不急发表。

收到其他人一点意见，稍缓口气再全稿统改。日内想把厘沙路《绝命诗》译出，加点生平事略，亦可作为《鲁迅与未名社》之一节。我不紧张工作，不会累，请放心。祝

好！

"研究资料"❶ 怎么回事？望详告。

李霁野

1976年6月16日

---

❶ 《鲁迅研究资料》，当时系内部发行的不定期出版物。

漱渝同志：

何林来信说，全稿交你先看一过，他稍后再看。主要注意：有否会引起什么问题的地方，特别是政治性的。有三篇（五、六、七）根本不能发表，亦不能外传。稿定后，我可以给博物馆一份，备少数人查看。其余各篇，公开发表亦可，内部亦可，地方未定；先发表少数篇。你要引用鲁迅三项指示，可以，只说据参加人之一所记即可。二会五讲为组织安排，可以确定。

你所提几个意见，简附如下：

（一）公开发表与内部参考自然不同，但都必须真实，所不同的只是有些情况先不宜外传，如炸弹案之类，其余不必过多考虑。结合现实斗争，要自然而不牵强，不能作八股文，不能过度引申。

（二）未名社真相必须持客观态度，如实写出，不容歪曲，不能粉饰。既属误会，必须写清始末，不骗读者，不歪曲鲁迅。否则是对鲁迅不敬。

（三）鲁迅对未名社的严厉批评，都因误会引起，我在《谈未名社》❶中未写的，在别篇都写到了，但引起这样批评的情况，我也婉转写出了，因为这样才能符合实况；

---

❶《鲁迅先生谈未名社》。

不应回避。

（四）鲁迅说我们未注意接手人问题，事情既简单也复杂，我有意避而不谈。我用了青年期最好的五年时间为未名社白尽义务，自己债台高筑，韦丛芜又那样，我并不是"功成身退"，而是不能再喝西北风，一直"哑巴吃黄连"干下去。未名社办下去已无意义，不是有无人接手问题；社不是照商业性质办的，所以我走前请了一个"经理"，只要付工资，办下去并不成问题，依然不行，问题在社员变了（病、坏、远离、不肯问社事），我一人再牺牲已无意义。中间有些人想加入社，鲁迅反对；因为是韦丛芜所拉，我们也并不赞成。

天津人民出版社亦有意印此稿，陕社❶也想把他们已见之二篇，加入《纪念鲁迅》公开印行，我都未无条件答应。条件是：涉及未名社的似乎琐碎问题如版税之类，必须照我所说的样子印出，因为那是有文字证明的实况，必须如此，才能对得住鲁迅，否则是歪曲诽谤。

以上种种不必外谈，供你看稿时参考而已。希望你充分提意见。王德厚同志如不过忙，希与何林一商，我想也请他再看看。《绝命诗》请三人看过，提几处修改意见

---

❶ 陕西人民出版社。

（略）。祝

好！

李霁野
1976年7月19日

漱渝同志：

资料一册已收到转寄。二册付印否？

座谈会房屋旧址及五龙亭房照片寄上，如需要，可以加印，是方仲❶印的。五龙亭另有一张，无多余。给鲁博另寄了一份，片后加了几句说明，可以作为资料存着。

《我与鲁迅先生最后一次会晤》有重要修改，改稿已寄鲁博，请他们将原有稿抽换下寄还我。过几天后，请用电话催问一下。

上海来信说，静农之弟川泽现到京见自美来华之亲友，可能他见到何林了，希一问见告，因为他可能已知静农确讯。祝

好！

霁野
1976年8月16日

---

❶ 李方仲，李霁野次子。

漱渝同志：

来信收到。天津一周内尚有余震，我们已在户外搭棚居住，可以无虑。

稿费了你们不少时间，所提意见都很好，我基本上全照改了。谢谢你们。

"最后会晤"谈到两个大问题：民族，王道与霸道，都是重要的；但你以为引申太多，何林亦有此意，并说事实少，对读者意义不大。我考虑再改一下，望将前另寄给何林初改之稿寄我。

此信未发，接何林信并前稿。祝

好！

霁野

1976年8月22日

漱渝同志：

来信收到。川岛事❶，在我写信多日后，听说师院吴云谈，才知道；现既结论，也就好了。

《鲁迅先生与未名社》除师院学报发表一篇外，《河北文艺》发表了之一，天津将刊一篇，安徽师大将刊一

---

❶ 章廷谦的历史结论。

篇，也就差不多把能单篇发表的都刊出了。至于全书，不急，今年大事特多，一时几处都顾不到。此书小有用处，不足道，二篇关系较大，又不能发表。稿整改好，再寄博物馆一份。

《日记》我有影印本，人文送我一部《书信集》，不用买了。《照相集》不知印得如何，如好，希见告，再托你代买，不好即不买。诗稿先不买，全部手稿印出再说。以前印的手稿，我已有影印的三册。祝

好！

李霁野

1976年10月30日

漱渝同志：

鲁迅先生给我的信简注，另纸录上。

陈沂的住址：哈尔滨道外东内史胡同付十号。据天津的作家王林对我说，他早在文化系统工作，错误早成过去。我在文章中只提陈先生。

春潮书局是张友松办的，抗战期间在重庆即已开始。我1936年5月5日信，不记得自津抑自京发，不知他何所根据。

我户外棚子已生火炉。满可过冬，屋内床已加高加固，白天一般在户内，可请释念。闻北京已纷纷在户外搭

棚，你家如何？何林来信说无法外出，我总有点不放心。

请你告诉我：开座谈会时范文澜的住址。你在文章中写到了，我刊物到手即被人拿走或索寄，手边什么也没有了。祝

好！

李霁野

1976年12月2日

漱渝同志：

前发一信后，即接来信。1928年2月24给台静农信中所言《蟋蛄》原是想作为他第一个小说集书名的，后改为《地之子》，由未名社印行。给韦丛芜信中所说《周刊》，不记指什么。如有必要，可写信：南京新华社分社韦顺转韦丛芜一问。上次注，你和何林认为太简单，何处需要补充，望来信告知。我意不必太详细。

我们三人寄鲁迅信及账单，等以后有机会去看看再说，先不麻烦博物馆翻印了。祝

好！

李霁野

1976年12月25日

漱渝同志：

来信收到。北图回信，并未找到《六讲》，可能并无成书，只是那篇文章，我看过，提到89号的会[1]，很简单，我弟弟倒记得稍详，但他只在门外把风。《忆鲁迅》已早失，如未记89号开会事，那就是另文所记，但也不详。我在托人打听陆[2]在何处。五讲[3]记事现尚不需要，先不必寄。《忆鲁迅》若未记89号开会事，也不必寄了。有两种杂志，我已托人在查，先不烦你了。

日内见到何林时，当将来信补充的意思告诉他。

长虹那几句话是故意纠缠，不必深究了。未名社的成立和《莽原》半月刊印行，与长虹等毫无关系，鲁迅未向我们谈及他们，也未推荐过他们的任何文章。鲁迅的文章倒是说过"内部"，但他也说得明白，我们给周刊写的文章，都以个人名义寄去，毫无社团关系。祝
好！

霁野

1977年2月8日

---

[1] 陆万美有一文记鲁迅参加的一次座谈会。

[2] 陆万美。

[3] 指1932年11月13日至28日鲁迅在北平发表的五次讲演。

漱渝同志：

关于未名社，你只消实事求是写出真相即可，突出鲁迅先生的关怀和帮助是应该的，不必提我经营和尽义务。《莽原》半月刊发表的蓬子文章，我已不记得。我们先认识冯雪峰，过从甚密，与蓬子很少见面，他不知道怎样认识鲁迅先生的，我们也不曾介绍过冯雪峰前去。

《鲁迅先生与未名社》又小有修改，上海人民出版社想看看，是单演义向他们介绍的。我先不愿与他们打交道，后胡从经来信并给单信，将清除"四人帮"情况讲清楚，我已给胡回信，可以给上海社考虑。我意将此稿与《纪念鲁迅先生》分上下编合为一册，想写一短后记。想插几张图：未名社几处旧址，等我天暖去京时照几张相；还想插入《出了象牙之塔》《坟》《小约翰》《朝花夕拾》《莽原》半月刊、《未名》半月刊的封面画。不知鲁迅博物馆有无这些书刊？希用电话打听一下见告。如无，我到上海去问一下。博物馆寄的墓志[1]和致章信[2]照片已到，希便告并代致谢。祝

---

[1] 鲁迅写韦素园墓志拓片。

[2] 鲁迅致章雪村信，声明未名社应付版税大致已清，不再收韦丛芜还款。

好！

李霁野

1977年2月16日

漱渝同志：

《资料》1期若出，希为我代寄一册给海淀区温泉公社李效钦。他发现了韦素园墓碑放置别处，用电话通知鲁迅博物馆，以后才移置馆内。为酬谢他，我曾寄点他所需要而得不到的书刊。他说曾给研究室写信打电话，想直接买，这当然增加麻烦，但外边有时确也难买，他又在乡间。

胡也频在京做地下工作时，和丁玲同居，住沙滩汉花园一个公寓，离西老胡同一号不远。冯雪峰也住在附近，他们很相熟。我们同胡、丁无来往，冯却常到未名社，政治关系也不隐讳。

以前听说过高长虹在京高级党校，但不知确否。听方纪说过，高到延安后，曾问人，他因与鲁迅关系，是否还能入党。只要他自己努力，过去的这点历史是可以被党谅解的吧。

胡从经来信说，他3~4月北上，想来津面谈出版事，我复信去京之便，可请来。祝好!

李霁野
1977年3月1日

何林并转漱渝：

何林在肿瘤医院检查了吗？近来如何？

我前去信，请于鲁迅研究资料出版时，代我寄一本给海淀区温泉公社李效钦，他来信说还未收到，希即补寄一本或寄我转寄。以后的希给我二本。听到静农逝世传闻，我已去信托菲律宾一熟人打听，我想未必确。

漱渝已出过差了吗？上次你写的未名社一段中，将我们毕业的学校写成"实验"中学，应为"崇实中学"。

天津不少房进水，临建尤不堪，我们住屋内尚好。祝好!

霁野
1977年8月7日

漱渝同志：

你来信问到尚钺❶说台静农是叛徒，不知有何根据？我无法知道他的根据，只能推想或者从特务荆有麟和反动文痞向培良听来的吧。我只能就我所知道的情况奉告：

台静农第一次被捕是受我牵连，未名社被查封，我们一同被关五十天，最后取铺保释放。"文化大革命"期间，我曾受到群众审查，据说当时警察局的档案尚在，没有任何问题。

台静农第二次被捕的原因是：曾经在台家参加欢迎鲁迅座谈会的潘漠华被捕，他当时住在地下党总机关，被逼问住址，他说住在台家，台因此被捕，并牵连到他的弟弟川泽和我的弟弟昭野。潘、台和他俩都未暴露座谈会情况。在搜查台宅时，国民党声称搜出了"新式炸弹"，并在报上大肆宣扬，后经王冶秋的爱人高履芳证明，那不过是她父亲作化学试验用的小仪器，她留作纪念亡父的，存在台家。国特因为闹了大笑话（也许他们明知不是，而伪称如此以害人邀功），只好一星期即释放台静农。

后来参加座谈会的人叛变了（不知是谁），泄露了会

---

❶ 尚钺，河南庐氏人。鲁迅先生在给我的信中说他不是好人，大概因为先生保存下来尚多封谩骂曹靖华和张目寒的信，多系造谣污蔑性质。

的情况，可能国民党特务也知道了会是地下党组织的，所以先捕了范文澜，后捕了台静农，都送到南京关了半年。被牵连的又有我的弟弟昭野。昭野登报声明与共产党无关系被释。"文化大革命"中，他主动谈了这个问题，他的单位组织做结论认为不是自首，也更不是叛变。范、台均无登报声明的事，这是不难查核的。他们被释后过津找我，略谈未受刑讯，虽未详告被捕原因，但从问话，可以猜出与座谈会有关。因为国特未敢动鲁迅，所以终于把他们放了。他们也说未登报。谈话记录料想一定有，可以查考。详细内容，他们未谈，只能就记得的印象说，只属一般而已。范文澜被捕被释情形，与台静农完全相同，前者当时是党员，后者不是。范在"文化大革命"中受到冲击，并受过严格审查，结果仍被选为中共中央委员，可见是无问题。我们应该相信党，相信群众，据此，我也相信台静农在这方面也没有什么问题。在这以后，我和台相处多年，只知他时时为党尽力，援助掩护地下党员，没有片纸片语损害党的利益。

前几天，社科院文学研究所来一人，征询对于《鲁迅手册》的意见，说到有人说台静农是托派，是怎么一回事。他明确说了这个说话人的名字，原来如此！真是明枪易躲，暗箭难防！我1944年到白沙女师学院教书，静农也在那里。他同我谈过：陈独秀在白沙住过一时，相离很近，有些来往，因为陈那时在写一部中国文字史，同陈谈谈这方面问题，一句未谈过政治，不久陈就走了，别无任何关系。他也谈到白沙尚有一个姓邓的是托派❶，和他认识，但无来往，因已知托派政治反动。这就是关于托派的一点情况。当时女师院院长谢循初原是国家主义派，后来投靠了国民党；静农一再对我说他反动，并说谢曾拉他入国民党，被他严词拒绝了。静农与当时女师院唯一地下党员（忘名）很熟，以后此人转学西南联大，解放后在《人民日报》当记者，我初到京见到她，她还问静农情况。国民党要发动内战时，策划制造舆论，谢循初召开座谈会，教授十多人参加，谢说要大家联名致电"国民党中央"，请明令声讨共产党。我首先发言反对，台静农接着发言反对，使座谈会无结果而散。"文化大革命"中，有人向我调查这次会的情况，我如实写了。调查人对我说，已查明的情况同我所写的相符，因为那时与会的人多数还活着。

我们在台湾时，接触不少地下党员。我是一个地下党员黄猷护送出来的。楼适夷过台北去香港还特为约静农和我晤谈。他告我香港党组织的地址，我到港找他，得到党

---

❶ 原女排主教练邓若曾之父。托派是不实之词。

的经济援助。

凡此种种比谣言和诽谤应该可信得多吧。

你是注意与鲁迅研究有关史料的,既承见询,谨以所知奉告。希望你把这封信好好保存着❶,说不定什么时候还有参考价值。祝

好!

李霁野

1977年11月11日

漱渝同志:

我对李季谷并不深知、详知,只是认识而已,知鲁迅深恶其为人。1943年我过洛阳,知他与汤恩伯有关系,要他筹办一学院,当时他是四川大学历史系教授。抗战后他到台湾师范学院做院长,伪国大代表,我并听人说要对他留心。解放后,他在上海华东师大任教,南大工宣队说他在"文化大革命"中自杀。我所写的仅能供参考,不如去信向华东师大了解。

鲁迅博物馆有无《未名》半月刊合本(全),鲁迅题

---

❶ 当时台静农在台湾,两岸未开放探亲。李霁野怕连累老友,嘱我此信暂勿公开。(陈漱渝补注)

字的《外套》是否在京？我已将《鲁迅与未名社》修改过，加几篇，已寄何林，想已见到。上海拟今年出版。祝好！

霁野

1978年1月25日

漱渝：

去东北旅行十八天，8月24日回津，一直感冒，有点疲劳。过几天北京有点事，必须去，我只好去了几天。只同何林一晤。略知一些情况，因很累，未去鲁研室找你。回来见到9月3日信，原想再去，适接到静农一本家来信，谈情况颇详，静农的女儿正去台湾探亲，已可将我的情况转告他，回美后一定会来信告知一切，我想就不去京会见王同志的姑母了。请代谢谢他们。我要好好休息几天。祝好！（书已收到，谢谢！）

霁野

1978年9月8日

漱渝同志：

二片先后收到。静农既去美讲学，我意劝他不必返台，给他的信一页，如你的友人姑母尚未离开，托她带去，如已离开，希他能寄给她转交。万一她还在京，希电告，我去拜望面谈一下。当然，你无直接联系，只好问问朋友了。

尚钺所谈的事说来话长，迟几天另复。

《厄于短年的韦素园》是否刊于《资料》，由你同何林决定，现已有二刊要发表了。祝
好！

霁野

1978年10月26日

漱渝同志：

一天下午我去研究室找你，你们看电影去了。昨天打电话到研究室，说你去博物馆看资料去了。我打电话到博物馆，话未说完讲清，接电话的人就放下耳机，没有下文了，似乎很有点不高兴。我也只好自认倒霉了。我明天回津，再没有约你和看你的时间了。

来前接到关于《民报副刊》的信，所提的问题，我很少记得的。报纸的后台大概是国民党左派，只知道总编辑大概是陈友仁（以后似做过国民党的外交部部长）或萧子升（萧三的哥哥）。那时左右派国民党都与共产党合作，

广告是容易登《向导》的。因为报登张作霖去世的不确消息,被封。那些笔名我都不记是谁,也不记素园发表过什么。"任冬"[1]无特殊意义,那时我偶用几个笔名。《上古的人》是写给少年看的书,那时觉得尚有趣,现在看来也无大意义。早听说作者以后右倾,但不确知详情。我能答复的不过如此,恐写短文很无帮助。祝

好!

霁野

1978年10月27日

漱渝同志:

关于《民报副刊》的文章满好,内容部分我都记不得了,见题想起少数为素园所写,但记不准,不必具体提出了。

刘和珍君牺牲后,我们续寄她所订的《莽原》,写明由她的友人收。这样做,原想她或有友人于收到刊物后来信略谈与她有关的情况,但无人写信。我不记得与《鲁迅传》编摄组的人谈过话。鲁迅可以通过许广平了解一些刘

---

[1] 李霁野的笔名之一。

的身后情况，未让我写信。祝

好！

霁野

1978年11月5日

漱渝同志：

《鲁迅先生与未名社》已索回，因为我想编入《未名小集》更合适。小集将交湖南人民出版社，可能不致有变化。何林为约来《鲁迅评论集》，连旧稿约有六七种，可以作为开始。希望你也来凑热闹❶。我为小集写了一文，何林可能已收到，你如想看，可给他打电话，不然他要转寄政协文史资料。忙即不必看，因无什么新资料。

我想将"未名社账目结束清单"制版插入《鲁迅先生与未名社》（不要信），可否请博物馆资料室为照一片？何林似乎为我照寄过一张，但遍找不得；如有底片，自然更好，可能我记错了，不是清单。此书插图甚多，此单以插入为好。麻烦资料室多次，望致歉致谢。稿已改好，待发，最好快点。

我所患主要为气管炎，有点肺气肿，心脏次要，所以

---

❶ 拙作《鲁迅史实新探》曾作为《未名小集》丛书的一种出版。（陈漱渝补注）

已大好,不过要再注意休养一段时间。祝

好!

信封后写:"范老家座谈会是(一)小取灯胡同,还是(二)南月牙?希告"。

霁野

1979年11月11日

漱渝同志:

湖南人民出版社已决定印《未名小集》,信寄何林,可以一看。还有几事烦你:

(一)前托请博物馆印未名社结束清单,不急,可以等。因鲁迅在《外套》上题字(已有照片)印一张为好,但小些,因此想印上《外套》封面及素园译稿手迹(有鲁迅改字者)一页,这后二种又须烦博物馆照相,望就近与何林一商。

(二)前问到第一次在范老家开会地址确名,为南月牙抑为小取灯胡同?记得你似写到过。(我已同时去信问陈沂)

(三)《小约翰》馆内想有,请查画封面的是否为孙福熙?我记不清了。

（四）能否找到代抄《外套》二份（复写），付报酬，不能白劳人。因想编为《小集》，要校改一次。祝

好！

李霁野

1979年11月27日

漱渝同志：

这以前收到二信，因为过忙，精神又不甚好，未即复。关于《微光》，我在一短文中谈及，内容已记不清，无什么可以补充了。湖南既回信定印，很好。我前天写信给朱正同志，肯定四书：《鲁迅与未名社》《鲁迅论集》（陈安湖稿已寄去），你的一本，素园译的《外套》（修改本，前加《忆韦素园君》《厄于短年的韦素园》，另加一后记）。我说四书为纪念性质，最好今年全出。关于《论集》尚无回信。我可以为你书写一短序。

友人给我写信说，周海婴告诉他，两个鲁研室要合并❶，不知确否？研究资料四册在津未见，是否因其中有什么文章碍事？

---

❶ 这是李何林先生的建议，未被上级采纳。指鲁迅博物馆研究室与中国社科院文学所的鲁研室合并为鲁迅研究所。

附信请转朱正同志。祝

好！

霁野

1980年4月14日

漱渝同志：

小文勉强写成，如不合用，不要勉强，我可以拿它还别债。照片三人的较好，也是未名社时期的。另一张在未名社院内，但需翻照，我还要这一原照保存。还有一张，为初识鲁迅先生时期的，要退原片。你选吧。相片在书内。

研究资料（4），如能找到一册，请代寄：安徽无为县❶襄安中学翟沄洲收，无则作罢。（5）似尚未出。

《鲁迅先生与未名社》，湖南似未寄你，另寄上。如已寄，你即以那一本赠王德厚或别人。

我10月中去四川，先到成都，再到重庆，坐船看三峡，约月底可回。

何林如尚未上班，希电话转告一下。又及：曾嘱湖社❷代寄博物馆一本《鲁迅先生与未名社》，不知收到否？

---

❶ 今安徽省无为市。

❷ 湖南人民出版社。

便中请一问。祝

好!

霁野

1980年10月2日

漱渝同志：

来信知书已收到，再版本只有个别错字了，读起来可较为愉快。只是买初版的读者大上出版社的当，对于他们无补，是一憾事。

鲁迅与斯诺谈话稿，我看了看，对于"偏向右翼"，我并不介意，我在为韦文❶答客问中略一谈及，认为鲁迅即使说了这话，也并无恶意，还有点根据，因为我未自动加入左联，亦未参加斗争与论战，名字是叶以群为我写上的，解放后调查我才知道，他并未告诉我，我一直不认为我是左联成员。我也未自动加入文协，也是以群写上了我的名字，以后倒是通知我了。我知道以群是好意，对他不仅无恶感，还深为怀念。这情况鲁迅未必不知道，误以为我随着那些人走，也很自然。我这样想也许不对，因为我

---

❶ 应指韦丛芜的回忆文章。

无心细察时间。唐弢同去澄清这一说法，好意甚感，见时代谢。祝

好！

霁野
1981年10月5日

漱渝同志：

为序事曾去信，想早到。《华诞集》陕社愿印，人文寄来百年纪念会照片二张，再加上裘沙画像及太师母[1]像，也可以了。

市宣传部让百花出版社编我的文集，已谈二次，要组织编辑委员会，我想约你参加，工作不至繁重，不知你意如何，希告。文集收著译约三分之二，大部分已校改好了。祝

好！

霁野
1983年8月22日

---

[1] 鲁迅之母鲁瑞。

漱渝同志：

前些天接何林信，对纪念八十寿辰纪念论文集拙序，表示同意，甚慰。我们结交已六十多年，人世不少风风雨雨，我们友谊余晖无异往昔，亦一大快事。

日前有一寓美皖人❶，与其夫同来津讲学，谈及在台北更早友人❷情况甚佳，我的情况她亦可转达，二事可称双喜。

序可给《人物》发表，稍迟无碍。祝

好！

霁野

1983年10月11日

漱渝同志：

静农照片，我这里有1938年在青岛照的一张，已去洗印，取来即可寄去。纪君❸所要小引，久久未能写，今天突起一念，如附信所说，勉强写成一信不知可以代序否？以信代序，也是最近有人建议，并非我的发明。我10

---

❶ 即张允和。她携有静农题字之纪念册，其后特留一页，请霁野题诗一首。

❷ 指台静农。

❸ 纪维周。

日去京开会，住第一招待所，文你看后提意见，见面时交我寄去即可。祝

好！

霁野
1984年5月7日

漱渝同志：

《鲁迅故事新编》我翻看一下，另寄还。我给你的书信，不必急寄，春节方仲要来津，请送中联部南小楼交他带来。前天我们因飞机在济南失事为他大吃一惊，因为他去沪前有信，约于十天后回来，正好是他预定回京的日期。幸而他事完前一天回京了。

我今年气管炎未大发。作协会为让出一个名额，我未去开，民进会完我就回津了。

记得你谈到我有一封致胡适信，容易查到吗？大概是在安庆办《微光》❶给他写的。祝

好！

霁野
1985年1月23日

---

❶ 《微光周刊》。

漱渝同志：

我正忙着编文集，先要定好卷数，因不能顺序印，最麻烦的是计数字，很多稿不是用稿纸写的。现在大体定为十四册。定好卷数，把稿子再自看一遍，估计春节前可完。最后就是要补充些文章，主要为校、译些篇，使有些篇幅太少的能独立也成一本书。

我重看《往星中》，觉得鲁迅先生给钦文写的提要很重要，想将原稿复印插入。这封信是1925年9月30日所写，原信不知是否存在鲁迅博物馆？请你一查，如查出，请为我复印一份。祝
好！

霁野
1985年1月26日

漱渝同志：

祝贺你戴上了乌纱帽！不过，你上任三把火第一把烧到我，以后的政绩恐怕不可乐观。承发的聘书[1]十分堂皇，倒是颇可留作纪念的。

旧信收到，封数不少，内容多琐细，复印后当即奉还。

---

[1] 陈漱渝被任为北京鲁迅博物馆研究室主任，聘李霁野为顾问。

我的信绝大多数被劫走，那里涉及几十年的生活事实，比较有内容，我们自己觉得是可惜的。

鲁迅先生信影印本，我没有，最初的一本，景宋曾寄赠，我未见即被转信人卖掉了。致钦文信以后借书照相，目前先不用。3月要去开会，届时还要照故居和博物馆。致胡适信请便中代抄。祝
好！

霁野

1985年2月7日

漱渝同志：

静农那篇并非同名小说的《人彘》[1]，我不记得看过，因此何所指，我也就无从知道了。此文既写偕鲁彦初访鲁迅，倒是一小小史料，可从这个角度简写，既是"人彘"也就没有深究的必要了。以后有机会看看这篇文章再谈，不过这"以后"难定期。南大安排我们去北戴河休息一周，现在还不清楚坐什么车，若坐汽车太苦，我们就不想去了，因为文贞身体还不如我。近道如此，远道家里更顾虑重重。呜呼，此年老可哀处之一，所以我并不愿意长

---

[1] 台静农的小说，手稿存北京鲁迅博物馆。

命百岁。

前寄来杂文材料❶附还。我倒想写点杂文，但以不引起小纠缠为限。祝

好！

霁野

1985年7月9日

漱渝同志：

何林前几天来，只谈了些闲事，因为已有信有人谈过研究室十年纪念的事，所以就未再谈了。题词照片简历都容易办，一定会限期前寄到；至于2月聚会能否参加，却要看老天爷的尊意了。炎夏酷热，他倒还算客气，严冬一到，此老脾气如何，却就难说了。

《谈谈鲁迅先生》是逼出来的，没有很多内容，只随便谈点感想，也不必发表。《忆北平》也为应命之作，想已见到，只提到先生问问意大利南方天空，同北平相比如何，来的同志愿看看，所以请姜君❷转寄去。此文不宜在

---

❶ 杂文材料：林帆：《"牛奶路"及其他》，载1985年5月21日《杂文报》。

❷ 姜德明。

《动态》发表。祝

好！

霁野

1985年8月26日

漱渝同志：

承寄来《鲁迅研究动态》陆续收到，先读到沈存步和康文同志的文章，才知道《杂文报》发表了荒谬恶劣的文字。我因为没有时间和精力，此类报刊往往连名字也不知道，若不是你寄给我林帆《"牛奶路"及其他》的剪报，我还不知道有此等恶劣小报存在。看到《动态》8期《不要以否定鲁迅为时髦》，才知道1985年8月号的《青海湖》上也发表了一篇荒谬绝伦的文字。这个刊物，我偶见一二次，因为有一个编辑是南开大学外文系毕业生，过去再三向我约稿，我寄去几首绝句被发表了。他是50年代响应党的号召去西北的，在那里落了户，所以诗的后记中还谈了为他送行的事。去夏他因公来津，看我时希望我给他一篇文章，因为《青海湖》在偏远地区，征文不易，我便将《回忆中的北平》给他了。事隔几月，我才从《动态》知道这刊物如此岂有此理，所以打电报不准发表我的文章，不知还来得及否。这位编辑自津走后,来信只说要畅游全国,主要为约稿,那篇文字可能与他无关,不过我只认识他,所以电报是发给他的。

污蔑鲁迅先生的歪风,《动态》发表文章予以反击是很好的,只是印数不多,效果不大。昨天《光明日报》发表了林默涵的文章极好,可惜各地大报似乎还未注意,这也就是我们的工作做得太不够了。我为此感觉惭愧。已经有人向我征求先生五十忌辰的文字,我既写不出学术性论文,也不善写杂文,颇以为苦。鲁研室似可征求些有针对性的杂文集中发表或投寄各地的大报。

我曾去京在香山开八天会,因交通不便未去看你。祝好!

霁野

1986年1月20日

何林并转漱渝:

1985年我未发病,开年补课,感冒发一天烧,住六天医院,形如闹市,我只好回来,三周病小鬼总算被老虎赶走了。虽无严重病象,三周的时光总算白白流逝了。偏偏这时有几篇文章要写,为上海鲁迅纪念馆写了寄上的一篇,约四千字。鲁迅先生虽然说自己的文章引一些东西呕吐也高兴，呕吐物❶还以扫除一下为好。漱渝的文章被几个大报转载，似乎也认为有扫除的必要。你们看看我的文章是否能用，有什么要修改、补充，望告我。如认为尚好，是否试试《文艺报》，读者较多；自然也可用于《鲁迅研究动态》。

从我现在身体的情况看，鲁迅研究室十周年纪念会，我想不去参加了。23日的政协会是否参加，要看情形。

现在我已食睡如常，稍暖即外出散步，希勿念。

你们寄赠的书都收到了。听说素园的选集也印出了，有人在北京见到，但我毫未得直接的消息。祝
好！

霁野
1986年2月24日

漱渝同志：

来信收到，韦文❷事早成过去，不必记在心里了。他若不胡说付给周建人先生三千元支票，我也就不理这件事了。

---

❶ 指恣意贬损鲁迅的文章。

❷ 韦丛芜的回忆文章。

关于陈早春的事[1]，我并非小题大做，我确以为他太不负责，信口胡说，而又不肯在《史料》上发表一句更正兼表示歉意的话。因为涉及鲁迅先生，《史料》又采取高压态度，说什么如发表我的信，陈势必辩争，就改变了刊物性质了，所以我想将几封信送给《动态》发表，我确实觉得把先生未说的话加在他的身上，我若置之不理，对不住先生。《动态》编辑部来信说，陈必驳复，亦应提供篇幅。我复信说，当然可以，这就是所谓"费厄泼赖"。你来信说，他答信"颇有意气"，似乎很使你们为难了。这是我可以理解的。不过，《史料》既已发表我的信，他再答复即会改变刊物性质，可以堂堂正正不发表我的信，也不提更正，他姓陈的有什么特权，非要发表他超出辩明事实、不符合《动态》性质的信呢？他们有自己的刊物嘛！这也就是我所了解的真正"费厄泼赖"精神。

不过，这确使《动态》有些为难，我也不愿使它牵入纠纷。我想《动态》可以将那几封信寄还给我。但不能给陈一个印象，我被他的信吓退了，《动态》无妨向他说明一下，这样做只是为爱护《动态》。我自然有另外的办法。

---

[1] 李霁野先生跟陈早春围绕《鲁迅和斯诺谈话的前前后后》一文展开的论争。

在那几封信中，有一封是答复王仰晨同志调解信的，我不愿伤他的感情，所以说明我认为不是鲁迅先生说的话、做的事，别人强加在他身上，我若置之不理，是对不住先生。这是真话。但是仰晨同志同我并非深交，我不便指明他连最容易做也应该做的一件小事都未提，即写一句更正并表示歉意的话登在《史料》，这只说明他太老实。他接信后又来一信，表示了解我的态度，但仍希望和解。办法呢，没有，我虽觉得对他不住，就未再复信，把几封信寄给《动态》了。自然，我未用仰晨的真名。

写这类事实在令人讨厌，告诉一件可喜的事宽宽心吧：静农的女儿回国游览，不日可在津见面；我从他的弟弟川泽听说，静农的杂文集《龙坡杂文》已经在台出版了。祝好！

霁野

1988年9月2日

漱渝同志：

《动态》寄来陈早春信复印稿，我看过了，很好。难得这样一幅自画像，埋没了很可惜。我前次信为了免使《动态》为难，请将我那几封信寄还不发，现在我有另一想法，请你们考虑。发那几封信，也全文一字不动发表陈信，我不加任何答复，一个字也不加。《动态》可以将陈在《史料》发言重印在这些信后。这些与鲁迅研究不无关系，所以《动态》不致受损害，陈的信是难得的史料，那点骂我是经得起的，你们用不着为我担心。不过这只是我个人的一点想法，不要影响《动态》的想法或办法。

鲁迅先生多次说过，在他写的反击文字之后转载他所反击的原来文章，也主张收集评论他的文章时，也收集攻击他的文字。这一点不是也值得我们学习的吗？祝好！

附告：我写这封信时十分心平气和。

霁野

1988年9月8日

漱渝同志：

想已从广州回来了。为陈文答客问已打印若干份，现寄上给《动态》发表，转马、唐❶二位的各一份，请你们提提意见，因为你们都是关心的人。为此等事耗费精力，实大可叹，但俗话说，"虱子多了，身上不痒"，我还未修

---

❶ 马蹄疾和唐弢。

到此等境界，难免还要挠挠，悲夫！

《动态》请即以此文结束，陈再写什么，我也不理了。但有一点，请与馆中及编辑部同志们一谈，他无论写什么，《动态》不应再给篇幅，因为他们自有刊物。"费厄泼赖"应该有一个限度。若有不得不理的文字，我也不再找《动态》发表。祝

好！

李霁野

1988年12月20日

漱渝同志：

来信收到。我的传略，没有什么可写，但你已受人之托，海岸那边❶知我尚在人间，还在做点事情，可能有少数相识和不相识的人，稍可得点安慰，写点报道似的短文也可以。我已写完《唐人绝句启蒙》，在写《唐宋词启蒙》，只是为孙儿女们讲讲而已，并非学术性著作。还想译一本《英国散文选》、一部《美国作家书信集》，但要在选编《中国抒情诗选》之后有余力才行。这一点结尾时可一提，略可使人愉快些。

---

❶ 台湾。

我为静农写一传略，寄去已约二月，香港转，因为他既要搬家，又要住医院，希望他改后寄回，一直未得复，甚感不安。你若能托人去他家看看，将情况告知，至盼。传略如已改，最好能代要寄来。祝
春节好！

霁野

1990年1月24日

漱渝同志：

刊物汇款已收到，昨天英良❶也来了，谈得很畅快。他转达了你的意思，对他我绝对相信，请你不必再为此烦心。我对你如前，此点早已讲过，缺点我也毫不讳言，我以为对朋友应当如此。

秦、王❷二君和你愿来舍晤谈，我十分欢迎，关于静农情况，我也很想知道。我已为他录了谈话音带，还想再录一带请秦君带去，目前也只能如此了。希望他能安稳，最后不受大痛苦。

你们哪一天早晨动身，望先一日打电报或打电话告知，电话：39-6225。这是天津市技术监督局实验工厂的

---

❶ 强英良。

❷ 台湾文史学者秦贤次和王国良。

传达室，说明北京长途找董焕英（儿媳），请她接。不过，她有时不在厂，所以打电报（前一天早晨）较好。我家无电话。

一切面谈。祝

好！

霁野

1990年7月26日

漱渝同志：

知要二次去台探亲，看来还是年轻些好，我同静农只有梦中想见了。听说他神志有时已不清楚，见时恐已难多谈，只请告诉他：我近在医院照例检查身体，全部器官都很健好，或可给老友一点安慰。《寄语老友》❶写到（六），最后一次了，已寄他的学生，在可能时读给他听听，不再录音了；如听也费力，请不必了。一位朋友和我曾建议，将他的和夫人骨灰送到大陆，葬在素园墓旁，他的子女不同意，只好作罢。请你转达我的意思：将他用过的多余的文房四宝选出四件，日用器物（非珍贵品）选几件，交你带回，由我们转送给上海鲁迅纪念馆，最好也将他的《龙坡杂文》《台静农论文集》各找一本也送沪，以慰鲁迅先

---

❶ 《寄语老友静农》。

生在天之灵。他能卧床签个字更好。在他清楚时传达我意，会给他点安慰吧。不送京鲁博。有点手稿更好，一位朋友和我还有几封信。

我接到许季茀先生之子许世瑮的信，他知道我复印了一张台湾编译馆同人惜别照，想要一张，如有便人带京，托你带去，交台北友人转给他，因张大易折，不好邮寄。请你记下他的地址：台湾新店市民权路42巷7号。当然，照片如能带京，我会再把地址写好。

文集❶大概在我生前无出版希望了。最近想分为文集及译文集两二部分。本数少些，文集有社想印，一年二本，还有可能。译集已出台湾版《四季随笔》。

我不管出版与否，想自选一部选集，包括散文，旧体诗，少数译诗。无意编选的《唐人绝句启蒙》，已由开明出版社付印，你走前如印好，可托你带几本去送人。另有姊妹篇《唐宋词启蒙》，年终可完稿，或亦由开明印行，都在文集以外。祝

好！

霁野

1990年11月5日

---

❶ 《李霁野文集》。

漱渝同志：

静农逝世❶，我当天即得他的学生电报告知。近些时友人仙逝或重病消息，有几起，我虽镇静，也难免有点影响。一夜心区略有不适之感，到医院做心电图，被留下检查，幸与1982年住院时无大变化，B超检查，心功能检查，均良好，是可喜的。不过查出了泪囊炎，小毛病，但慢性难好，所以住院一月多，过几天才能出去。查眼睛白内障不重，可配散光眼镜，那就很好了。希勿念，并转告台湾朋友。

许君❷见时代候，我不再写信了，因目疾尚要多休息。

祝

一路平安！

李霁野

1990年11月16晚

漱渝同志：

承带来各件已收到，只缺陈独秀关于文字学的书❸。我想静农遗物大部分送沪纪念馆，但全不送鲁博也不妥，

---

❶ 因食道癌在台北台大医院逝世。

❷ 许世瑮。许寿裳之子。

❸ 《小学识字教本》。研究文字学的著作。

可否用你的名义从台北带回转送？现代文学馆也很注意收集文物，我想送几件给他们也应该。遗像及传略已复印几份，可各送一份。民进3月份有会，我本不想去开了，但送沪送京部分可带京办，以后收到的再想办法，似较好。

我粗安，希释念。祝

好！

李霁野
1991年3月2日

李桑牧（1928—2009）

湖南长沙人。因残自学成才的鲁迅研究专家。著有《心灵的历程》《〈故事新编〉的论辩和研究》等。

漱渝同志：

复示顷奉到。在我印象中，你是很健壮的，这几年工作过于勤勉，以致身体受到影响吧，望你精心调治，万勿大意。

你的心血管病是怎样发现的？北京的医师怎样治疗，

在服什么药物，望告我。

我也是多年的心血管病患者，去年冬天起在省马王堆干部疗养院住了半年之久，现仍在服药，只要稍一劳累，即发期前收缩，心悸胸闷，亦无可如何耳。

你们那里出的资料和动态，我当然都能看到，但目前我只想购得同我正在做的工作直接有关的几种。如《资料》❶第9期有篇文章涉及我青年时代所写的东西，我听别人谈到，立即设法弄到。除了《资料》第11期是我迫切需要得到的，还有哪几期同我直接有关，我想麻烦你为我查一查（包括《动态》）。

我将给你所介绍的左瑾同志写信、汇款，或请我在北京的亲戚来找一趟左瑾同志，是否可请你先为我打个招呼。

我目前正集中研究阿Q典型问题，如有文章发表，希望你能将想到或听到的意见及时告我。

我对当前的动态有些隔膜，《年谱》❷是否已出版，《词典》❸涉及哪些方面，何时可以竣工？你为鲁研所做的这些贡献是不可磨灭的，很为你的成就感到高兴。

紧握你的手，并祝

---

❶ 《鲁迅研究资料》。

❷ 《鲁迅年谱》。

❸ 《鲁迅大辞典》。

早日恢复健康!

全家幸福安宁!

> 李桑牧
>
> 11月9日

漱渝同志:

书示顷奉到。"鲁博"寄赐的《动态》均已按期收到。我行动不便,深居简出,《动态》使我了解到不少情况,十分感谢你们,特别是您的关注。

从《动态》读到您许多佳作,为多报转载的那篇驳斥《青海湖》的文章❶,是我所读到的保卫鲁迅的极为有力的一篇,对您的勤奋和研究的精深,特别是保卫鲁迅的勇敢和热情,我十分钦敬。

《败落》❷确系我担任编辑加工,当时我千叮万嘱,不要对外面说是我弄的,仁沛❸也答应了,不料两年后的今天还是走漏了消息。加工情况千头万绪,真不知从何说起。您提到的那位日本研究生❹,如想知道这方面的情况,

---

❶ 拙文《不要恣意贬损鲁迅》。

❷ 周建人口述《鲁迅故家的败落》。

❸ 黄仁沛。

❹ 日本学者汤山土美子。

是否可以提出问题,由我逐条回答,想必她的中文程度是很好的。至于您说她可能来"拜访",我看也似乎大可不必。我处生活简陋,怠慢了年轻的国际友人反而不好,不如仍以通信联系为好,不知尊意为何?

您的新著出版望送我一本,还有周天度同志的《蔡元培传》,我很想学习一下,请代我向他致意,我和他有共同的朋友,如他愿意送我一本,那就再好不过了,此事拜托您最为恰当。我也拟向他赐书请教,我们湖南老乡是应该加强联系的。

您如有便回乡走走,望来我处,粗茶便饭是可以招待的。不一,顺祝

撰祺!

桑牧

1986年6月26日

力群(1912—2012)

山西灵石人。版画家。1933年曾与曹白等人组织木铃木刻研究会,同年10月以"宣传普罗文化、与三民主义对立"的罪名被捕入狱。鲁迅在《写于深夜里》一文中记叙他们被捕受审情况。中华人民

共和国成立后曾任人民美术出版社副总编辑，中国美协山西分会（山西省美术家协会）名誉主席。

陈漱渝同志：

在1992年第2期的《鲁迅研究月刊》上读到了你写的《褒贬自有春秋》，非常欣赏。

当年在上海，看到这"两个口号"的争论时，我和曹白都是拥护"民族革命战争的大众文学"的。其实我们并没有判断能力，只是因为我们崇拜鲁迅先生，所以也认为他提出的口号没错。

大约是1940年或1941年吧，我当时是延安鲁艺美术系的教员，曾亲耳聆听了张闻天同志代表中央为两个口号之争做了结论，否定了"国防文学"，肯定了"民族革命战争的大众文学"。大意是说："国防文学"这个口号是失掉无产阶级的立场的。你可设法查一查，张闻天同志当时是政治局委员，在党内还是很有发言权的。周扬同志是听了的，他为什么不在后来告诉夏衍呢？很奇怪。

××这个人一向或左或右，我对他没有好感，早年为国防文学创作了《赛金花》，鲁迅就批评"早已封为九天护国娘娘了"。反右派时，把江丰等一大批美术家打成右派,他有很大责任。最近的一届文联领导为×××所篡权,他有责任,更可恨的是在他和×××合谋之下,取消了全国文联的全国委员,这是很不合乎团结的,连我在内,很多全国委员不满意。而他却曾指别人提出"民族革命战争的大众文学""不利于统一战线",而取消全委才真是"不利于统一战线",他就不管了。

最近看到他给吴作人的画册写序文,说吴的画是"最杰出"的,我认为说"杰出"的就够高了,怎么说成是"最杰出"的?说实在的,当代的画家,连徐悲鸿、刘海粟在内,也没有一个称得起"最杰出"的,只有柯勒惠支、列宾这些大师才称得起"最杰出"的。吴之成为美协之主席实际是为了照顾徐悲鸿一派,又照顾民主人士,实非因其作品上的成就也。

四条汉子中,数他糟糕,比起周扬来,差得远了,周扬谈起30年代来,总有点自我批评精神,承认自己有宗派情结(在鲁艺谈过这些问题,是在大会上说的),而××却一直顽固不化。

我也是情不自禁,写信想和你谈谈。虽然我们不认识。但我和李允经同志是很要好的。祝
春安

力群

1992年3月25日

L 林辰（1912—2003）

贵州郎岱人。原名王诗农。人民文学出版社鲁迅著作编辑室编审、北京鲁迅博物馆鲁迅研究室顾问。著有《鲁迅事迹考》《鲁迅述林》，编有《许寿裳文录》等。

漱渝同志：

本月20日，惠书敬悉。您所提的几个问题，我一向没有留意，目前手边又无资料可供查考，所以无从奉答。仅知易培基后来曾任上海劳动大学校长，鲁迅先生1927年初到沪时，易曾亲自登门邀请鲁迅到劳大任教。鲁迅和他本无交往，因有女师大的一点点关涉，所以勉强去讲了两次便谢绝了。此人是国民党官僚，曾任南京国民政府行政院农矿部长，后来在北平故宫博物院院长任内，监守自盗，偷了一些古物，当时报纸曾有揭载，是哄传一时的丑闻❶。关于郑德音、姜伯谛等人的情况，我不了解，大约她们后来和鲁迅先生都很少联系，今所知者，仅张平江在上海时曾和吕云章（也是女师大学生，字沄沁）去看过鲁

---

❶ "故宫盗宝"一事不确。

迅。又郑德音，听孙伏园先生说，是四川广安人，音乐工作者郑沙梅之姊（沙梅解放后在上海，现状不明）。其余的我就都不知道了。

我对鲁迅先生说不上有什么研究，对您毫无帮助，很是惭愧。今后希望随时联系，我将找时间来看看鲁迅先生工作过的女师大原址，并看望您，面请教益。

专此，顺致

敬礼！

林辰

1974年5月31日夜

漱渝同志：

您7月中的来信，早已收到。信中对我奖饰之处过多，看了很使我惭愧！说实话，我对鲁迅并没有多少研究，虽然执笔乱写有关鲁迅的文章，但实际上并无什么成绩可说，鲁迅研究中很多重要问题，我都没有认真考虑过，有的竟完全不懂。以后请您千万不要客气！

就拿您信中谈到的《他》这首诗[1]来说，我也不明白是什么意思。这首诗写了三个季节，表达了作者对"他"

---

[1] 鲁迅所作新诗。

的渴望和追求。但这"他"究竟是指什么呢？有些研究者说是理想或真理，如周振甫同志就这样说："这首诗里的'他'可能就是指'维新'？所追求的'新'可能就是指'理想'。'新'和'理想'给旧经验的锈铁链锁住，……给旧经验所排斥，所以'一望全是粉墙'找不到'他'了。"又说："作者对于'新'或'理想'非常热爱，出去寻找。'大雪下了'在旧势力统治下的环境是冷酷的，是不适于理想之花开放的。因此，作者只能回到自己家里，无法找到'新'或'理想'了。"其他研究者大致也是这种意见。这看去也有些道理，但我还是不明白，理想为什么"在房中睡着"呢？既然是"理想"，为什么"他"不能像"松柏"那样，挺立在大雪下的山头，而说"他是花一般，这里如何住得"呢？我认为，这种意见恐不妥帖；但究竟应该如何解释，我一时也想不出比较合适的意见，只能对您交白卷。

来信所说毛一波文章中提到的秦抱朴❶在《京报副刊》上连载过《赤俄游记》，鲁迅曾拟为之作序并介绍出版；我不知道秦抱朴是何等人，他的游记也未见过。毛一波的

---

❶ 本名秦涤青，曾留学莫斯科东方劳动者共产主义大学。后在国民党政府机关工作。

文章，您是在什么报刊上看到的，作序之说不知有何根据。读来信后，我查了一下有关资料，得知《晨报副刊》❶于1924年8月23日至9月8日，曾连载抱朴（无秦字）的《赤俄游记》，可惜我社资料室没有这两个月的《晨副》，所以不能查阅，以明究竟。您如有时间到北京图书馆一查，或者会有点收获。

承示鲁迅演讲资料，至为感谢！这对研究者很有用处。当时报刊上的那些内容简介，想您一定抄录下来了。以后也许将向您借阅一下。

近因事忙，精神也较差，没有及时回信，真深深感到歉疚，请您多予原谅！目前不知您是否在学校？工作、身体都很好吧？

再谈，顺致
敬礼！

林辰
1974年11月8日

漱渝同志：

大稿《鲁迅与女师大学生运动》已拜读过。经过您再

---

❶ 初名《晨报副镌》，1925年4月1日起刊名改为《晨报副刊》。

三修改的这部稿子，资料丰富，很多论断都极精确。对于研究鲁迅这段时期的战斗生活和阅读《华盖集》《华盖集续编》以及其他有关文章的读者，是很有帮助的。我希望您略加修订之后，能有出版的机会。我阅读时，有些零星意见，晤面时再一一奉陈。由于工作较忙和精神不好，您这部稿子在我这里压了很久，很觉不安，特向您表示歉意。

　　余俟面谈，即颂

撰安！

林辰
1975年10月23日

漱渝同志：

　　一些时没有见面，就很想念你，常常想找个时间和你谈谈。我明天去济南开会❶，5月初回京后一定来看你。

　　4月9日来信收到。鲁迅演讲资料已找出，但临到写此信时，才发觉无适当信封，装不进去，卷成一卷又怕丢失，只好等5月初面呈，不会误你的事吧？真很抱歉！

　　你在《南大学报》和《光明日报》上的文章，都已拜读，很是高兴，希望陆续看到你的文章。

---

❶　准备重新修订《鲁迅全集》。

前承询问鲁迅在劳动大学担任课程，最近偶翻鲁迅书简，在1927年11月7日致章廷谦信中，看到这样两句："近日又因不得已，担任了劳动大学国文每周一小时"。谨以奉闻。

匆匆，即颂

近安！

林辰

1976年4月19日

漱渝同志：

得8日来信，知拙稿已承你们编入《鲁迅研究资料》第二辑，既感且惭。我本来不会写文章，几年不动笔，更生疏了。写这篇东西时，内容上想尽量避免发生错误，形式上又注意不要落入"某年开会—周总理出席并讲了话—他说—接着说—最后说"的一套公式。写起来很费劲，但结果还是没有写好。

来信说，要删去拙稿中所引总理的一些话，这自然也可以。但拙文就是为介绍、追思总理的那几次讲话而写的，所引总理讲话是拙文的重心，如果删削太多，我的那些说明文字便无所附丽，失去根据，变成空话了。你们有四次讲话全文，如果和拙稿所引的几段对照一下，就可以看出引用哪几句、省略哪几句，是很费踌躇的。所以我希望删削尽量少些。至于1938年的题词，则我希望保留。假如你能抽空携拙稿驾临敝寓，我们商量一下，就更好了。如上所说，我久不写文章，希望能得到你的帮助。

李伟江同志不知是否要回粤探亲？请代打听一下，因为我想请他带一本书给中大❶的朋友。

再谈，即祝

春节愉快！

盼望你能来谈谈。前三天发信告诉我日期最好。

林辰

1977年2月10日

漱渝同志：

"五一"节前承远道见访，惜以时间短促，未得详谈，甚憾。

兹寄上拙稿一篇，是介绍鲁迅先生的《云谷杂记》辑本和他所写的一序一跋的。这本书和这两篇文章过去从没

---

❶ 中山大学。

有人谈过，我以为应该介绍、报道一下。请你看看，如果没有什么大错，希望费神介绍给《南开大学学报》，请他们审阅看能否发表。如学报采用，我想最好能和你的文章同时刊载出来。

与《云谷杂志》同时发现的鲁迅校辑的古书还有几种，我准备写一篇文章综合评述一下，写成后再投寄《鲁迅研究资料》。

寄稿给《南开学报》时，请挂号，我没有留下底稿，如他们不用，望能早日寄还。

有空请常联系。即祝

近好！

请代候何林、泰之诸同志。

林辰
1977年5月4日

漱渝同志：

接6日来信，知拙稿已承转《南开学报》，至深感谢。学报罗宗强同志已有信来，言将编入第3期，他大概也会有信给您的。

福建师范大学将于本月29日至6月12日召开一个鲁迅

古籍、译文序跋注释稿的讨论会❶,他们来信希望我能去参加。我因最近身体不好,有时心跳头昏,犹豫不决,直到昨天才决定应邀前往。因此,最近虽很想会见您,也挤不出时间了。下月中旬回京后再来看您。说不定您的沪宁之行,也将在这几天之内启程吧?

福建师大也邀请鲁研室派人参加,不知道哪一位同志前去?

匆匆,即颂

近安!

(附笺请转至德厚同志)

林辰

1977年5月23日

漱渝同志:

我们有两个多月没见面了,常在念中,正想给您写信,就收到5日来信,非常高兴!

我对鲁迅先生,无论哪一方面,都说不上有什么研究,来示过奖,愧不敢承。介绍鲁迅整理古籍文史著作的成绩,

---

❶ 此会于1977年5月13日在福建师范大学召开,林辰有《鲁迅先生的古籍整理工作——1977年5月13日在福建师范大学"鲁迅著作注释审稿会"上的讲话》一文。

对一般读者来说，是不很需要的。我从前写的那几篇小文，只是提供了一点情况和资料，不足以言研究，我自己是很清楚的。

您日内能枉驾一谈，是我所切盼的。承询数点，俟晤面时再谈。此信如能在明日（星期五）上午收到，而您下午又有时间，即请下午三时惠临；否则10日下午亦可。如我临时有会，当尽量用电话通知（说尽量，因恐电话难通也）。

《资料》第二辑，未知年底能出版否？拙作是否需要我看三校？

匆上，即颂

著安！

又，戈宝权同志住址门牌号数，请记下见告。

林辰

1977年12月8日

漱渝同志：

承示署名"野火"的《喝酒吧！》一文，从内容的某几点看来，和鲁迅先生的一些文章有共同之处，但文字风格，却不像鲁迅文章一般所具有的那样深刻峭拔；在没有更直接的有关此文的材料和不能确认"野火"为鲁迅一度用过的笔名的情况下,的确很难做出判断。

文章中某些观点相同,也可能出自同一阵营中人。川岛同志认为"很像衣萍或曙天的手笔",但章衣萍不会接触到这样严肃的主题,他很接近胡适,恐也不会写抨击胡适一派陈西滢和徐志摩的文章。至于吴曙天,可能性更小,从她那本《断片的回忆》中的那些文章看来,她是写不出《喝酒吧!》这样的文章的。

白居易的"野火烧不尽,春风吹又生"两句诗是流传很广的,别人也可取其意以作笔名。还有人取作书名,似乎夏征农就有一本杂文集名《野火集》。

但大作中提出的几点"正面理由",是可以支持您"倾向于认为《喝酒吧!》是鲁迅佚文"的观点的。大作提供了正反两面的意见和材料,对进一步探讨此文(连同《反"闲话"》)是否鲁迅佚文问题,是很有益处的。

在阅读大作时有几点零碎想法,附带写在下面:

鲁迅将1925年所写的文章结集成《华盖集》。他在《题记》中说:"我编《热风》时,除遗漏的之外,又删去了好几篇。这一回却小有不同了,一时的杂感一类的东西,几乎都在这里面。"似乎1925年的文章都收在这本书里了。但您据《集外集》《集外集拾遗》和《集外集拾遗补编》

三书统计，鲁迅1925年的作品未正式编入文集的，计有三十八篇。我翻了一下，像《俄文译本〈阿Q正传〉序及著者自叙传略》《流言和谎话》《诗歌之敌》《〈苏俄的文艺论战〉前记》等，都是重要文章，但都没有收入该年文集。由此可见，遗漏、删削或留待以后再编集的文章，的确不少。（您统计为三十八篇，但我据三种书的征求意见本算了一下，只有二十六篇。）

鲁迅对于当时"国庆"的感受，还可参看《呐喊》中的《头发的故事》。同"人道"相对而言的"鬼道"，其含义似不全等于"鬼蜮伎俩"，请考虑。

我最近即将搬家，心情很杂乱，不再多写了。

即颂

暑安！

林辰

1979年7月17日

漱渝兄：

来信收到。你早就应该参加作家协会，作为你入会的介绍人，我是十分高兴的。介绍书附呈，不知这样写法适当否？

许久不见，甚念。你最近大概在赶写纪念鲁迅先生百年诞辰的文章,辛劳是可以想见的,希望尽可能注意休息。有空时,还希望见面谈谈。

鲁迅1926年5月30日在女师大五卅惨案周年纪念会演讲,你在《鲁迅与女师大学生运动》中说,报道这一消息的是《女师大周刊》129期;朱金顺《鲁迅演讲资料钩沉》(P.11)却说是女师大学生会发行的《五卅周年纪念》册子。我想,学生会公布的通告的内容和文字,两者所载应该完全相同,不知然否?便中请告知。

祝好!

林辰

1981年3月25日

漱渝同志:

本月2日来信曾谈到近来"为儿子升学事发愁",结合您在《群言》上发表的文章看,我是很理解的。我希望您不必过分烦忧,您和孩子既已尽了最大的心力,那就静下心来,俟有结果后再做考虑好了。

近来常在报刊上读到您的文章,《团结报》上关于梁实秋、林语堂和陈西滢的几篇都看过了。我以为写得很好,全面公允,有说服力。林语堂篇指名和徐铸成辩论尤有必要。另外还看过您写的杂文,希望以后能够多写。在中国,鲁迅研究者常常是杂文作者,如冯雪峰,如聂绀弩,如唐弢都是。所以我希望您有意识地多写杂文。

暑假中,我在外地的两个儿子和一个孙子回家来了,屋小人多很吵闹,但我心情比较舒畅。几天后,他们就将分别回去了,一想起我就预感到冷落。祝
好!

林辰

1983年8月18日

漱渝兄:

近年来我们要见面真不容易,现略写数行,以当面谈。

许宝骙的文章在《团结报》发表了,编者按中说周作人解放后出狱,被聘为人民文学出版社顾问。其实周早在1949年初即已出狱,他只是文学出版社的特约翻译,并非顾问,只不过是约稿的关系而已。

今日见《文艺报》,报道我们上月开会情况,其中说我"根据自己的亲见亲闻分析了周作人附敌的思想根源"。周作人在平附敌,我远在西南的重庆,且又不认识周作人,怎能"亲见亲闻"?我根据周作人沦陷时的文章分析他的思想,是说得明明白白的,而记者竟听不清楚,其实可叹!其他关于别人的讲话,我看很多也不准确。

我的讲话记录稿,已由王惠敏同志取去,请你看看,如有不妥,望即指正。现在我想在全文最末一段"总之,……我不想再多说了"之前,加上以下一句——

如果周作人出任伪职,是由于"共产党方面的意思",那他在解放后给周总理的信里能一字不提吗?

下面紧接"总之……"请你费神补上,自然,如果来不及就算了。

有空望来谈。匆匆,即颂
著安!

林辰

1986年12月7日

漱渝、世家同志:

数月不见,近状可好?时在念中。兹寄上拙作二篇,请予审正。未知可供《鲁迅研究动态》补白否?

我这一系列文章,并非专门的鲁迅研究,所以题目不叫"鲁迅与俞明震""鲁迅与乔大壮",而是想在《文海片鳞录》这个总题之下,谈谈"五四"前后的作家与作品,因为开头几篇谈的是鲁迅友人的旧诗词,和鲁迅有点关系(直接的或间接的),所以投寄贵刊,请审正后在《动态》上发表。我接着将写几篇和鲁迅有关系的新作家的文章，大约可写五六篇，以后所写和鲁迅没有什么关系，就不再来占《动态》宝贵的篇幅了。

近来常在报刊上读到漱渝的文章，如此健笔，令人歆羡。但天气炎热，还望您们多多保重为祷！

专此，即颂

近安！

林辰
1988年7月30日

漱渝兄：

前天林默涵同志嘱魏新民同志转告我，希望我作为鲁迅学术基金会的倡议人。现特写此信，就请替我签一个名吧。

很想念您。最近有外出的计划吗？

您如知道罗孚同志的地址，便中请告诉我。

匆匆，此颂

著安！

林辰
1989年4月25日

漱渝兄：

19日会上相见，虽无时间畅谈，但得小聚半日，也是愉快的事！《高长虹文集》很难再版，因此《一点回忆》[1]的上半篇将永远无法补入该书。不知《鲁迅研究月刊》能全文发表一次否？如发表，请考虑——

一、《国民公报》发表时，分一、二两节，我看这是报纸分两次刊登，故编者加了（一）（二）字样，原文是不分节的，这从报纸（一）节和（二）节之间文义连贯并不中断一点上，即可看出。又原文如果分节，则第（二）节不会如此之长，是还可以分成几小节的。因此，《月刊》发表时，请考虑将（一）（二）删去。

二、《高集》下册 P.514.7行，有空格十三个，均应删去。改为——

……由于有很多的空白，□□（没有？）用文字写出。

据《国民公报》所载，"可是"以下应另起一段。

三、《高集》校对不精，很多讹脱。如 P.513.16行：

……让他的对手郭沫若来进据，

据《国民公报》所载，"对手"上有"创作"二字，应补入。

---

[1] 高长虹的回忆文章，下半部分佚失。

P.514.9行：

……他鼓吹多写，

据报载："多"原作"敢"。

P.514.10行：

……写都要写得好，

"都"，原文作"总"。

余不一一。总之，我们发表时，要以报纸为据。谨此所见，以供参考。

即颂

春安！

林辰

1990年2月22日

漱渝兄：

你大概由皖回京了。

承命为大著❶作序，近因身体不好，迟迟至今日始成，幸恕稽延之罪！

这篇所谓"序"，实在写得不好，不过我是用心写的，不是敷衍应酬之作，还表现了一点真情。请你审定，不妥

---

❶ 《五四文坛鳞爪》，中国文史出版社1998年出版。

之处，请改正。如认为不合用，请寄回，望勿客气。

我今年突然显得衰老，步履艰难，几乎上不了街。白内障厉害，老眼昏花，看书困难。少看书，一个人坐着，又很寂寞。真不知怎么好！世家寄来的相片等，都已收到。请先转告，我日内就写信给他。

祝你健康！

合府清吉！

如采用，希望不要出现错字。

林辰

1991年11月19日

林林（1910—2011）

福建诏安人。诗人。曾任中国人民对外友好协会副会长。

漱渝同志：

所托之事，拖延时日，歉甚！

兹将叶文津的爱人所写关于叶的生死年、生平工作这封信，直送给你编用，以简为好。

至于姚潜修，江苏淮阴人，乃东京《杂文》社同人。写了不少文稿，也曾为何香凝写过几篇自传。我要她的女儿苏红（全国剧协干部宿舍，电话447676）将要点给我，她忙，拖到如今，未交卷。我因要出国，怕耽搁，请你直接和她联系，说是我介绍的。

　　专此奉达，并祝

健康！

林林
1984年10月18日

【附录】

林林同志：

　　北京别后，转眼已数年，未悉贵体安康？时在念中。

　　来函收悉，有关叶文津的简历，如下：

籍贯：广东省东莞县[1]人

出生：1914年

卒于：1980年（追认为中共正式党员）

---

[1] 今广东省东莞市。

家庭出身：教授

个人出身：新闻记者

学历：日本大学社会学士

1935—1936：在日本参加中国共产党活动。

1937—1939：《救亡日报》特派记者到华北敌后游击区五省采访。

1940—1946：在香港、上海等地从事地下党工作。

1. 太平洋战争在香港——掩护一批爱国人士及共产党人员撤离香港。

2. 掩护五个共产党住在广州叶文津父亲的家中达半年之久。

3. 占领敌人的宣传阵地——在上海从事地下党工作，打入敌人的心脏，收集敌方情报。

4. 将敌人的炸药540箱，雷管一千支，机枪194挺及其他许多军用物资运送给新四军。

1946—1949：

1. 在广州将广东全省军用地图偷运出香港交给共产党有关负责人收（潘汉年同志收）。

2. 策动国民党空军从台湾驾机起义。

3. 策动伪国民党匪军阵前起义。

1949—1950：在香港裕华行进出口公司任总经理，抗战期间大力支援广东前线。

1950—1955：在上海文化部下属公私合营电影院任经理[1]，及《文汇报》记者组副组长。

1955—被捕—1957年12月底第三批国民党集团级以上人员释放回家。

监禁及劳动达二十年零八个月。

1980年平反后，在广州任广东省政协副秘书长及广东省文史馆副馆长。

以上大概情况如此，若有不清楚的地方请来信告知。

注释后的《洪波曲》是否能寄我一本，以作纪念。谢谢你。

专此，即祝

健康愉快！

余彬（即余顺彬）

1984年8月19日

---

[1] 叶文津曾任上海市公私合营电影院联合管理处主任。

凌山（1916—2012）

广东番禺人。翻译家，许广平的友人。丈夫是翻译家董秋斯。

陈漱渝同志：

许久未见，你好。几次给你打电话，可是一直没人接。听说《许广平传》已经竣稿，可喜可贺，望能早日拜读为快。

有件事想请教并请协助：

关于戚本禹盗窃鲁迅信手稿的事，傅崇碧同志曾写过一篇文章，详细谈及有关经过，发表在1978（？）年的《人民日报》上，我想这篇文章你一定读到过，希望你费神告知一下，该文章发表在《人民日报》的何年何月何日？以便我找出阅读，甚感。盼复：建内贡院东街一号。

此致

敬礼

凌山

1980年11月29日

刘和理（1909— ？）

江西南昌人。生于1910年，教育工作者，刘和珍之弟。

漱渝老师：

　　静淑先生函嘱寄上先姐刘和珍烈士遗照八张，英语遗作照片两张，照片背面，略加说明。收到后，请通知我，寄南昌江西师范学院化学系。静淑先生命我读大作《鲁迅与三·一八惨案》，史料确切，仅烈士生平简介中"七八岁时，父亲死在合肥"，不是七八岁，是十四岁，即1917年冬天。静淑先生来信，老师问及"江西民政厅编的《刘和珍传》中，提到刘和珍曾被监禁，后获释。"未有其事。只有这种消息，只是反动派的恐吓而已。江西民政厅编的《刘和珍传》，我未见到，不知还有什么出入。烈士生平，我是清楚的。可惜南昌找不到这本传。

　　专此，即颂

教安！

我保存有刘、杨两烈士追悼会现场照片，北京鲁迅博物馆或近代史研究所需用,可以翻洗,特此奉告。又及。

刘和理

1967年❶3月6日

漱渝老师:

3月7日手示,早已收到。先姐追悼会照片,约一尺见方,待有便人赴京时奉上转鲁迅博物馆。如你或该馆需急用,请函告,当邮寄不误。尊作《读后感》何日可以见报?先姐遗物,在解放前历经战乱和种种压迫,荡然无存。仅保存有照片,也不容易。方其道❷于解放前两年❸病死南昌,现北京有他一个女儿,天津有一儿子,都和我有来往。

江西民政厅编《不朽革命的战士》第一集《刘和珍同志传略》我已看过了,有两处时间有误,另一处,情况有出入,特写在下面,供老师写作时参考:

(一)先姐十五岁夏考入南昌江西省立女子师范学校,时间是1918年8月,不是1920年。

(二)在南昌组织"觉社",是在1921年冬天,不是1922年。

---

❶ 原信文末日期为1967年,应为1976年,此处照原信录入。

❷ 刘和珍烈士的未婚夫。

❸ 方其道病逝时间为1946年3月29日。

（三）"传略"68页倒5行"囚禁在刑部街……"关于女师大毁校经过，静淑先生《回忆》中写得很清楚，那段文字，叙述得不很确切。

文末问及袁玉冰烈士逮捕后，先姐营救他们经过，我仔细回忆了，情况如下：

袁玉冰、赵醒侬、方志敏三烈士都是南昌青年学生运动的主要领导人。南昌新文化书社突然被封，袁玉冰烈士立即被捕，赵、方烈士得讯，急速离开了南昌，其他领导人一时不能出面，刘和珍烈士不顾个人安危，奋然而起，组织女师学生分头邀集中小（学）教师和各中等学校同学，联名"保释"，要求当局不能逮捕学生，应立即释放袁同志。先姐又设法通过友人向南昌商会，宣传军阀陷害青年，无故抓人，要求商会主持正义，具保释放袁同志。先姐又通过在京南昌校友，设法找在京的江西"士绅"（谢远涵、宋育德等人）和赣籍"国会议员"，要求他们设法营救，请他联名电江西反动当局释放袁同志。先姐自己和发动不少同志写文章揭露反动派罪恶。由于青年的怒吼和舆论压力，不得不采取缓和手段，反动当局宣布交保释放。袁玉冰烈士出狱后，先姐即筹划北上，因为快要毕业了。

专此顺颂

教安！

> 刘和理
>
> 1976年3月20日

漱渝老师：

3月24日和3月27日来信早已收到，今日又收到4月1日《光明日报》大作底稿和清样，谢谢。

《读后感》的署名，光明❶的编者的主张是对的，我完全相信你，也毫无意见，更不会产生误会。我写回忆，由于我是刘和珍烈士的亲属，在南昌中学时代的革命事迹，现在可以说，除我外，没有什么人知道得很清楚。我有责任把它写出来，交给你，我是最乐意的。你写文章，引用烈士的革命事迹，是必要的。你过于客气，才有你和光明编者署名问题发生不同看法。愿你以后还要写文章，不必去顾虑署名问题了，请相信我的真诚！

你打算写《刘和珍烈士传》，来信说写好后给我审阅。审阅是当不起，只能说是先睹为快。因为我是烈士的弟弟，也可能提得出几点意见，以供参考。

陆晶清先生我会到过，她在1926年底至1927年八一

---

❶ 《光明日报》。

起义这段时间内，到过南昌，并在南昌工作，后来和王礼锡（江西人）结婚，所以不愿和她通信。我倒想通过她问问先姐生前好友姜伯谛的行踪。姜先生对先姐在北京情况了解得比静淑先生还要多。

静淑先生久未来信，不知她的身体怎样，今年七十有五，你知道她的近状吗？念念！

题有"修我甲兵，与子偕行"的照片，我保存了五十年。去年托人交给静淑，现在存于静淑先生家。你需要翻洗，可向静淑先生索取。等她寄还了，再寄给你也行。北京鲁迅博物馆需用，我也愿意由该馆翻洗。

大作中："在这一惨案中，死四十七人，伤一百五十余人"，我记得四十七人，这个数字非常确切，伤一百五十余人，这一数字，与我的记忆有所出入，我记得是死伤四百余人，当场惨死四十七人，伤三百余人。《可惨与可笑》鲁迅先生文章中是"死伤至于三百多人"。提出来请你改正一下。还有"补习所空屋内"，不是"补习科"（《"公理"的把戏》）。

鲁迅博物馆今天来了一信，便中代致谢意。恕不另作复。

底稿和清样我都看了数遍，邮寄奉还。

专此，顺颂

漱渝老师：

4月23日来示，今日收到。"三·一八"当时死于伪执政府前四十七人。这是女师大的吴瑛、姜伯谛、阴贺元、李桂生等人亲口告诉我的。这个数字，我记得非常确切。至于受伤人数，各书注解颇不一致。我想，鲁迅先生文章里的数字最为可靠。

追悼会闭幕的照片（即来示谈的灵堂照片），容我从衣箱中取出后，包装好了，当寄上不误。

老师已调鲁迅研究室工作。这很好，不搞教学，可以专心一致写作。希望有更多的文章发表。

《南开大学学报》第2期已收到。谢谢。你的文章看了几遍，增加了不少历史知识。有些关于女师大风潮的事情，读了老师的文章才十分清楚。大作对于学习鲁迅是很有益处。

以及，顺请

教安

刘和理

1967年[1]4月5日夜

---

[1] 原信文末日期为1967年，应为1976年，此处照原信录入。

近好!

刘和理

1976年4月29日夜

刘进中(1905—?)

山东青岛人。长期从事革命地下工作。中华人民共和国成立后曾任中共外交学会副秘书长,国家安全部顾问等职。

陈漱渝同志:

接来信后,未能及时答复,请原谅。

现就所提问题答复如下:

(一)牛兰是30年代初期或20年代末期由共产国际派到上海,在共产国际远东局任秘书,并不是远东局的负责人。公开身份是泛太平洋职工书记处的工作人员,以英文教员的身份到工人夜校教书。

他的国籍不明,据上海租界巡捕房的材料,牛兰自称为瑞士人,实是比利时人。牛兰的真名是保罗·鲁格,他的夫人杰儿楚德·鲁格,来华前是第三国际工作人员。

1931年6月15日，他们夫妇被上海英租界巡捕房所逮捕，他们被捕原因据巡捕房材料，有两个说法。一是在印度支那被捕的法国共产党员供出设在上海的共产国际远东局的邮政信箱号码，上海巡捕房根据这号码捕了牛兰；另一说因我们党的叛徒顾顺章供出牛兰，国民党会同巡捕房逮捕了牛兰。

牛兰夫妇被捕后，于同年10月被引渡给国民党，解到南京由国民党中统局特务审理，判处死刑。

共产国际在上海发动了公开和秘密两种营救牛兰夫妇运动。1931年9月，史沫特莱、斯诺、伊萨克斯（即伊罗生）等组织了营救委员会，并联系孙夫人、鲁迅，以人权保障大同盟名义向蒋介石提出释放牛兰夫妇的要求。同时由左尔格通过中国的知情人员打入中统局和牛兰建立联系，以便向蒋介石要人，防止他秘密把牛兰处死而推脱说不知此人。因为此人是上海英租界当局逮捕的，与他无关。中国情报人员冒着巨大的风险和中统高级人员建立了关系。牛兰送出了亲笔字条，证明他确在国民党手中。

据此，援救运动聘请上海知名律师唐鸣时（现名唐明实，住西城厂桥胡同12号，希望你去向他调查一下，将所得材料给我一份，因我也久想访问他，但始终未实现。）代为辩护，认为这样无故捕人是法西斯行动，并由孙夫人出面把牛兰夫妇的幼儿从狱中要出来代为抚养。在这样声势下蒋介石不得不改判他们夫妇为驱逐出境。于1932年6月被释放出境了。他们的孩子于1933年苏联和蒋介石政府建立外交关系后，由苏联大使馆把托养在孙夫人家的孩子接走。

（二）牛兰不是共产国际远东局的负责人而是工作人员。

但太平洋职工书记处是公开合法的国际工人组织，共产国际和苏联总参情报部利用这种公开身份进行活动。因为苏联总参情报部不便使用苏联机关的身份，怕被破获后影响和驻在国的外交关系。

（三）他们夫妇生有孩子，他的夫人是否有监控他的任务，不了解。

（四）史沫特莱跟孙夫人和鲁迅的关系极为亲密。她代他们建立和苏联及共产国际的关系是肯定的。我曾陪同她去鲁迅家一次。她是左尔格在中国建立情报组织并获得好的成绩的奠基人，不只是助手。如没有史沫特莱，左尔格的工作不可能取得好成绩的。

尾崎秀实就是史沫特莱介绍给左尔格的。左尔格在日本得到震动世界的情报成果是靠尾崎取得的。

以上所提供的材料可能不能满足你的要求，但我所了解的只这点，已无能为力了。

最后我也向你提出一点要求，请从鲁迅博物馆里或你收藏的资料里如有史沫特莱和尾崎的材料亦请代为择录一些。

来信可寄本市十三号信箱（10）刘进中收

此致

敬礼

刘进中

1983年5月20日

刘亚雄（1901—1988）

山西兴县人。"女师大风潮"骨干之一，刘和珍烈士的同学。曾任劳动部副部长，交通部顾问，第五、六届全国政协常委。

漱渝同志：您好！

想起一件事，想和您谈谈。几天前，您送来鲁迅先生《琐忆》稿，我看后，总觉得有两个地方删去为妥。当时虽然提出来了，但未具体说明我的意见。这两天想想，还是再研究一下的好。

一是关于1926年女师大入党同学的一节，我意不提此，无伤全文。因为这批同学，确实是在鲁迅先生启发、指引，也可以说直接领导下进行的驱杨运动中、"五卅"爱国运动中得到锻炼，以后进一步在党的领导下走上革命的道路。早在20年代，他是我们最早的启发人。我认为我的这批同学的前进与党的工作分不开，与鲁迅先生的教育分不开。这批学生在女师大学潮中也确起过一些推动作用。但是当时入党的同学中，经过几十年的变化，有些人的政治情况，我已不能了解。我的那些回忆作为参考资料存起来是可以的，那些过程基本上是确实的。如果在刊物上发表，我意把入党那节删去为宜。这样也不会影响鲁迅先生对这些人的教诲的功绩。二是关于我个人的一些出身简历等也不必写到里边，写上反不好。

这样，是给您找了麻烦了。但是我总觉得去掉我说的那些更为妥些。因此，为慎重些，请您再斟酌一下。啰唆了。希原谅！祝

工作顺利！

刘亚雄

10月13日

刘尊棋（1911—1993）

湖北鄂州人。新闻家，曾任中华全国新闻工作者协会副主席、外文出版社副社长兼总编辑、《简明不列颠百科全书》（中文版）主编、《人民中国》（英文版）主编。

漱渝同志：

10月21日来示收到快一个月了，迟至今天才答复你，很对不起。现在就我所知道和记得起来的，奉答如下：

（一）1931年起关押在北平草岚子胡同监狱中的政治犯，所受的种种酷刑，在给中国民权保障同盟写的信中揭露的，不是指关在那个"军人反省分院"以后的事，而是指被捕以后，关在北平宪兵司令部（坐落在今天还保留街名的地安门外鼓楼南的帽儿胡同，司令为邹文凯）期间发生的事。我们从这里转移到北平军分会的军法处（即今西长安街六部口对面、北京市文化局以及中共中央统战部的部分之旧址）。信中说的酷刑是真实的事实，并非"概括"。

（二）信是通过用钱买通的看守兵偷偷带出监狱后付邮的。

（三）"反省分院"中第一个党支部书记是殷鉴[1931年春在天津被捕前一度任顺直省（今河北省）委书记，翌年（1932）因骨折住病号，改由孔祥桢任书记，不久（大约1932年冬），孔因病保外就医，又改由薄一波任书记]。

（四）我是1931年1月入党的，任北平左联理事、党组成员，同年7月被捕，没有供出党员身份，只供认在塔斯通讯社任翻译，且给左联做些宣传工作。

（五）郑德音没有用过"晚愚"的笔名，她用过的名字有：文波、咏涛、蜀子等。

她没有遗留下关于女师大的史料。关于女师大那一场斗争，我觉得您写的和刘亚雄同志给日文版《人民中国》写的，应该是很翔实了。

专复，顺致

冬安

刘尊棋

1983年11月17日

楼适夷（1905—2001）

浙江余姚人。笔名建南、适夷等。作家、翻译家。1931年参加中国左翼作家联盟,从事中国左翼文化总同盟和中国左翼作家联盟的党团工作。晚年写有《鲁迅二次见陈赓》《毕生难忘的恩情》等回忆文章。

德延❶同志、陈漱渝同志:

承寄示本届鲁研会通知,收到,谢谢。现在想问讯关于画家裘沙同志的事。1981年鲁迅百周年纪念中,中美院曾举行裘沙作"《阿Q正传》图画展"。同时,人美❷出版了一本裘沙《〈阿Q正传〉二百图》画册,以后颇得日本美术界重视,1986年曾邀请裘沙、王伟君伉俪赴日展出其新作《鲁迅的世界》画展,并由日本岩波书店印行了一本巨型画册《鲁迅的世界》,我想鲁博必有收藏。裘氏夫妇穷年累月,刻骨铭心,以丹青传述普及鲁迅精神为志。今闻浙江宁波大学将于下月邀裘氏夫妇去校讲学,并举行新作展览(内容主要为《野草》及其他杂文的插图),我希望鲁博能在《鲁迅研究动态》中予以报道。

又日本作家野间宏作《鲁迅的文学精神》论文,我知道《动态》不刊载译文,曾推荐《世界文学》,他们不

---

❶ 潘德延。时任鲁迅博物馆馆长。
❷ 人民美术出版社。

准备采用。不知道还有什么鲁迅研究刊物可发表本人著作。现将此稿原文寄奉,不知漱渝同志可否审阅介绍他刊译载。

野间宏又为裘氏画册写了一篇《鲁迅的世界》(发表于画册中),我是不懂绘画艺术的,但对裘作深感兴会,认为先生生前颇重视美术,今日研究方面,似亦可以提倡。

我闲居老衰,一无作为,深自愧怍,以上建议,聊表愚忱而已。

敬礼

楼适夷

10月16日

陆晶清(1907—1993)

云南昆明人。女作家。许广平在女师大就读时的同窗,刘和珍烈士的校友,石评梅的好友。曾主编《京报》副刊《妇女周刊》。

漱渝同志:

接读来自"红楼"中的你的惠书,很兴奋。首先,对你写《鲁迅与女师大学生运动》的辛劳和认真态度表示敬佩。

近几月来,因常有从事编写有关鲁迅及其著作研究的同志们来我处了解一些情况,使我常被回忆带进了"红楼",五十年前的生活和战斗又从头搜抖一次。由于记忆力已衰退,有些事还未能记得很真确,甚至有忘了的,尚待继续追忆,求达到无误、无遗漏。

下面,就你提出的问题,先就有把握的,较简单地奉复如下:

(一)关于"蔷薇社"。这是一个没有组织形式的组织。倡议组织这个"社"的人,是北大学生欧阳畹兰(江西人,他的化名是"司空惠""琴心""S妹")和另两人(其中一人记得姓鲍)及欧阳的"未婚妻"、女师大体育系学生夏希和。石评梅和我,是通过夏之邀拉成为"蔷薇社"的"成员"的。欧阳等组织这个"社"的原因,是为了适应当时《京报》征求不同性质的"社团"编辑该报拟定出版的几种"周刊"的要求。所以,他们用"蔷薇社"名义,推石评梅和我出面,到《京报》社与邵飘萍接洽,编每周三出版的《妇女周刊》。最初,"妇周"的编辑权是由欧阳等掌握,石评梅和我只负撰稿和协助组稿责任。后来,(1925年3—4月间)欧阳被迫交出编辑权,"妇周"才由石评梅与我负全责。我们虽曾沿用"蔷薇社"名编过"妇周"，后又用原名编过属于《世界日报》副刊之一的《蔷薇周刊》，但我们从未进行过"社"的组织工作，"社"的成员也没有明确过，凡是女师大的同学和我们的朋友协助过我们编辑工作的，都曾被认为是"蔷薇社"成员。

鲁迅先生与"蔷薇社"无关系，只因为他的学生中的我们几个人与该"社"有关系，他经常注意、关心我们的工作。

至于《寡妇主义》在"妇周"发表经过，我已无印象（也许是在我离开北京回昆明时发表的）。我只记得"妇周"曾出过一期"独身主义"专号，曾引起一阵大辩论。还记得当时之所以出成"专号"，是为了有意引起争论，为"妇周"造热闹。

（二）关于女师大复校日散发过的一张"告社会人士宣言"的油印东西，我记得那是我们从宗帽胡同出发前匆忙中搞出的，我有是由鲁迅先生起草的模糊印象，如你所指到的是同一张，那就是我的记忆不可靠。如另是一张，那值得研究一下（我可能看到原物，当可做出判断）。

（三）关于女师大风潮经过及鲁迅先生对我们的支持、指导并参加战斗的经过情况，包含大量重要材料，我不知你现已收集的有哪些？日昨曾专访罗静轩大姐谈复校日情况，通过努力共同回忆，就记起了一些较重要的事，其中有鲁迅先生在与杨荫榆派做面对面斗争时的高度战斗精神。你建议我写一些，哪怕所表现是点点滴滴的事，我拟俟健康恢复后，就动手写出一些供同志们参考。

最近还有一新打算，就是等天暖时，健康情况也允许时，我拟来北京一次。这打算如何实现，也许能对从事有关鲁迅的多项工作的同志们做些较可靠的小协助。旧地重来，不仅能促进回忆，对查看一些旧材料（如几种旧报刊）比较方便，对与同志们当面交换意见，获益良多。

（四）郑德音、蒲振声、张平江三人都已亡故。姜伯谛不知去向。写《女师大风潮见闻》的"晚愚"，好像是郑德音。

病后执笔，颇感吃力，潦草奉复，乞谅！专祝
笔健！

陆晶清

1976年4月4日

漱渝同志：

谢谢你寄来信、剪报和《南开学报》。

又迟复信，万分抱歉！原因不是疏懒，是4月底到5月初又病过一阵，接着又忙于赶写点任务稿。

在得到你和别的一些同志的鼓励后，我现已在酝酿

试写《女师大风潮》《鲁迅在女师大》和有关"三·一八"的一些事。我的打算是为了提供较详细、较真切的资料，拟与罗静轩大姐、张静淑同学合作（因我们三人各有各的亲身经历重点），先通过各人努力追忆摊出材料，再经过相互核对，然后由我执笔组织起来。最近已和罗大姐多次商谈过，也与张静淑几次通信联系，她们都同意以"当事人"身份来写点东西供参考。将来在我动笔的过程中，恐不免要麻烦你代为核对一些我所找不到的材料。先预约一下。

你抄来的"女师大复校宣言"，确不像是鲁迅拟的。从语气笔调看，可能是一位同学写的。至于我记忆中那天下午鲁迅先生确曾忙着写过一短稿，可能是另作用途的。容我再追忆，想法找出个当时在场的人问一问。

在宗帽胡同时期的学生不止六十余人，我问过罗大姐（她当时是任"舍务主任"职，有多少学生，她比较清楚），据说是接近一百。等我再度与她共同回忆一次，按照宿舍的分布等方面去回忆，当能得出较可靠数字。

你如能找到刘亚雄，有几件事她当记得较清楚，如她们被刘百昭率领三河县老妈拖出校那天的经过，如在宗帽胡同的学生人数，如长期与章士钊打官司，每两周出庭一次的情况（记得她是分工参加这方面工作的）等。你如见到她，请告她我在上海。

北京还有一位同学，名李桂生的，她也是风潮中的坚强人物。你如有办法找到她，也能得些帮助。她是我的同班同学，江西人，刘和珍的好朋友。

你4月8日信中提出的一些问题，容我慢慢作复。日来我正在治眼疾，白内障加剧，眼胀痛模糊，提笔头就痛，遵医嘱不能多使用眼，所以暂不答复你。

你是否已离开学校参加"鲁迅研究室"工作？你参加这一工作是很适当的，因已有了很好的基础。

我没有近照，有的都是多年前的，不能让你受骗，等过几天去拍一张"近照"再寄给你。

我眼疾稍好时，当再复信。专颂

笔健！

陆晶清
1979年5月29日

L 陆耀东（1930—2010）

湖北武汉人。武汉大学中文系博士生导师。主编《中国新诗史（1916—1949）》（共三卷）。

陈漱渝同志：

来示收到颇有些时日，因燕树棠先生已退休，档案转到民政局去了，故颇费周折，未能及时回信，请谅。

现收从他自己填写的干部登记表上抄下的材料寄上。他的著作仍未查到，仅见交代写了反动著作《赤色帝国主义》一书。

燕树棠，生于1891年。河北定县❶人。还用过"召亭"的名字。曾在直隶高等学堂、天津北洋大学堂学习过。1915—1916年在北京法政专门学校教书。1916至1920年赴美国哈佛大学、哥伦比亚大学、耶鲁大学学习。1920至1928年任北京大学法律系教授。1928至1929年，任南京伪法制局编审。1929至1937年任武汉大学、北京大学、清华大学教授。1937至1938年任武大教授。1938至1947年任西南联大、北京大学教授。1946年任联合国文化科学委员会委员。1947年后一直在武汉大学法律系任教授。1947年被国民党反动政府任命为伪司法院大法官和立法、司法委员。

他的职务，最著名的是"大法官"。据说当时全国只有大法官十人。

---

❶ 今河北省定州市。

你勤奋钻研,成果亦多。这对我们是一种激励。

我这半年主要是修改刘绶松老师的《中国新文学史初稿》。其他工作,只好往后拖了。

请代为向李何林老师、林志浩同志、荣太之同志致意。敬礼!

陆耀东

1978年9月23日

罗宗强(1931—2020)

广东揭阳人。南开大学博士生导师。致力于研究中国文学批评史和中国古代士人心态史。曾编辑《南开大学学报》。

漱渝兄:

大著❶拜领,匆匆一读,感受良深。兄一生奋斗,所获甚丰,令人仰慕。

其中提及弟一节,亦颇多感慨,人生有幸而经历此种之沧桑,知善知恶,勘破因果,亦千年难遇也。

---

❶ 拙传《我活在人间——陈漱渝的八十年》。

关于学报[1]鲁迅讨论之资料事件，兄言略有出入。中文系×××（此人晚年困顿，今已死）写信至《人民日报》揭发，转至党中央，指令天津市查，于是市工作组进驻南开，大会小会，有人会上说弟反动，故为此编写资料。此事在近日出版之《娄平[2]纪念文集》中有几篇文章（有弟一篇）有详细叙述，查阅当时官方文件，准确无误。不过过眼烟云，不想也罢。

兄存一自传，实也存一时代之缩影，后人知处于转变时期岁月之或一小侧面。新春之际，遥祝
阖家康泰

弟　宗强　上
2011年12月10日

马蹄疾（1936—1996）

原名陈宗棠，浙江绍兴人。鲁迅研究专家。

---

[1] 《南开大学学报》讨论鲁迅思想发展问题，其中列举了姚文元"文革"前的观点，被人举报，引发一场小风波。

[2] 娄平（1917—2000），浙江绍兴人。当时是南开大学党委副书记和副校长，学报负责人。1982年离休。

漱兄：

委托兄写之词条[1]，二至六画，请交李允经同志，七画的据老李告我有十人请你写：

①沈士远 ②邹容 ③辛人 ④汪大燮 ⑤陈源 ⑥陈大齐 ⑦陈公博 ⑧陈公猛 ⑨陈独秀 ⑩陈赓

不知兄写完没有，如已写好，即请寄我。因我要将七画杀青。合订成本，心便交差。专此，即颂
文安

马（蹄疾）上

2月28日

漱渝兄：

顷接王观泉同志从哈尔滨寄转你送我的大著《鲁迅史实新探》，十分感谢。连夜走马看花地从小引到后记看了一遍，虽有部分已在刊物中读过，其中有不少是闻所未闻、见所未见的，觉得很新鲜。还有些纠正了我过去的一些错误。如教育部暑期讲演会的地点不是财政学堂而在法律学堂，使我大吃一惊，原以为在象坊桥之财政学堂我已是一个"发现"，竟未读到《亚细亚日报》"迁移"的消息，

---

[1] 《鲁迅大辞典》。

铸成谬误。真是"在永不枯竭的知识之泉面前，人的渴求是永无解除之时的。"辞中大职务之原因[1]，读后为之叫绝，《天义报》上的"独应"之考，读后大有所悟，作者之苦心孤诣可知。从中学到兄之治学之严谨、扎实，立题之确当、宽广。

周建人先生的"建办"已有复信，多谢你转去，能如此之快得复。

还有我与王观泉相差千里之遥，他在黑龙江，我在辽宁，你大概以"东北"概之了吧，所以误寄一处去了，其实，我与王的距离，并不比我与你的距离近。

东北鲁迅学会已在2月16日在长春成立。学刊大约3月底可出，到后寄去，请你指教（并非礼节性的客套），你的文章，就如《新探》一类的文章，不拘字数，敬请赐给。

上信所谓"第一性"，意思是与"第一手"相近，也就是不从拐弯得来，而是直接得来的意思。《新探》中的文章，就是"第一性"的，不是贩运之作。其实上信中无须与你谈此，但因同时给别人写了内容相似的信，也把这句话与你说了。不能再写了，因为浪费别人的时间，和谋

---

[1] 鲁迅辞去中山大学职务。

财害命一样。就此煞笔。

敬礼!

宗棠

2月28日

茅盾(1896—1981)

原名沈德鸿,浙江嘉兴人。左翼文坛领导者之一、文学评论家。曾主编《小说月刊》《文汇报·文艺周刊》《人民文学》。中华人民共和国成立后曾任文化部部长、全国政协副主席、中国文联副主席、中国作协主席。代表作有《子夜》《林家铺子》《夜读偶记》等。

陈漱渝同志：

来信收到。你问的几件事情大部分我都已记不清楚。现在只能就还有一点印象的事情简单答复如下：

（一）文学研究会丛书是由郑振铎编辑的，《世界丛书》与文学研究没有关系，《小说月报丛刊》不知是谁编辑的，既不是我也不是郑振铎。

（二）《海上述林》当初是由郑振铎介绍到美成印刷所（就是开明书店的印刷所，不过另起了一个名字）去排版的，其实美成也不会担什么风险。因为《海上述林》出版时不会写什么地方排印的。

我所能回答的只有这样两个简单的问题，十分抱歉。

此致

敬礼！

沈雁冰

1975年12月4日

漱渝同志：

5月23日来信收到。1932年鲁迅到北平的动机的三种说法，据我所记忆，我所提供的说法其实是许广平在事后自己告诉我的。鲁迅是应苏联邀请准备去参加在哈尔科夫召开的国际革命作家会议，因他没有去成，只好由萧三一人参加。陆万美所说显然是弄错了，因为苏联的作家会议筹备会照例是不请外国人参加的，苏联作家协会开大会的时候倒是常请外国人，但从来未听说筹备会还邀请外国作家来一道筹备。至于鲁迅写给许广平的信讲到他母亲生胃病，当然也是事实，但与第一种说法并不

矛盾。匆此,即颂

健康!

> 沈雁冰
>
> 1976年6月7日

陈漱渝同志:

来信收到已久,因事迟复为歉。承询"新犹太……"是指当时流行的用 Yiddish(伊第绪语,——犹太人使用的一种国际语,和"希伯来语"大不相同)写成的文学作品。当时美国的犹太人曾用伊第绪语出版了一个刊物,上面登有文学作品,但不多。想请鲁迅或译一、二短篇小说(从德文译本转译)或介绍新犹太文学的简史。

但来函以为此事可作鲁迅与文学研究会关系的一种材料,则恐未妥。当时我接编《小说月报》,来了个彻底改革,将《小说月报》作为文学研究会的代用机关刊。鲁迅虽非文学研究会会员或发起人,但他对文研会事业是支持的,所以我请他为它撰、译文稿也。匆此即颂:

健康!

称"新犹太"者,以别于用希伯来文写作之作品。希伯来为古犹太语文，今仍流行。

沈雁冰

1987年9月19日

毛注青（1919—1984）

湖南平江人。曾协助程潜谋划湖南和平起义。任湖南省人民政府参事室秘书。著有《黄兴年谱》。

漱渝同志：

6月13日来信收到后，立即送柳思同志阅过，他说已介绍朱正、李冰封二同志来京见你，并有信回，见到了你。他们认为这次会到的鲁迅研究工作者中，你是最扎实有成果的，我亦与有荣焉！因为你和柳思同志的见面，最初是由我介绍的。

承抄杨稿[1]摘来，已交给柳思同志。《静观室札记》

---

[1] 杨昌济先生遗稿。

请找老先生代抄，抄写费由省出版社照数付给。给杨开智先生的一份，请寄由我转。向近代史所付发表费事，柳思同志看信后说，定当照例办理。送杜、杨同志样书事，亦可以送，柳已将姓名记在日记本上了。唯报废的那本书，他说太不成话了，不好意思赠送。我还是会如嘱办到不误的，不过时间稍缓几天何如？你爱人和两老接连有病住院，家务事对你是够伤脑筋的了，遥祝一切顺畅，望夫人和老人康健！

龙老❶处琐细相烦，不安之至。信中所述，我是完全谅解的，为你添了一些麻烦，极不安，望原谅。我不会再提建议，为你添新麻烦。你的为人我是有足够的了解的，因此才一而再再而三麻烦你。古人说，人之所知，贵相知心。李陵这句话我很欣赏的。×××其人，去年在袁鹤皋先生处碰见过一次，此后未见过面，他当时硬要问我的住址，我没告诉他，这反映出我对他是有看法的。

据王学庄同志来信告知，你室将印民权保障同盟资料，望代订购一本。周建老那封给我的亲笔信，关于同盟事的，未知能编进此一资料中否？我认为有一定的价值。

---

❶ 龙伯坚，毛泽东青年时代的友人。

十一辑[1]尚未出书，看来会拖到7月份了。

匆复不一，顺致

敬礼！

鲁迅资料[2]三辑已出书否？

注青

1979年6月22日午夜于长沙

漱渝同志：

近日来信收到了，挂号抄件亦于前天妥收无误。随即送柳思同志。抄写费收据，他批了速寄，汇近代史研究所图书室杜春和同志收，请其代为转交。赠样书等，他拿出两本《达化斋日记》[3]，分送杜同志和杨天石同志，现另邮寄你，乞便转交。黄炎培先生遗稿出版事，他说待与有关同志研究后，即答复春和同志。

大著《鲁迅在北京》前天收到了，谢谢。我以为这种资料性的书，较之某些人的洋洋大作，其存世价值和使用

---

[1] 《湖南文史资料选辑》。

[2] 《鲁迅研究资料》。

[3] 杨开慧烈士之父杨昌济的日记。

价值，不知要大若干倍。我建议你在这方面继续努力，做出新的成绩来。

《湖南文史资料选辑》第十一辑，6月初即打好纸型了，至今未印，正催印中。估计本月内应该出书的。知注，并告。

老人家❶手术顺利，是一大喜事，值得庆贺。

匆匆草复。顺祝

撰安！

毛注青
1979年7月2日

漱渝同志：

承寄贺年片收到了，《江南和他的〈蒋经国传〉》前天才收到。两稿均用，其一遵嘱用笔名。十分感谢您对湖南文史工作的支持。

你外祖母照顾问题不知已否解决，如尚未解决，可将你外公❷写的几篇文史资料复印装订送统战部作为物证，估计必有效力。

---

❶ 家母王希孟。

❷ 王时泽（1886—1962），湖南长沙人。中国近代民主革命家，秋瑾烈士之友。

匆匆草此，即问

近好！并祝新岁康乐！

毛注青

1984年12月17日

梅志（1914—2004）

江苏武进人。本名屠玘华。儿童文学作家和传记作家，胡风的夫人。著有《胡风传》等。

漱渝先生：

上午海婴来访，谈及你对我所写的有关许先生的纪念文章，有点意见。

我当时同海婴同时回忆的当时去上海和许先生谈到桂林版税的情况，这都是确切的，并且有桂林当时去查版税时的情况。我已写在《胡风回忆录》（六）"在东江，在桂林"P.281，说明当时将钱交徐伯昕的情况。（八）"重返上海"P.357谈到桂林这笔追回的版税事，奇怪徐伯昕并没有转交给许先生。

这次我用了"大概被用去更需要的地方了"倒是为这笔钱做一个结论，因为生活书店❶，或徐伯昕都是干进步的出版事业，这钱就不必追问了（许先生也没有向徐追查）。我意你们尽可放心，不会有人打上门来的。

再者我文第一页"夏××"请改为我们的夏校长，把××除去。还有什么不妥之处请来信告知。匆匆专此问编委安

梅志

1月7日

穆欣（1920—2010）

河南扶沟人。曾任《光明日报》总编辑、外文出版发行事业局副局长兼《人民画报》社社长。著有《穆欣通讯选》等。

---

❶ 生活书店创建于1925年10月，创办者为邹韬奋。徐伯昕曾任总经理。中华人民共和国成立前曾出版一千多种进步书籍。据梅志回忆，抗日战争时期有很多胡编盗印鲁迅作品的情况，查出有些就是生活书店原来的店员私自干的。

漱渝同志：

3月15日来信已经收到多日，因对所提到的翻译人才需要了解一些情况❶，信复迟了。

外文局的翻译人员为数不少，但是通晓多种外文的人才不多，即使对某一种外文比较懂得多的，外调也无合适的人。不晓得你们所要译的外文材料主要是哪些外文以及分量多少。有的同志说，似可考虑与有关的几个翻译组商谈，可请他们业余或有组织的抽点工作时间帮助翻译。另外，外文局有若干小语种的翻译组，因无出书任务，专门成立有一个中国翻译社，和新成立的翻译协会一起办公（其中有越南、印度尼西亚等语文）。如果考虑这种办法可以尝试，我可代向有关同志先谈一下，你们直接去洽商。

关于牛兰案件，我因未做研究，不了解有关情况，原在最高检察院的陈养山❷同志，原在外贸部的李强❸同志，都在特科工作过，似可函询他们（信均可由原机关转）。特别是李强同志，了解当年各方面材料较多。不过据我所知，在牛兰案件发生时，他们均已调离上海（陈养山同志

---

❶ 当时为撰写《鲁迅大辞典》的外文词条跟外文局联系。

❷ 原最高人民检察院副检察长。

❸ 1952年8月被任命为外贸部副部长兼驻苏联大使馆商务参赞，国务院顾问。

以后在当年9月间又返上海)。但来信中有关特科的两个问题，想他们会了解一些。

匆复

祝好

穆欣
3月20日

聂绀弩（1903—1986）

湖北京山人。诗人、杂文家，笔名"耳耶"。曾编辑《中华日报》副刊《动向》，刊登了不少鲁迅杂文。又跟鲁迅共同编辑过文学刊物《海燕》。

漱渝同志尊鉴：

接到贵研究室信，敬悉种种。关于口号❶所知不多，似已对贵室同志谈过，如要重谈，可先拟出一些题目带来，如表格。然后我可就题目回答我所知道的。您何时枉顾，

---

❶ 指关于"两个口号"论争。

均可事前示一函，更保无误。专复顺致

敬礼

聂绀弩

1977年2月26日

漱渝同志：

我现已回家，您随时可以下顾。

住在城内时距尊处甚近，本可约谈，但既非我家，总有某些不便，故未奉约。乞谅。

我所知关于鲁公事极少且极不重要，如尊处认为已时过境迁或他种理由不必下顾，自亦省事之道也。专此敬颂

撰安

聂绀弩

1977年3月30日

牛汀（1922—2013）

笔名牛汉，山西定襄人。诗人。曾任人民文学出版社编审、《新文学史料》主编。编有《牛汉诗选》等。

漱渝同志：

你好！《关于〈前哨〉的出版日期》收到，谢谢你对我们工作的支持。第六辑正好有纪念左联成立五十周年的特辑，大作将编入❶。虽然只考证了一个具体的问题，但我看也不是容易弄清楚的，多少年来，人云亦云，马马虎虎，你认真把这个疑点搞清楚，对研究现代文学史（特别是左联的斗争活动）是具有切实的参考价值的。

近几年，我常常拜读到你的文章，受益匪浅。希望以后给我们再写一些文章来。如还有其他有关左联的史料性文章，10号之前能寄来，还可以赶上第六辑。我的电话号码是：556264，可通话联系。

  致

编安

牛汀
1979年11月3日

---

❶ 指编入《新文学史料》。

钱秉雄（1907— ？）

浙江吴兴人。钱玄同长子。曾任北京孔德学校校长。

漱渝同志：

您好！

接3月18日来信，您所谈的问题，我未曾听先父[1]说过。再说，在1920年时，鲁迅先生正是写小说杂感最多的时候，我想，您研究过鲁迅思想的发展，那时他正是培养年青一代从事翻译外国小说及创作的时候，毛泽东同志那时所关心的问题是政治而非以"文艺改造人的思想"。您想，是不是？

昨天，到"鲁博"，适逢您外出植树，我与杨天石同志约定下周二上午到您那里去。成吗？专此，奉复
敬礼！

钱秉雄

3月31日

---

[1] 钱玄同。我函询有无毛泽东到八道湾拜访鲁迅之事。

钱谷融（1919—2017）

江苏武进人。文艺理论家，华东师范大学中文系教授。其论文《论"文学是人学"》产生了广泛影响。著有《文学的魅力》《〈雷雨〉人物谈》《散淡人生》等。

漱渝兄：

我终于还是去了海南岛。本来，我们系已经同意我去了，并且已办妥了领预支款的手续。但后来我知道这是很使系领导为难的，总支书记为此奔跑了好几次，还挨了后勤部门主管人员的批评。我得知这种情况后，就决定不去了。海南师专遂又发来加急电报，邀我前去讲学，一切费用由他们负担。我于5月28日由上海出发，直至昨天从广州回到上海，来去共花了十七天。东道主极热情，用汽车送我们游遍了海南的名胜，诸如"天涯""海角""鹿回头""兴隆华侨农场"以及"黎族、苗族自治州"等地，我们都去了。还用各种新鲜水果以及当地的著名土特产招待我们。可惜你没有去，使会议逊色不少。在广州我去看了则光兄❶，承他们夫妇设宴款待了我。席间我们曾多次

---

❶ 中山大学中文系陈则光教授。

谈到你。你什么时候能来上海走走否？

你调人文搞《全集》注释，本月就能回鲁研室吗？那是不是注释本都已全部搞好了？拙作已列入人文今年出版计划，我还没有得到通知。去年秋季人文编辑来上海我家里看我，要我把我的论文选一个集子交他们出版，说如能于今年第一季度交稿，则也许能赶在年底以前出书（事实上恐怕很难如此顺利）。3月底我胡乱选了十余万字给他们寄去，还没有得到他们的回音。

你近年来的成绩很可观，你的才能和勤奋精神很使我敬佩，你劝我"触及时事的东西，还是避开点好"，我知道你这是有感而发。能以此相劝，我也就可以为你少担一分心了。

《飘》，不出我所料，临去海南岛前夕，尚未能拿到。直至我走后，才送到我家中。你虽又得到黄源先生的赠送，但我既已答应了你，仍应给你，你可以转送你的友好。《十日谈》，我行前曾问过包文棣，他说尚未重印。但也没有说不再印了的话。印出后，也一定为你搞一套。锦州师院不想去了，哈尔滨早就请过我了，我实在抽不出时间。

即祝
全家好。

谷融　14下午
1979年2月14日

漱渝兄：

手书奉悉。我自文代会后，身体一直不好。挣扎到除夕，再也支持不住，只得躺下了。春节几天，我都是在床上过的。这两天才略见好转。爱人又因动眼白内障切除手术，年初五就去住院，医院离我住处又极远，真是够呛。你要的《十日谈》，上海早说要重印，但至今尚未印好。《飘》，我今天去问了一下，说是分三册出，至今只出了个上册，我已托人弄了一部，弄到后当即寄上。你如不急于看，或者索性等出齐了一并寄上，到时看情况再说。反正这两部书我一定给你弄到，你放心好了。至于款子，你不必寄我，我还欠你呢！

即贺

年禧

柳尚彭回师院了，长久未见。

谷融

1980年2月25日

漱渝兄：

好久未给你写信，近况谅好。本月上旬我从杭州回来不久，就听说《飘》又全部出齐了，当即去问那位答应代买的同志,他是我系资料室负责与新华书店联系的,一般去托他都能买到。不过这位先生平时很少说话,往往问他三句,他难得回答一句。他对自己的行为也很少解释。因此,许多人特别像我这样平时跟他很少接触的人,就不免觉得他的性格不太好理解。那天他回答我说:"我过两天去拿。"我当然满意地走了。可今天去问他时,他却仍是这句话:"过两天去拿。"我就说:"我已答应人家,人家在等,你要说个准日子。"他说:"我下星期去拿。"我有点不敢相信他下星期准会拿来,怕你心焦,所以先写这封信给你。不过,书是准保会有的,这你可以放心。《十日谈》是不是已经重印了,我还不知道,今天下午要去市里开会,当打听一下,如果已重印,也一定给你弄一本。

本来一日内就要动身去海南,现决定不去了。
敬礼

谷融

1980年5月23日

漱渝兄:

你想要一本《现代作家国外游记选》,陈子善今天才告诉我。此书我手头只有一本了,不过,出版社说过,等精装本出来时要送我一本的,就先把这本平装本送你吧。

书编得不好，校对尤其欠精，错字不少。最难容忍的是艾芜《怀大金塔》一文中的"Simon goback"（见 P.19），注文竟译成"西蒙，回来！"我问汤逸中这是怎么搞的？汤说，稿子上原来是注的："西蒙，滚回去！"可能是出版社改动的。你说可气不可气？这个西蒙也并非耶稣十二门徒之一的西蒙，我们也并没有这样注，大概又是出版社自作聪明。当然也怪我们没有好好看清样，责任还是在我们，其他错误，一定还很多，你如有空翻阅请随手记出，以便我们再版时改正。顺便告诉你一件事，上一期（总第32期）的《鲁迅研究动态》上有署名曲侯的一篇文章，是解释鲁迅《奔流》编校后记中的"那汲 Ibsen 之流……"这句话的，我看了十分吃惊，《鲁迅研究动态》怎么会发表这样的文章，作者连"汲"字在这里是动词都不知道，说什么"那汲"是"汲那"的倒文，而"汲那"即"支那"，设想不但离奇，而且也实在太曲折了。不知你有没有看过此文，请你关心一下此事，我想《动态》上是应该端正一下视听的。

近来好否？很想念你！工作该没什么调动吧。此请俪安，并问令堂老太太好。

李霁野先生已将台静农照片寄来，便中盼代致谢。

谷融

1984年5月31日

漱渝兄：

你好！《十日谈》已出版多时，但我并不知道。等到晓得，书已很难弄到。后经包文棣❶设法，才好容易搞到两张书券，我自己留一本，另一本送你，请收。你恐怕会以为我忘记了，其实，我因与外界少有联系，又因目力不好，书店有些什么书我也看不见，所以索性就不跑书店了。因此对出版消息隔膜得很。但你托我的事，我一直摆在心上，而且一定尽力办到。有事仍请来信，祝

好。

谷融

3月18日

漱渝兄：

知道你已从台湾回来，很高兴。郑州我已到过三次，实在不太想去。又承亲自颁发通知，同时确也很想念你，还是应命来一趟吧。

陈永志同志（原上海师大教授、文研所副所长，现任上海外语学院对外汉语系代理总支书记）不知你认识否？人很笃厚，在郭沫若研究方面很有成就，本期《鲁迅研究

---

❶ 包文棣（1920—2002），笔名辛未艾，上海译文出版社总编辑。

月刊》上也有他的文章。昨天他来看我，我顺便邀他同来郑州，他已同意，我这里有现成通知，就自作主张给了他一份，你和得后兄等当不至过于责怪我吧！半月后即可把晤，不胜雀跃。问

贵处同志们好！

已同时通知鲁枢元兄。

　　子善不能来。

谷融
3月31日

钱锺书（1910—1998）

江苏无锡人。作家、文学研究家。历任西南联合大学、上海暨南大学、清华大学教授，中国科学院文学研究所研究员，中国社会科学院副院长。代表作有《围城》《管锥编》《谈艺录》等。

漱渝同志：

　　来函敬悉。读附件后，颇感惊异。关于这个辩论，我

一无所知。沈同志[1]去年要求我写一张字，我抄录了解放前为朋友写扇子而作的一首诗。诗中词义和沈本人以及那个辩论，完全对不上号。如果说这首诗是送给他的，那就不仅移花接木，而且近乎偷梁换柱了。

专此奉后，即致

敬礼。

锺书

1987年4月2日

漱渝同志：

得信感谢。文学所昨有电话来，道吴先生[2]欲惠留事。我以大病连年，遵医嘱久已谢客谢事，即请所中向吴先生告贱况，请其原谅。顷承详示种切，益深歉疚，务乞代述愧荷之意。拙作久在弃掷之列，不愿灾祸梨枣，国内及港台出版家亦反以重印相请者皆敬谢盛谊，留待身后供人料理乎。

即颂

---

[1] 沈鹏年。他曲解钱锺书题写的扇面，作为"毛泽东拜访鲁迅"的佐证。

[2] 吴兴文。时为台湾联经出版公司编辑。

暑安

锺书 上

1989年8月18日

R 任白戈（1906—1986）

四川南充人。左翼作家。曾任上海左联宣传部部长。中华人民共和国成立后曾任中共重庆市委第一书记兼市长，四川省委常委，省政协主席等职。

漱渝同志：

1936年关于"民族革命战争的大众文学"同"国防文学"两个口号的论争开展的时候，我正在日本东京从事左翼文化运动，首先抓了中国左翼作家联盟（简称左联）留日支部解散后的工作。

左翼作家联盟留日支部成立于1935年春，由魏猛克任支部书记，陈辛仁、孟式钧参加支部工作的领导。主要盟员还有林林、林焕平、欧阳凡海、魏晋、蔡代石、张若虚、林为梁、官亦民、陈紫秋、俞作舟、张罗天等二十人左右。老左翼作家郭沫若当时住在日本，经魏猛克等邀请，参加并指导左联留日支部的活动。

这个留日支部，从组织关系上讲，是中国左联的一个支部，实际上是由左联党团书记周扬直接领导的。

1934年下半年，我担任左联秘书长的工作。1935年上半年，由于叛徒杨邨人和韩侍桁在刊物上向国民党公开告密，暴露我的左联负责人的身份，使我在国内的处境十分困难，暑期被迫去日本。临行前，周扬要我到东京后，管一管日本支部的工作。我一到东京，魏猛克等就要我具体领导支部的工作。还有重大事情，则由魏猛克和我一道去找郭沫若商量。

左联留日支部办了一个机关刊物《杂文》杂志，宣传革命文艺思想，鼓励民族革命精神，借以团结教育留日学生中爱好文艺的青年同亲日派做斗争。这一工作除盟员外，还吸收了张香山、邢桐华、陈北鸥、杜宣、陈子鹄、臧云远等人参加。1935年底，全国左联宣布解散，留日支部跟着解散，但我们的队伍并没有解散。我们成立了核心小组继续领导留日学生的左翼文化运动和文艺活动。《杂文》杂志也继续办下去。1936年7月，《杂文》被日本警视厅禁止出版。在此情况下，我们不得不采取变换刊物名称、变换出版发行人和重新登记的斗争方式，于9月底又办起了《质文》。

留日支部同国内左联很少联系,对国内情况不大了解。主要原因是彼此都处于白色恐怖下的秘密状态,通讯极为不便。所以,在1936年,我们只是约略知道以伟大领袖毛主席为首的党中央发出了建立抗日民族统一战线的伟大号召,以及提出召集国防会议、成立国防政府的政治主张。而对抗日民族统一战线的内容实质,我们是很不理解的。对1936年上半年国内发生"两个口号"的论争,也不大清楚,没有引起我们的重视,我们的《杂文》没有发表过涉及论争的文章。7月间,周扬托人带信给我们,告知了"两个口号"论争的问题。大意是说,"国防文学"是我党提出的口号,"民族革命战争的大众文学"是胡风提出、与"国防文学"相对抗的口号,它破坏了文艺界的统一战线,并要我们表态拥护"国防文学"口号,反对"民族革命战争的大众文学"口号。由于我们的马列主义水平低,缺乏路线斗争觉悟,不懂得党内两条路线的斗争。再加上从国内寄来的仅有的文学刊物上,只看到关于"两个口号"论争的文章都说是:"民族革命战争的大众文学"是胡风提出的——而我们认为胡风是有问题的,并没见到鲁迅是反对"国防文学"口号的表示,便相信了周扬的说法。我们迅速召集原《杂文》的一些同志座谈讨论"两个口号"的论争，大家一致表示赞成拥护"国防文学"口号，并由郭沫若把座谈会记录编成专辑，在第1期《质文》上刊登。我还写了一篇文章在同期《质文》上发表。郭沫若写了两篇文章，先后寄回国内发表。《质文》第2期上，我又发表了一篇同样性质的文章。我们满以为，在"两个口号"的论争中，我们原左联留日支部的同志是满腔热情地拥护了我党的主张，是做得对、做得好的。没想到"民族革命战争的大众文学"竟然是鲁迅根据党的正确路线提出的正确口号，我们反对这个口号，实际上就违背了党的路线，反对了"文化革命"的伟大旗手鲁迅，给党的事业和鲁迅以损害，给自己铸成了过错。

我们原左联留日支部的同志和留日学生中的进步青年，对鲁迅先生是非常敬仰和热爱的。鲁迅先生热情支持我们的工作，为《杂文》写文章。《杂文》除发表先生寄来的文章外，还从日本杂志上译载先生的文章。鲁迅先生的文章是鼓舞我们奋勇前进的强大动力。当1936年10月鲁迅先生逝世的消息传到东京之后，我们大家极其悲痛！我们召开了群众性的鲁迅先生追悼大会，并在《质文》上出了悼念鲁迅先生的专辑，以寄托我们的深沉的哀思！

任白戈
1977年3月13日

邵燕祥（1933—2020）

北京人。诗人、杂文家。曾任中国作协理事和主席团委员。著有《邵燕祥抒情长诗集》等。

陈漱渝、李允经、张杰诸同志：

所约关于鲁迅稿❶，因健康和繁杂关系，昨天才匆匆写出，未及誊抄，现另函挂号寄上，请审；如以为可用，请退我过录留底再寄上。估计出版社周期长，一时难见书。

我不会写文章，只能交代材料一样依次记流水账。毫无理论色彩，但也只能如此了。如不能用，切勿为难，勿客气，挂号退我即可。

你们为鲁迅研究进行了大量工作和斗争，谨致敬礼！

邵燕祥
1983年2月13日

---

❶ 编辑《当代作家谈鲁迅》一书。

漱渝同志：

你好！

我4月外出，归来见赠书，谢谢。我身体尚可，请释念。

顷读《随笔》，发现有一短文谈北京鲁迅故居因盖大楼，已不见后园的两棵枣树，我多年不去宫门口了，只知先是闭门，后是兴工，果如上述，则十分遗憾。去年在美，曾访诗人桑德堡、作家斯坦贝克（更不用说福克纳、马克·吐温）诗人的故居，皆保存原式房舍、园林，他们的地皮相对于我们是宽敞得多了。

匆祝

好

燕祥

1987年6月15日

漱渝兄：

新春好！

久疏问候，在《明镜报》上得读《关于现代散文发展源流谈》的大作（可惜只读到"下"，可能"上"篇报纸寄失了），于30年代散文的分野得以了然，获益匪浅。

文中说到，"文通皆姓马，御寇亦罹灾"云云，御寇当指《列子》（列御寇其名也），然则，读《马氏文通》、读《列子》，都是读"马氏"的疑犯，好像读《红楼梦》也是主张赤化似的。一得之愚，谨供参考。

专此，顺颂

新春安吉康乐

邵燕祥

九五年大年初二

1995年2月1日

漱渝兄：

草奉一文，奉请一阅。那天座谈会后要大家写上点什么，以三千字为限，而我"闲话"一闲就超出了一半，无论由于内容深度不足或篇幅过大，不适用时，万勿为难。我有许多感性的东西达不到理性的高度，因此谈到学术性领域的话题，只能从边缘上找题目，所谓"门外谈"也。不过此文针对的也正是偏谈儒学的儒学门外之人，而学术界内人读之只算是"旁听"吧。一笑。

不知审稿等是否锡佩同志负责，因兄主持那天的会，故径寄呈。

顺候

近好

燕祥

1995年4月27日

沈从文（1902—1988）

湖南凤凰人。作家、历史文物研究者。曾在西南联大、北京大学任教，中华人民共和国成立后在中国历史博物馆和中国社会科学院历史研究所工作，主要从事中国古代历史与文物的研究，著有《边城》《中国古代服饰研究》等。

漱渝同志：

承回复。回答不出。近于新式高考，不及格是意中事。

一个快到八十岁的人，头脑落后比较正常，除了为国家当前和明天深怀杞忧，是绝不会费神注意半世纪前这些琐琐小事的！不久前，另一单位充满同样好意，要我写个作品简目，还只能交白卷！

想能宥原

沈从文

1978年8月6日

漱渝先生：

得赐信，谢谢厚意。

我和丁玲多年来并没有直接通过信。她现在山西,是一个原在西南联大同学新从山西师范学院来京,见面时谈及的。附信中所询事情由我转询似乎不大合适。因为有关左联事情我毫无所知。除非有一时,《北斗》创办,要我为找点"知名作家"的稿件,近于打点掩护外,此后,即只她被捕后,曾为向南方熟人探听下落。后来知道软禁在南京山中,以及狮子桥附近,曾特意和家中人去看望过她一次。抗战前数月,她到北京时,或系去延安以前,曾住在我家中一阵(此事我已早忘记,还是一个朋友转告的)。照习惯我从来不询及她左联有关事情的。我以为你们想明确的事情,最好直接把信寄给她或许反而容易得到结果。否则信由她的女儿蒋祖慧(似在北京歌舞剧院做导演)转,也方便些。又为前信中提及丁玲和刘白羽同志就"两个口号"争论的问题,曾向主席请示,主席或是有过什么指示。这类事更不是我宜询问的问题。如确有事,刘白羽同志现住北京,你们直接去看看他,或写个信,也可得到解决。我近卅年来主要生命都消耗在博物馆陈列室里,长年累月和花花朵朵、坛坛罐罐打交道。博物馆在东门楼上时,我实不折不扣在东门楼上做了整十年说明员。搞研究,不仅要明白花花朵朵、坛坛罐罐中所谓优秀传统如何可以古为今用,同时要和数以万千计的产业工人、美术教师接触，要明白他在生产、教学上碰到什么问题，我必须如何努力来想办法解决，完全用的是一个"后勤服务员"态度协助工作。至于文学方面，早已无任何"发言权"了。因此，凡涉及"口号争论"问题，我事实上是不大可能懂的。务请原谅！并候

著安

沈从文

1978年12月14日

【附录】

陈漱渝先生：

您好！

2007年您发表《沈从文给我的两封信》，为我们收集《沈从文全集》补遗工作，提供了可贵资料。同时，我也需收集相关信函的复制件，既为存档，也为补遗件定稿时，能和手迹做一次校核。那两封信之一，已作为尊文插图得到了，今致信先生，是要麻烦您为我提供1978年12月14日，父亲给您那信的复制品，盼得先生相助，不胜感激！

并祝冬安。

沈虎雏[1]

2014年11月26日

沈谱（1917—2013）

浙江嘉兴人。沈钧儒之女，范长江夫人。轻工业部科研院学术委员会副主任。

漱渝同志：您好！

我已返京，李兰同志转给了我《鲁迅画传》，您不收费用，只得就这样收下，非常感谢您。

我这次出差主要是为《年谱》[2]的事去的。如今，有的同志记忆力已不太行了，需反复查对。有的旧报杂志亦不全了！也因为如此，进度不得不推迟。这次出差，收获还是不小的。余容再谈。专此

---

[1] 沈虎雏（1937—2021），湖南凤凰人。沈从文之子。《沈从文全集》（32卷本）常务副主编。

[2] 《沈钧儒年谱》。

敬礼！

沈谱

1985年11月16日

漱渝同志：您好！

很久没联系了，想来一切安好，为颂！

我打电话，据说您那儿分机接不过去，只得写信。家父《年谱》尚未完全脱稿，原基本上自己一个人在写，去年始，我的亲侄沈人骅也参加了，总的工作量实在太大。民盟只能短期（几个月）派个同志帮我抄写或查一下报纸等事。不过现在正联系出版单位，同时，从头到尾核查修补抄写等。

现有以下问题想请教您一下，不知能否支援？

想知道家父旧时与济难会，在修会❶的关系等。

1926年12月25日《申报》有登载他是济难会名誉董事，不知都干过些什么事？据一位老大姐回忆，后来他又参加了"互济会"（济难会是之前身），1929年冬家父与鲁迅都被聘为名誉"委员"（？）并都支持了幼儿院（收

---

❶ 天主教团体。

抚先烈子女），想进一步弄清核实。不知如何支持的？

她又回忆说家父于1929年秋参加过营救彭湃未成，1931年夏秋营救关向应，1931年夏秋又营救任弼时夫妇，据说还支持过1929上海日本纱厂丝厂罢工，1930年秋支持电车工人罢工，可能也是营救或为工人说话。另外，也参加过对龙华二十四烈士的探监、营救等活动。家父过去确实营救过不少被捕的地下党员、进步人士。不知鲁迅博物馆有无这方面资料可参考核实？我想必要时由我亲侄沈人骅到您处翻阅一下有关资料，是否可以？盼复（他可能还想了解一下有关鲁迅的一些其他情况，如日记中与父亲来往时住何处等）。至于民权保障同盟这的史料已早与您们那儿的资料核对过了（如法律委员，又参加营救陈赓将军等事）。盼复，深感。专此

敬礼！并祝春安！

沈谱

1989年1月18日

孙席珍（1906—1984）

浙江绍兴人。诗人。历任南京大学、浙江师院、杭州大学中文系教授。

漱渝同志：

7月25日来信早收到。因患病月余，动止不宁，顷始稍瘥，稽复为歉。承询各点，奉答如下：

（一）鲁迅先生《诗歌之敌》文中的"诗孩"，指的是我。当时北京文艺界称徐志摩为"诗哲"，因为他处处模仿印度"诗圣"泰戈尔；称冰心为"诗娃"，因为她是女诗人；称我为"诗孩"，因为我最年少，那时才二十岁光景。

《诗歌之敌》一文，是我代表《文学周刊》编辑部请鲁迅先生撰写的。那时我在北大听先生讲中国小说史课，1925年1月3日我第一次去拜访先生，并请他为《文学周刊》撰稿，他答应了（此事《鲁迅日记》失记）。过了三天，他托许钦文先生把《诗歌之敌》转交给我（见《鲁迅日记》1925.1.6）。

（二）绿波社是由天津一些爱好文学的青年赵景深（《新民意报·副刊》编辑）、万曼（伊文思图书公司职员）以及在南开求学的王亚蘅、于赓虞、焦菊隐等发起的。他们写信要我参加，我便在发起人中签上名，并将发起书交《晨报副刊》发表。后来焦菊隐、于赓虞等到京，转入燕京大学，发展了在燕大求学的于成泽、姜公伟等为社员。又后来，原在北京的爝火社协商与绿波社合并，统称为绿波社。爝火社的主要成员有李健吾（清华）、蹇先艾（北大）、朱大枬（北师大）等。

绿波社是一个统一的青年文学工作者的自愿组合，并无总社、分社之设置。

上述各人的简历：

赵景深——四川人，现任上海复旦大学教授。

万曼——天津人，曾任北宁铁路（北京到沈阳）某站站长，开封高中教授。

王亚蘅——即王守聪，河北人，南开大学毕业，留学美国，曾任南开大学数学系教授。

于赓虞——河南人，燕京大学毕业，留学英国，曾任河南大学外语系教授。

焦菊隐——天津人，燕京大学毕业，留学法国，曾任北师大外语系教授、北京人民艺术剧院副院长。

于成泽——即于毅夫，黑龙江人，曾任中共中央统战部副部长。

姜公伟——河北人，燕京大学毕业，曾任天津《庸报》总编辑。

李健吾——山西人，清华大学毕业，留学法国，戏剧家，翻译家。

蹇先艾——贵州人，北大毕业，曾任贵州省文化局局长。

朱大枬——北师大学生，诗人，早夭。

（三）在我的记忆中，记不起曾有申明退社（退出绿波社）之事。不过自"五卅"至"三·一八"这段时间里，我加入了当时的地下组织C.Y.（共产主义青年团），积极从事学生运动和社会活动，不再参加绿波社的具体工作。"三·一八"以后不久，我即去广州参加北伐，曾在郭老（沫若）领导下担任总政治部秘书及《革命军日报》（南昌版）总编辑。

（四）星星社（新兴文学社？）与绿波社是协作关系。它的成员张友鸾、周灵均都是北京平民大学学生，后来彼此并无联系，情况不详。

草此，即颂

撰祺！

孙席珍

1977年9月3日

漱渝同志：

9月12日来信收到。承询各点，奉复于下：

（一）李桂生，北京女师大国文系学生，与许广平同班毕业。她是安徽太平人，家住江西南昌，同刘和珍是好友。女师大风潮发生时，她为护校，被杨荫榆、刘伯昭雇用的流氓打伤，鲁迅先生曾到医院去看望她（见《鲁迅日记》）。大革命时代，她在南昌女师教书，并任中共江西省委妇委，当时我在北伐军政治部任秘书，我和她就在那时结婚。"八一"起义后，我们转往上海，后曾流亡日本。她已病故多年，虽曾屡受迫害，但并不是被国民党反动派杀害的。以上情况，上海师大《鲁迅日记》注释组的同志来杭时，我曾同他们谈过。

（二）集成国际语言学校的情况，我不了解，未知是否为北京世界语专门学校的别称或改称。爱罗先珂来华，曾在北大讲授世界语，后因听讲学生日渐稀少，爱罗先珂深为慨叹，遂与冯省三等创设世专，接受有志者学习深造。

鲁迅先生曾在世专兼课，是对爱罗先珂的"事业"表示支持。但集成是否即世专，我不能完全肯定。

（三）项拙（亦愚），此人我不认识。《民众文艺周刊》我曾看到过，现已无甚印象。

另外，我向您作一自我介绍。爱特迦·斯诺（Edgar Snow）的《活的中国》（*Living China*）一书，译载我的短篇小说《阿娥》，附有我的一篇小传；又日本东京出版的《中国人名鉴》和上海光华书局印行的《中国文学家辞典》，均有关于我的专条。现在稍做补充：我早年曾任北京《晨报副刊》的校对。参加北伐，曾任总政治部秘书及《革命军日报》总编辑。后来曾任北京师大及北平大学女子文理学院讲师，中国大学、东北大学、江西政治学院、河南大学教授。30年代，我是北方左联书记。解放后曾任南京大学、浙江大学教授。现在是杭州大学中文系教授。

来信说您今年6月曾到过杭州，未晤为怅。将来您若有机会再来，欢迎一叙。匆复，祗颂

撰祉！

孙席珍
1977年9月18日

漱渝同志：

9月末接《鲁迅研究资料》编辑部来信，嘱写一篇回忆北方左联的文章，早应遵办。10月间王德厚、左瑾两同志见访，曾请他们转达鄙意，想荷亮察。讵料此后不久，我的旧疾（冠心痛）复发，绞痛甚剧，不能看书作文，缠绵将及两月，顷虽稍瘥，犹感胸闷气促，尚未全瘳。前几天又接编辑部函催，未敢故违雅命，现决定照你们所示各点，尽可能回忆一下，写篇小文呈教，至迟于下月10日以前交稿，不知赶得上发排否？此文脱稿后，当着手写回忆早年听鲁迅先生在北大讲课的琐记。另外还打算写几篇《鲁迅与日本文学》《鲁迅论诗》等研究性的文章，这些原是"文革"前何其芳同志主编《文学评论》时替我出的题目，现何氏已经作古，倘若写出，除向他表示昔人挂剑之志而外，自当请你们指正。（今年9月间，我曾给安徽阜阳市编印的《鲁迅诗歌研究》写了一篇专稿《鲁诗丛谈》，约万字左右，已付印，不日可出版。）兹有二事相烦：

（一）据王、左两同志面告，你们保存有鲁迅先生北平五讲的当时报刊剪贴资料（或抄件？），未稔可否赐借，以便有所启发。倘蒙惠允，希即挂号寄下，阅后当负责立即归还。

（二）新刊《鲁迅在北京》一书，听说亦系你们编印，可否惠寄一册？如为代购，价款容当寄奉。以后来信来件，请径寄杭州道古桥杭大教工宿舍十一幢三号，不必由杭大中文系转，较为便捷。率此，盼复！祗颂

撰祺！

李何林同志暨夫人烦代问候。

王德厚、左瑾等同志统希致意。

孙席珍

1977年12月21日

漱渝同志：

12月30日来信祗悉。前嘱写回忆北方左联小文，已于去年年底写好，约计五六千字。因文中涉及的人和事，有些需要校对一下年月等，而我这一向因有别的任务，委实没有工夫，只得再请延缓数日。爽约之咎，良非得已，尚希见谅。特此奉达，顺颂

撰祺！

何林同志希代致候。

孙席珍

1978年1月10日

漱渝同志：

承询两点，简答如下：

（一）20年代中国大学学生姜华，我不认识，也不了解他的情况。

（二）1935年5月至6月间，北京市委遭破坏，连累及于多人被捕，我有点记得。来信提到杨、罗两人，似为北方左联成员，均有代号，但并非执委，其他诸人不详，可能是读书会的成员，未必加盟。查阅当时报纸，应有所识别，有些报道是靠不住的，或竟出于捏造，例如我自己于1934年冬从狱中释出后，报纸上说我自认为北平市委书记不讳，现已转变云云。我曾去信要求更正，他们置之不理，即此可见反动报纸伎俩之一斑。

草此，祝好！

孙席珍
1978年11月14日

谭正璧（1901—1991）

生于上海。中国古典文学研究专家。著有《谭正璧学术著作集》（全十三册）。

潄渝同志：

8日来信早已收到。适正在为拙作急于校阅清样，未即作复，至以为歉！

拙编《三言两拍资料》在上海亦已不易买到，现设法获得一部，另挂号邮寄，收到后请复一信。书款不必寄来，因我正要购买《鲁迅研究资料》第5辑，上海亦买不到。又，《鲁迅研究资料》2、3、4辑都承你处赠送。其第1辑，前你处姚同志❶来沪时曾面允可以设法得到一本，后来没有消息。现在如尚有存书，我仍拟购买一册，两辑合计如超过拙编书价，当补寄不误。又，你处出版的《鲁迅研究动态》曾惠赠3、4、5共三期。其第1、2期及6期与以后各期，我均需购买，亦拟烦您代劳。如能长期订阅，亦烦代订一份。所需书款请示知，当一并邮汇不误。种种麻烦，特此预谢！

承询《小报》一事，系在上海沦陷时由新中国报馆出版，为十六开之单张晚报。据我所知，上海鲁迅纪念馆亦曾设法寻找，至今未闻得到。您所云看到我写的材料，想系即由上海鲁迅纪念馆或上海复旦大学《鲁迅日记》注释组转去的。

---

❶ 姚锡佩。鲁迅博物馆研究馆员。

我已年逾八旬，双目近于失明，不能看书写字，一切书讯写稿均由人代笔，诸多不便。承询各点，因此未能细细奉答，深为抱歉！我在"十年浩劫"中藏书几全失去，生活至今未能安定，以致工作极端困难，偶有发表，不过应人之约，勉尽人事而已！

近承上海华东师大聘为中文系兼任教授，希望我兼带研究生，弟限于条件，不克应命，竟无以嘉惠后人，徒唤奈何而已！言不尽意。专此即颂

撰安！

谭正璧

1981年2月20日

唐弢（1913—1992）

浙江镇海人。杂文家、藏书家、学者，与鲁迅有交往。曾主编《中国现代文学史》，代表作有《燕雏集》《晦庵书话》《鲁迅的美学思想》《鲁迅传》（未完稿）等。

漱渝同志：

手书收到。承询各点，奉答如下：

（一）1936年5月，"两个口号"争论已激烈展开，周扬黔驴技穷，由一个书店出面，要我的同学庄启东（党员，"左联"成员，比较倾向鲁迅，但得听周扬之命）约我为这个书店合编刊物，书店通过庄启东转告我，刊物"不属于任何一面"（即"两个口号"的对立双方），采用稿件，编辑有"绝对的自由"，妄想从我那里打破缺口。我写信问鲁迅先生，先生答复此函。当时我即据此向庄启东推辞，庄也谢绝不干。所以鲁迅先生下一信（也交博物馆了）即说"刊物不编为好，省却许多麻烦"。特别使人感动的是：后来书店另找侯枫编辑，刊名《今代文艺》，徐懋庸反扑的文章《还答鲁迅先生》，即登在此刊上，足见鲁迅先生预见之英明，周扬一伙阴险和卑劣。

（二）鲁迅赴南京任事前，确实在杭州（似是教育厅之类）住了一个多月。这里的工作，好像和教育部有关。张冷僧回忆也曾提及。但此事尚需进一步调查。

（三）我也没有查到。恐怕要翻原著（指《准风月谈·帮闲法发隐》所引丹麦吉开迦尔的话），估计鲁迅博物馆有。类似问题很多，将来只有通过鲁迅藏书来解决。瞻庐即程瞻庐，属于"礼拜六"派，词人，写些武侠、言情小说，政治上说不上进步或反动，糊里糊涂。

（四）全是胡说。沈鹏年过去常给我来信，满口"老师"，实则和我并无关系，只是在上海旧书摊上遇见，以后常提一些问题，其人品质恶劣，我不再理睬他。1930年5月7日，鲁迅由画室（冯雪峰）陪往爵禄饭店，是和李立三见面，谈的是别的事，并无儿童团代表之类事情。这一条我敢确说。休士未见到鲁迅。第三条我不敢确说，还要查书。

（五）周木斋，常州人，当时和我们一道在上海报刊上写杂文，和鲁迅一度发生误会，但并非敌人。沦陷期在上海逝世。

上海的《申报》，北京似乎不易找到，你在哪儿翻检？如以后再能找报，拜托你代查一事"1933年10月❶，太平洋学会在加拿大开会，胡适于6月间从上海动身赴会"。不知动身起程的具体日子是哪一天？有什么较详报道？初次通信便以私事奉托，实属冒昧。原因有二，一来曾由叶淑穗同志介绍过你，我就觉得不算太陌生了。二来因久病不出门，这类事又无人了托，恰好来信说在查报，便想趁便

---

❶ 太平洋国际学会第五次年会于1933年8月14日至28日在加拿大的班夫（Banff）举行，中国代表胡适参加。

烦为一查,查不到就算,也不急急。

我患的不是高血压,而是最严重的心脏病——心肌梗塞。还有心律不齐、间歇心绞痛等等,凡属心脏上的毛病,都齐全了。而且体力虚弱,盗汗,浑身无力,行动迟缓。多人因在报上见到我的姓名,便以健康人相许,希望我做这做那,期待殷殷,情极可感,而不知我心有余而力不足,如鱼饮水,冷暖自知耳。

匆复,即致

撰安!

唐弢

1975年5月14日

漱渝同志:

手书敬悉。抄件还是有用的,不过我想查的主要是胡适出国日期,有人说是6月18日,原意再核实一下,但不忙,所以无须兴师动众。

张宗祥(冷僧)的文章《回忆鲁迅先生》,载1956年10月20日《东海》创刊号(浙江的刊物),文学所有人访问过许钦文,说法一致。但杨瑾峥的文章未见。根据来信所说,这个问题还要进一步研究。我估计在杭州和南京的时间都不会太长,可能在杭州会更短些。老年人回忆有时不大有把握，只能作为线索。

鲁迅小时的命名，我不大清楚。石一歌他们是否有别的材料，我只记得小名"张"是对的（浙东人叫呼起来加阿字），别两个初疑是鲁鱼之误，但他们别有根据也说不定。鲁迅在溧阳路有藏书室，读书室秘密读书一节，有点被夸大了。又听他们说来源是周建老，我不很清楚。

我们想编的年谱（文学所一部分人合编），早已下马，我现在也无工作可做，只是自己学习学习，其实我知道的东西很少，有些同志对我极殷切期望，盛意可感，但小船不宜重载，我是有这点自知之明的。《波艇》我曾从上海鲁迅纪念馆见过（并抄下目录），听说厦门大学也有，不知北京鲁博有否？《鼓浪》周刊未见，既是报纸副刊，又只出了几期，怕不易单独保存。《社会新闻》分量很多，我曾托中国书店，没有消息。看起来，石一歌他们是看到了一部分的。

《波艇》目录抄上，不谢。

匆致

撰安！

唐弢

1975年5月20日

漱渝同志：

手书及抄件收到，谢谢。我只想知道胡适离沪出国日期，至何时回来，无关宏旨，可以不必再查了。

中山大学发现的鲁迅文章[1]，未见。如果确有，那当是在《国民新闻》上的，此文根据来信所述，似极关重要，惜未之见。文学所业务计划未见眉目，目前忙于理论学习，稍后或将分批到工厂、公社，我以为先了解一下更好。至于刊物，一时未必能办起来，也未闻有办刊物之议，我不管文学所各级行政工作，大约是这样吧。作协党组扩大会议发了材料，我原有打印稿一大叠（比后来铅印的多出内容约三分之一），二十六次会议齐全。在西郊编现代文学史时，曾借给研究室人员共同参考。运动中，有人指名要这份材料（连同几种期刊），拿去以后，从此石沉大海。文学所别的人一些书刊都已查出发还，唯我的一些（除笔记少数外）则称"查不到了"。我多次请求，也没有结果。因此无法奉借，实在抱歉得很。

梁实秋在北方编的报纸副刊，即天津《益世报》的《文学周刊》（后来改为《文学副刊》）。他当时一面编天津报纸的副刊，一面在青岛教书，确如鲁迅文中所说。请转

---

[1] 《庆祝沪宁克复的那一边》。

告姜世琦❶同志及河北大学。倘有出入，请见示，因为我只恐记忆靠不住也说不定。

我因健康关系，争取每天上午上半天班，下午则在家休息。匆匆，即致

撰安！

唐弢

1975年5月26日

漱渝同志：

来信及抄件❷收到，谢谢。抄件我已从一个熟人处看到，因为他们要我帮助判断一下是否鲁迅文章。现在有许多材料可以证明这确是鲁迅文章，至于未收集，可能鲁迅本人并未见到发表，理由正如来信文后所批。至于引用列宁的话，那也是有线索可以提供的，我虽未能找到原刊，但已将线索奉告有关方面。要先在学报上发表，我也听说了，这实在有点那个。不过我以为第一篇介绍文章，应该由中山大学来写，别人不应抢先。至于发表报刊，我以为以《人民日报》为最适宜。

---

❶ 北京图书馆报库管理人员。

❷ 鲁迅：《庆祝沪宁克复的那一边》。

从来信看,觉得你是很用功的,我则年老健忘,身体又差,有些问题,头脑里有些线索,但尚未一一核查,有时不敢确说。前期文章如此,后期也然。《别一个窃火者》似乎不是鲁迅自比,他是绝不会这样自比的,"非洲的蝇子"当指帝国主义训练出来的走狗——殖民主义分子。将希特拉比作秦始皇,当时自由主义的报刊都这样做,很多,不一定有专指。《中国文坛的悲观》里引语,好像是《涛声》上的一个作者(说文坛混乱,好像军阀割据),此刻无从查起。《诗和预言》写作时,汪精卫为东北事变不断发表谈话,国民党政权也像走马灯似的换班子。至于具体讲些什么话,可要查报。

"诗人要做诗,好像植物要开花",似乎是邵冠华说的,但要查这以前的报刊,我不能肯定。《中秋二愿》里的话(说女人才力会因与男性的肉体关系而受影响),大约是顾凤成、张若谷或曾今可三个中之一说的。《推己及人》似回答韩侍桁,记得他在《现代》上攻击过批评(家)(说批评家的谩骂能将好作品骂缩回去),但话不一定是原话。《批评家的批评家》(将批评家比作了张献忠)也是对《现代》而发的。文公直确有其人,是国民党的一个小官僚。我这算是经历了一次考试,但交的还是白卷。

"褒扬条例"我未见过,那要查当时的官报,汤岛祭孔我也未见材料。冯雪峰的书面发言我有抄件，当挂号寄奉，用毕掷还。

我们所要到顺义县❶北京维尼纶厂去，我已报名，在那里3月。因此最近要处理一些未了事宜，都是我自己招揽来的。我们所里有些青年对我很不满，就是常管所外的事，对所里的工作做得不够，所以我不太敢再招揽了。见面聊天，且待以后再说吧。

大同音乐会原是提倡中国古乐的，表面上没有什么背景，唯颇为潘公展所重视。

匆匆，即致

撰安！

唐弢

1975年6月6日

漱渝同志：

手书收到，近日大忙，又因气候变化，心脏时时绞痛，以是迟复，幸勿见责。我看来"身心交瘁"，写不出什么像样的文章了，颇以此为虑。报上发表的，一来为了参加战斗，二则受约推辞不得。但这类可有可无的文章，以后

---

❶ 今北京市顺义区。

实在不想要。事与愿违，可叹之至。

关于思想发展在1925年、1926年阶级的情况，我以为基本上以如来信所说分析，提出四点，就此作为大纲进一步分析是可以的，倘使就是这样，很容易挂一漏万、削足适履，把问题局困在几个条条框框里。

史沫特莱材料，听戈宝权同志说，他正在研究，我想来能会较有详细收获。史在上海以《法兰克福日报》记者身份出现，这是确实的。夏衍曾告诉我，她甚至是第三国际代表，所以能代中共转文件，冯雪峰不同意此说，认为转文件仅仅是因为她是党员，又是外国作家兼记者。此说尚待最后调查。牛兰夫妇系波兰籍的犹太人，被捕时以无国籍外国人登报，这对夫妇则确是第三国际驻中国和远东的代表。伊罗生是美籍犹太人，在上海办《中国论坛报》，背景如何，我也不很清楚，但他是共产党员，后以托派问题被怀疑，以后又听说没有问题，情况不详。

《帮闲法发隐》所引一段文字，戈宝权同志也告诉我它的出处。"褒扬条例"我未见到过。祭孔材料见《日本的孔庙》的，我也见过，我是从图书馆借到的。鲁迅住杭州九峰草堂一节，看来确有其事，但尚待进一步调查详情，可惜张宗祥逝世，许钦文知道的不会太多，因为其时他还年轻，不可能有实际生活体验，文公直恐是两人。

《社会新闻》我本来只想翻一翻，看能不能引起什么回想来。现在则提不出什么问题。冯雪峰的一份早收到。

我近来身体太坏，写信也颇费力。本想见面谈谈，同时又因组织上打算让我写一部《鲁迅传》，想先理出一点问题（逐编逐写的），将来好当面请教。因此，我想过二三个星期，月底左右，约你面谈。你以为如何？

字写得潦草，乞谅。

即致

撰安！

唐弢

1975年11月4日

漱渝同志：

6日手书收到。

我近来因气候变化，时时不适，同时想把一些琐事早日处理清了，以便进入研究规划，因此比较忙些、紧些，迟复勿罪。

"传记"是我个人研究计划，纳入文学所的整个计划中，本定五年内写出两编（共三编），经政治研究室批准，认为计划很好，希望缩短时间完成，现在尚在调整中，此事请暂勿外传。将来有些资料，随时请你协助。

给章锡琛的信，来信所考年份，我虽没有仔细核查，但您记忆，以为是准确的。"秘密读书室"的提法，我很怀疑。鲁迅确有一个租在溧阳路的藏书室，也的确藏了一些马克思主义书籍，包括为写长篇小说（四方面军）的材料，但主要是别的书籍。他有时也到那里去翻阅，但说成"秘密藏书室"，恐非建老本意，有些夸大了，这事见面时再谈吧。关于许钦文说杭州的事，也等那时再谈。

我现在想问你几件事，你掌握材料否？

（一）鲁迅编《国民新报》副刊乙刊，是谁介绍的？关系如何？

（二）鲁迅什么时候到山东旅行过？为什么《在现代中国的孔夫子》里提到"后来我到山东旅行，……"？

类此的问题很多很多，过去只读作品，不大注意事迹，即注意也不求甚解。一到写传，问题扑面而来了。

我大约于月底月初可将杂事结束告一段落，届时当约你来玩，顺便谈谈。

专此，即致

撰安！

唐弢

1975年11月12日夜

漱渝同志：

来信收到。谢谢你为我代查有关材料。看来邵元冲的说法是靠不住的，当以邓飞黄（或者另有更高一层的人介绍）为可能。山东旅行，或系艺术手法，并没去过。

一到写传，许多事情，都有待考实。尽管太具体的事情，传记未必合适采用，但心中总得有个底。写起来心中无底就不好办。

听说你是南开大学出身的，现在又努力钻研有关鲁迅资料，我以为必可有成。至于来信所说苦境，我是过来人，完全能够理解。我的条件比你差得多：年轻时没有能力读书，只念到初中二，没有念完就考入邮局当拣信生。唯一优越条件是只要求工作六小时，其他时间可以利用来跑图书馆，就这样糊里糊涂闯进了文化界。别人一天能写完的文章，我往往要花两三天，底子太薄，无法可想。这不是客气话。如鱼饮水，冷暖自知。年轻时凭记忆力强，不做卡片或笔记，全赖强记，现在悔之无及。所以遇上青年同志，我总劝他们做卡片。

我碰到许多同辈或青年，总觉得他们把我估计太高。人远远看去，好像特别高大，一接近，就会觉得不过如此。没法可想。

你似乎想专搞研究工作，我以为这对你也许更适宜些。但目前先打一些基础也好。中学现在是进的人多，出的人少，以后情况转变一些，活动了，也不至于太难办。

我最近正在处理一些杂务，想在进入研究工作——具体说就是准备写传之前，把它们处理完。但这类事情也真多，要全处理完怕未必容易。目前初步定于月底前处理掉。到那时，想约你聊聊，当再奉函。

匆复，即致

撰安！

唐弢

1975年11月18日夜

漱渝同志：

来信收到多日。一来因为健康欠佳，二则我的最小孩子唐若昕（在平谷插队）因急性黄疸肝炎回京治疗，既罹传染，又乏护理，弄得十分狼狈。幸而设法送入传染病院，家里也彻底消毒。我才被允许照常恢复工作。手书迟复，幸勿见罪。

鲁迅编《国民新报》乙刊，系由张凤举介绍，较为可信。邓飞黄既是北大学生，当时尚无如此大力，可以介绍鲁迅，看来只是因为工作关系，常有联系。但不知张凤举和报馆关系如何？这些和我目前做的工作无关，不过随便说说而已。

关于内部刊物，我对此兴趣很大。曾向人民文学出版社建议，鲁编室负责人有些打算，但希望我向上面吹吹风。后来学部负责人对我说起拟印内部资料（明年拟办印刷厂），我同姜德明同志谈及，他竭力怂恿我建议把范围扩大到学部（原来只打算印研究人员自己准备的资料）以外。但看目前形势，也许要搞运动（从清华、北大扩大到《文学报》及文教机构），未必能做到。因为原来拟出版的《思想战线》《文学评论》等公开刊物，早就准备，现在也决定延期出版了。而鲁编室仍想编，我倘有机会遇上出版的负责人，想提个建议。

《手册》❶是练兵性质，我们这儿有些同志是1964年调来的，至今没有接触过工作，更不必说鲁迅资料了。有些项目，颇拟向你请教，我个人因为一时冲动，不自量力，订了几次研究规划，现在照顾不及，也有讨救兵之意。前次听说你半休，上信知已恢复整天上班，我不大掌握得住时间。倘使本星期六（12月6日）你有时间，能驾临敝寓一谈，上下午均可。其他日期，周内已排满。倘使6日不便，改在下周再约。如能将教育部通俗教育材料，顺便带

---

❶ 《鲁迅手册》。

下，以免邮寄麻烦。我的地址，如坐1路公共汽车，到永安西里（或坐9路公共汽车到日坛路）下车，回头走至北京友谊商店十字路口往南问南里七楼即可，临街只有西里墙牌，而不标南里。即致

撰安！

唐弢

1975年12月1日

漱渝同志：

8日来信收到，我于本星期一上医院看病回来，得重感冒，晚上熏醋，过于刺激，导致心绞痛，第二天就卧床不起。今日已较好。工作在手，实为焦急。三个计划中各栏目及名称，均为最后决定。《手册》中"三·一八"运动一点，尊见极是。《鲁迅传》中两章，也待斟酌。我当初有点想法。

第一，周作人说法是对的，鲁迅大量接受进化论是在日本，那时日本特别风行，但鲁迅所接受的（自然科学方面除外）主要是赫胥黎的观点（不全是达尔文的），而且是经过严复修改过的赫胥黎的观点，他是以进化论为战斗武器，也是从当时历史条件来分析。说得具体一些，鲁迅的进化论不同于达尔文的进化论，他接受的主要是进化论

中的发展观点,这些要详细分析。放在哪一段,待将来考虑。

第二,关于鲁迅在"文化革命"中的贡献,我原拟在第二编第一、二章中大谈特谈,第一章为五四运动,之后接着谈鲁迅作为"文化革命"的主将的地位,这样也许更为突出。我的写法基本上是循序(按时间),但有些问题却拟在重点的地方概括提出,不太死板。

鲁迅在教育部不等于鲁迅的教学活动。教学活动主要是在学校里,但教育部的某些活动可以放在一起。此事我未同孙瑛同志谈过。你既同意担任,我以为不同他谈也可以的,因为他并未知道此事。

照片三张,暂留我处,连同上次两封信,准备见面时奉还。此类文件,我怕邮寄会丢失。青龙山照片我原来有,"文化大革命"后找不到了,另两张只见过,未翻印。李霁野同志文内材料似不多。附来参考文章目录,眼前我还说不清要哪些篇,将来需要,再麻烦你。上次你说的鲁迅给《俄事警闻》(?)的信,我查了沈瓞民《回忆鲁迅早年在弘文学院的生活片段》❶,未见提到,文后注中说他另有《谈〈新生〉杂志》《关于光复会两三事》❷ 两文,我

---

❶ 《回忆鲁迅早年在弘文学院的片断》。
❷ 《记光复会二三事》。

未见到，不知是否在此两文中，便中请将此事见告或抄示，谢谢。

《民众文艺》已找出。《民报副刊》尚未找到，我的书太乱了，希望能在你下次来前找到。我记得有零星几张，尚未丢失，一定找得到的。其他几种我没有。《华美周报》是鲁迅逝世后才出版的，主办人为恽逸群、梅益、巴人等，都是党员，和党有关系。《旭光》似是北京大学学生办的。《旭光》《民报副刊》我记得鲁博是有的。

我急于想投入写传的准备工作，但有些事务，必须于投入前处理完。现在看中医，几乎每星期得有半天泡在门诊部，我实在不想去看下去，人生几何，这样磨掉，可太惨了。所以近来开会等等，特忙。决定于星期三（17日）下午三时半在敝寓候你。别的面谈。匆匆，即致

撰安！

唐弢

1975年12月11日

漱渝同志：

手书收到。知道你因老母幼子患感冒，而自己仍全力工作，弄得内外交困，精力可佩。

我因加了一些社会工作，多开几个会，便觉腰酸背痛，

无法支持，说明"老头子"的确不行了。这几天来的忙劲，是一两年内所没有的。

你留在我处的记录早看完，但我近来还得忙几天（文学所一位极熟的老前辈王伯祥先生逝世了），我的那堆破烂材料（确如你所说要整理合订一下）暂存你处，等见面时互还吧。至于见面日期，目前难定，下信奉告。

你打算整理鲁迅在东京活动的一些材料，为我的《鲁迅传》打气，感激之至。鲁迅的教学生活也准备动笔，凭空给你增加负担，很内疚。鲁迅有关活动已写好几节，1975年12月31日至1976年1月1日两天，我改了一下，质量差，改得很吃力，还是没有改好。现已打印中，印好当与下信同时寄奉。关于介绍信一节，我同文学所总支提了一下，因为非本所工作人员，不肯开，我们这里对我的工作并不是全心全意支持的，清规戒律很多，有时简直气人。这件事，我不便强争，实在抱歉。但我以为研究完成之后，当较为易于解决，只好等待些时。

研究室主要由鲁迅博物馆馆长李何林同志兼任，工作只要依赖室内的研究人员。我自然愿共同协助把工作做好。但文学所还有一个摊子，不能放下。所以只好尽其力所能及，"顾内"一下。我还别的一些社会工作。真是：头衔挂得越多，工作做得越少。可悲之至。

《旭光》我有些印象，是因为编《全集补遗》时曾在上海图书馆翻过，但已记不得像来信所说的那样详细。关于你给戈宝权同志信里谈到参观鲁迅在北京工作和居住过的地方，想请你和孙瑛同志带队引路。文学所准备同北京汽车厂鲁迅研究组联合活动一次（戈宝权也在内）。原来我同叶淑穗同志打过招呼，现在新换领导，准备日内再由文学所同志转信前与鲁博具体约定一下。届时再奉告。匆匆，即致

撰安！

唐弢
1976年1月2日夜

漱渝同志：

来信收到多日，中间因总理逝世，心情伤痛，未能即复为歉。鲁迅的教学生活，大家意见，因为是《手册》❶，最好还是用一般介绍说明语气，写成单篇文章，札记自然也可以，但希望不是分段式的，因为后者可活泼些，但离原来格式太远，也许像是文集，而不像《手册》了。

---

❶ 《鲁迅手册》，试编本，人民文学出版社1977年出版。

这几天来，我正安排脱身。《手册》定稿拟先请一位延安来的老同志毛星代为审阅。上级一再指示我集中精力搞《鲁迅传》，我想先把章节架子搭起来，由此拟定提纲。但杂事太多，难于如愿，领导决定我暂时易地拟订。我想最近期内，先将手边事情处理完了，即行离城或离京（尚未定），但你惠允代找资料，仍盼邮寄舍下，当安排老伴代为转寄。另外，本星期六下午，我当在寓专候，以便将你留在我处的笔记一大册奉还，并面谈以便以后联系。

匆致

撰安！

唐弢

1976年1月19日

漱渝同志：

我因病于3月24日趋部队278医院治疗，该院在距京郊西南一百五十里山区中，交通不便，但极清静，只是医疗设备很差，又因缺水缺电，许多检查无法做。心律不齐稍好，而绞痛反而频繁。现在因城里有些工作，暂时回来，以后还得继续治疗，但是否仍回278医院，则未定。

我临行前，已将草稿看完，在稿上提具意见，请近代组与你联系。回城后,才知尚未和你联系。组里❶因编《鲁迅言论选辑》,十分忙,而估计是稿改动不大,他们想等其他部分初稿出来,平衡一下(包括字数),再同你商量云云。现在仍准备这样,回来后看到3月24日信(我就是那天去上方山的),知注,特先奉闻。

梁启超译稿,我那天告诉你过(你大约未听清),不会在《小说林》,而可能在《新小说》,因为后者是他编的,而前者同《新小说》唱对台戏,不会发表梁的东西。《新小说》要到图书馆如北京图书馆或北大去找。胡风译的那本朝鲜菲列宾短篇小说❷,是译文丛书之一,同《死魂灵》(鲁迅译)、《简爱》(李霁野译)、《桃园》(茅盾译)属于一个丛书,黄源编。书名我无论如何记不起来。倘图书馆有整套丛书,或有文化生活出版社书目,可以查得出来。但里面有没有这篇小说,未详。

《劳大论丛》如阅毕,交我的老伴即行,因为我行止未定,何时在京也难说。

匆匆,即致

---

❶ 中国社科院文学所近代文学组。

❷ 应为朝鲜台湾(中国)短篇小说集《山灵》,张赫宙等著,胡风译,收入黄源主编的"译文丛书",上海文化生活出版社1936年4月初版。

撰安！

唐弢

1976年4月25日

漱渝同志：

前天遇见何其芳同志，关于胡风专案事，他果然不大清楚。据此当时办理此案的，是公安部六组，不知目前是否尚有这个机构？公安部六组抄得这个集团的私信，交由他们那里整理编注，何其芳是参加编注人之一，这个整理编注工作是由林默涵负责的。

另外，你托孙用同志查的资料，又转到我这里来了。我们两人研究结果，认为厘沙路的《绝命诗》，梁启超或未必译过。他的《绝命诗》，有多种译法，题名不同。译成《墓中呼声》(《墓中的呼声》)，为崔真吾，载1929年4月1日《语丝》第5卷第4期。你上次说有梁译，在《小说林》，我以为如有梁译，当在《新小说》。这回查了《新小说》1—5卷，《小说林》2—6、9、12期，都没有，也许在缺期中，那就无法判定了。但或者并无梁译，只是传闻，也说不定。我问孙用同志，他说第1卷《鲁迅全集》是杨霁云同志注的，那么，问一问杨霁云同志，当会水落石出。

我的那篇回忆，务请考虑恰当否？如不，不如不登，供内部参考为上策。这样东西，我上次对你说过，没有什么新材料。

你说要抄给我的那些材料，包括你上次念给我听的周作人文章，倘有暇，烦抄示，也不急急也。室里又来人了没有？

匆匆，即致

撰安！

唐弢

1976年7月2日

漱渝同志：

昨天你问我许先生[1]征求鲁迅先生书信的时间，我有点不假思索，随口答复。过后想想，征求书信的启示大概应登在1936年12月至1937年1月之间。我觉得1937年太宽了，不好找。现在这个初步结论的导出，一是记忆，二是许编影印《鲁迅书简》（三角本）出于1937年6月，则征求启示自当更早于此也。

又上次我对你说李儵即李又燃，是30年代文艺界听说的传闻。昨接孙用同志信，据说杨霁云同志说不是。那

---

[1] 许广平。

自当从他的说法。因为那篇《读"伪自由书"》登于《涛声》第2卷41期（1933年10月21日），而李儵（黑是错的，应从鱼）和杨霁云同志都是《涛声》的长期写稿人，他了解的情况比我多，也更可靠。

还有，我那篇谈话稿，请你仔细为我揣摩一下，有否把自己说成"英雄"的样子，倘有，那是很不好的，务请斧削为感。"国防文学"最初介绍者为周立波❶，时间1934年，登在《大晚报·火炬》上，我一向那样以为。在鲁博怎么说，已记不起来。但口齿不清，不免出岔。第3卷17期，我似乎记得不是，就删去了，也未注上刊名日期。现在得到一个旁证，确是登在《大晚报》副刊《火炬》上，时间为1934年。那篇《读书生活》上的是第一篇，收在《国防文学争论》集。大约是记录的同志为我查过书补上的。不过那已是论争将开始了，《火炬》上那篇时间早，没有反应。

匆匆，即致

撰安！

唐弢
1976年7月17日

---

❶ 应为周扬。1934年10月2日，周扬以"企"为笔名，在《大晚报》发表《国防文学》一文。

漱渝同志：

手书并有关Stylist材料收到，谢谢。暇时当查对核实，但我以为大概是指黎锦明。

前日我也寄给你一信，附在给王德厚同志信内，想已转上。当时因复信较匆，头晕眼昏，许多事情也写得七颠八倒。给王德厚同志信中，在说明无政府主义时，竟将刘师复误作刘仁静。

刘师复是中国早期提倡无政府主义的人，刘仁静则为托派头头，我把两者记错了。可能还有别的错误，但此刻记起的只此一点。万祈代为向王德厚同志更正，并请其将信中刘仁静改为刘师复，不然，传开去将成为大笑话的。老悖老悖，真是至言。

匆匆，即致

撰安

又：刘师复早死，著有《师复文存》。李儵与李又燃是两个人。当时均在《涛声》写稿，所以杨邨人误为一个人，文艺界也有李儵即李又燃之印象。经查《涛声》，曹聚仁称李儵为"四弟"，当是曹家亲属。李又燃是留学生，后来去延安，杨霁云同志也为《涛声》长期撰稿人，知之必稔也。

唐弢

1976年7月19日

漱渝同志：

日来太忙。想到今天星期五了，你说希望本星期收到信，那就得执笔了。案头有师大等校提问题的信一大堆，未复，师院的先复，倒是因为研究室关系，提前了，但请勿提起问过我，以免引起他们兄弟院校误会。

师院问题，我只能提供一些线索，书因地震关系，箱子覆下，无法翻查。

（一）"赤者嫌其颇白，白者怕其已赤"，是正面话，与形"左"实右无关。鲁迅写此信时，李大钊的一些文章，确已跟不上时代，有点落在后面了。至白者怕其已赤，自可理解。

（二）唐代与西域交通通商极密，生活、习俗、衣着、服饰、音乐、舞蹈、绘画均受极大影响，甚至官员如安禄山、史思明等也均胡人，故曰"唐室大有胡气"。明代各位"皇上"，谕旨、气魄、做法均不脱市井小儿气息，故曰"无赖儿郎"。至于"强盗放火"，实易理解，即上面损人不利己之注脚。这种地方，大可不注。

（三）《人之初》似是曹聚仁拟编辑要出的一本关于生理方面的科学小说，已记不清详情，要查当时书目。如曹有关的群众图书公司书目。

（四）民权主义文学有此事，详情得查书，无以奉命。

（五）天王不详。

（六）雪声、谢小姐也不详。鲁编室的知道。

（七）金石学（治印章之学）中，汉、浙为两大派别。汉派以汉印为师，浙派则以地域分称。要注准确，必须向金石家请教。

（八）可问中央美术学院李桦。

做这些事，也如强盗放火，既不利人，又有损于己，实在不值得。可叹。

即致

撰安！

唐弢

1976年12月10日

漱渝同志：

10月12日夜信收悉。

你似乎太认真了一点。关于此君攻击我个人，远在解放初期，我从未计较。百周年纪念前，外文出版社要我推荐译成外文的鲁迅传记，我还推荐了他的呢（中青那一本）。后来知道种种伪善及攻击冯、周的事，又把这推在孙用❶身上，实在觉得太不成话，但我知道这个人就是了，也绝不想挑斥什么，写篇序文又何妨，我如连这点气度都没有，也就不成其为唐某了。

因为我们彼此熟悉，所以我对你说话随便，你对《书林》批评，我也指出过不足之处。平心而论，《民族魂》是一部好书，语言材料，都有足取，只是那一节写法可考虑，有点把鲁迅写成共产党情报员，那就不好了，如此而已。

匆复，即问

近好！

唐弢
1983年10月18日

漱渝同志：

今天接到一个电话，说是由你介绍，愿意担任我的助

---

❶ 说你的"友人"是孙用指使的。（这是唐先生信后的附言，不是我的注释。"友人"指朱正。）

手，北大毕业生，在分校教书，姓名❶听不清楚。我请他写个简单经历，然后向文学所提出。

在这之前，我急于听听你这个介绍人的意见，请你告诉（写信就行）我两点：（一）为人如何？（二）材料熟不熟？如大致合适，我想找本人再谈谈，并向文学所提出，我看外地不大可靠了。

非常感谢你的关心。我想考虑得周详一些，免得贻人笑柄。

匆致
春祉！

唐弢

1984年2月1日

漱渝同志：

手书及抄件均悉，谢谢。

写信给我提提议的，想起来也是此人。我当初写序时，仅看节略，未及全文。倘使看了全文，我会劝你将此节❷删去的。你的文章有根有据，这是事实，但世上有些事情，一着笔目，便着痕迹，对有些同志要求倒要高些。君子爱

---

❶ 魏琦。
❷ 指《许广平的一生》中对朱安的描写。

人以德，同时亦成人之美，难道不应该这样吗？

叨在夜末，率尔执笔，尚乞谅察，即致

文安！

我正写书稿，进展极慢，也无甚建树。深悔当初孟浪，接受这一任务，否则退居二线后，可以优哉游哉，真是自讨苦吃了。

唐弢
1985年5月16日夜

王宝良（1908—1992）

浙江镇海人。鲁迅在上海期间，他是内山书店店员，曾为鲁迅收发信件。

陈漱渝同志：

来信所述情况属实，两位中国店员❶为共产党嫌疑，

---

❶ 指内山书店。鲁迅在此短期避难。

故被捕。

就此。

王宝良

1977年10月17日

王定南（1910—1989）

河南内乡人。1937年在中共北平特委工作，次年任特委书记。曾任山西省政协副主席、党组成员。

漱渝同志：

两次来信均已收到，给我提供有关沈鹏年一些情况，谢谢。

沈在和我见面前，他们看到有关邯郸起义[1]的文章，给我来信说他们影片厂要以此题材拍制影片，要来见我，我复信答应他们这一要求，沈持介绍信来见我，谈起我过

---

[1] 1945年10月30日，高树勋将军率领国民党军新编第八军在马头镇起义，因距邯郸近，史称邯郸起义。王定南是策划者之一。

去参加革命情况,曾谈到何❶、张❷二人向我反映周❸、缪❹二人活动要当伪教育督办说:"周是个念书人,比缪危害性小",我说"你们这一分析有道理"。当时何、张没说去见周和转述我同意他们分析的意见。

沈发表周任伪职的文章,事前未征求我同意,事后也未对我说过,我从报刊文摘看到,还不知是沈写的,后来看到许多的文章才知道是沈写的。

沈几次来找我,他说他是党员,他外表朴素,生活俭省,工作有钻劲,我说了他这几句。

我开始对他产生怀疑,是因为他为什么发表我们谈话事前事后都不对我说。他说为拍制影片,他要走我们30年代相片,他说他回上海翻照后即寄来,至今未寄回。我老伴去信催要,他连信也不回。这个人是有品质问题,他是否为电影制片厂组编写剧本是个问题。

从寄来的杂志可以看出周出任伪职是他自己的问题,就是说他自己愿意任伪职,有人想抹杀事实是徒劳的。

《红旗》杂志社如需要我写给中央领导关于周任伪职的信,来信我可以寄去一份,供该社参考。

---

❶ 何其巩。

❷ 张东荪。

❸ 周作人。

❹ 缪斌。

下旬我去北京参加全国政协会议,有了面谈机会。

即致

敬礼!

王定南
1987年3月4日

王士菁(1918—2016)

江苏沭阳人。鲁迅研究家。曾任人民文学出版社鲁迅著作编辑室主任、鲁迅博物馆馆长。代表作有《鲁迅传》《鲁迅早期五篇论文注译》等。

漱渝同志:

在京时,本来准备再到研究室来向你们请教的,对于鲁迅研究工作中的一些问题交换意见。由于工作和时间关系,这次没有做到,我们在去年年底之前便回校了。没有很好向你们学习,实在非常抱歉。

回校以后,学习和工作都较忙。鲁迅早期的五篇文章,到今天为止,只初步弄好了一篇,其他四篇正要对注释进行查补,对译文进行核准和润饰,还需要一些时间,不能马上寄给你。初步打算在4月份寄给你，不知迟不迟？便中请告知。

最近你们有何研究成果？也盼告知一二。

此致

敬礼！

王士菁

1977年1月8日

漱渝同志：

来信都收到了，承你关怀，非常谢谢！

稿件如校出来，在何处出版（如果达到出版水平，还有一点用处的话），我没有意见，你认为怎样合适，就怎么办好。

最近，工作和学习都特别忙，《三闲集》注释，原计划4月底修改好，即交出版社，印"征求意见本"的，看来也不能如期完成，要向后推迟了。因此，这几篇译注[1]，也无法抄写了。最早要安排在5月间了。天津人民出版社文教组的同志，我和他们不熟，待此稿抄写好了之后，先寄你看看，由你转给他们吧。不过，这样就更麻烦你了。

---

[1] 鲁迅文言论文译注。

此复，即致

敬礼！

王士菁
1977年4月5日

漱渝同志：

来信早已收到，因忙于修改和打印《三闲集》的注释，近来这里又有临震预报，至今还未解除，工作比较忙乱，迟复为歉。

你所询问的几个问题，就我所知，答复如下：

（一）许广平同志编的《鲁迅书简》在1951年鲁迅著作编刊社成立后，和鲁迅其他著作一起交给了编刊社代管，负责整理和出版。这个编刊社在当初是个政府部门，直接属于出版总署，按几个署长分工，这个工作由周建人同志领导，在上海由雪峰负责。1952年该社迁京，并入文学出版社。文学出版社成立时，重印了鲁迅著作，包括书信在内，全部按旧纸型重印。这些纸型，都是我们从上海带到北京的。当时尚未进行反右派斗争，雪峰尚未犯错误，周扬等尚未乘机搞阴谋，故照样重印了。

（二）周扬、林默涵等给王任叔的黑指示是属实的。当时群众批斗王任叔时，他承认了的。王并说当时还有人叫他签了字、盖了章的。此事当系完全属实，不会是假的。

（三）当时具体的选取标准，最主要的一条是按周、林黑指示办事，有关揭发周扬和"四条汉子"等人的书信，没有编入，这是一个最大的错误！在1957年，雪峰犯了错误之后，由我负责鲁迅著作编辑工作时，具体执行了这个黑指示，是负有重大的责任的。

（四）许广平同志当年刊登征集鲁迅书信的启事，我没有见到过，可能在当时的"沦陷区"上海刊出的吧？请就近问问杨霁云或唐弢同志，他们可能知道的。

解放后用鲁迅著作编刊社名义登报征求鲁迅书信，此事我曾经手，是请示了出版总署以后，先在上海报纸《解放日报》上刊登的。《人民日报》也可能登载过，记不清楚了。

最近我们正在修改《三闲集》的注释，大概下月可以完毕，请区党委❶领导同志审查后准备来京做修改、补充。最近做的主要就是这件工作了。原中南区四省负责修订《辞源》工作，广西大学也分了一定任务，不少师生参加这个工作，初稿也要叫我看看。最近附带也忙这件事。鲁迅早期的几篇文言文的注释和翻译工作，时断时续，"忙时少搞，闲时多搞"，进展很慢，且涉及范围很广，需要

---

❶ 指广西壮族自治区。

查改许多书籍，限于我的水平，更是搞不好了。如有眉目，当寄你和鲁迅研究室同志们指正。匆复，即致
敬礼！

王士菁

1977年8月17日

漱渝同志：

好久没有写信给你了。想你忙的研究工作一定大有进展。南开大学陆续寄我一些《学报》，看到了你的一些翔实的考证文章，对于鲁迅先生生平的研究，帮助很大。看来，你是想做下一个系统的研究的。希望今后陆续拜读你的文章。

《鲁迅早期五篇论文注译》（附译后记）已初步搞好，请德厚同志转上，等你有闲，甚盼予以审阅，希望得到你的帮助，以改正其中的缺点或错误。天津人民出版社文教组的同志对此也很有兴趣，他们曾两次来信，我已把此稿寄他们审阅了。你对此事是很关心的，顺告。

此致
敬礼！

王士菁

1977年9月18日

漱渝同志：

来信在春节前后收到，因忙于琐事，迟复为歉。

承你和何林同志等关心，并给我以很大鼓励，《鲁迅早期作品五篇译注》已经基本上完成，译文和注释共约十万字左右。因现在学校已开学，我不能集中时间来抄写了，估计在4月底或5月初可以抄好，不知可否？抄好之后，当寄你和何林同志等审阅。

我还想写一篇前言或译后记，简明扼要地说明这五篇早期作品的重要意义。的确，这五篇文章对于我们研究早期鲁迅思想是很重要的。写好之后，一并寄去请指正。此复，即致

敬礼！

王士菁

1978年3月7日

漱渝同志：

来信收到。因为最近几乎天天开会，迟复了，甚以为歉！打印稿亦已收到，因忙于新著发稿工作，不可能从头到尾仔细拜读了。如写，就写一点关于普及鲁迅著作、普及鲁迅革命精神这一些话吧。

我从来不写"序"（也有不少同志找我写，我都推辞了。我很能够量力而行的，在这一点上，颇有自知之明，不适宜于做这样的工作的。讲不出什么道理来，真是所谓"佛头着粪"，贻笑大方的），您一定要我写一点，我想试试看，在年底之前交差。如合用，则用；不合用，则舍之，由您自己取舍吧。（不用更好）

匆此，即致

敬礼！

王士菁

1982年12月4日

漱渝同志：

上月底，我接到一位不相识的热情读者来信，信上提出研究台静农先生的工作问题。这是一件很有意义的工作，可惜我无法完成。现将此信转给您，请您予以考虑。

我在回复来信者的信上，对您做了简要的介绍，向他推荐您做此项工作。他可能写信给您的，故把此信转上，您可有一个思想准备。如您在科研工作中无暇及此，他如来信，可婉言告之，热情鼓励之，我想您是不会泼冷水的。

匆此，即致

敬礼!

王士菁

1993年12月8日

漱渝同志:

4月2日来信并纪念李先生的文章,今天收到。读了之后,不禁感慨系之矣!

在鲁迅生前出现的一些现象,他们反对或批评过的人物或事件,现在,几乎所有都一反其道而行之!!——并且说成是合于鲁迅的本意的,如你所举出来的一些现象。

这样看来,我在上次信中所说的,甚盼你多写,写出更多、更好、更有价值的文章,实在更有、大有必要了。

你所写的文章,大部分我都读过。我是完全同意的,只是我已八十九岁了,人老了,一年更不如一年,心有余而力不足,想写也无时间与精力了。想要看的书,看不完;想要做的工作,做不完;想要写的书,写不出,就要去见马克思了。

如果可能的话,甚盼你把你所写的文章,编辑成书,并盼寄我,非常感谢。

匆此,即致

敬礼!

王士菁

2007年4月5日

王仰晨(1921—2005)

上海人。人民文学出版社编审,鲁迅著作编辑室主任。编有《茅盾文集》《巴金文集》《(天安门)革命诗钞》等。

漱渝同志:

你好!

回去以后情况如何,时在念中。

你来我们这里[1],为我们做了不少工作,却也为此受了不少委屈,对此我常感到内疚。我懒,也不善言辞,因而也少和你说话,对你也没有一点关照,这都使我觉得抱歉。

调资事当已成为过去,希望你万勿再为此耿耿,我

---

[1] 指人民文学出版社鲁编室。

想，你有足够的理由以自慰（并非要你学阿Q），因此置诸脑后可也。和领导的关系仍需注意，无论对方有多少缺点，仍要尊重，自然，如能做到率直地交换意见就更好了。此外，也千万要注意不要造成成见，这样，于己于人于事俱无益而有损。

我直率地陈述这些意见，唐突之处望能见谅。

我知道，李先生对你还是很好的。他年事已高，如今这一摊工作也使他精疲力竭，因此也希望你多支持他，至少不要再增加他的烦恼。我这些话也许说得过头（至少是不礼貌），但有这些想到就这样说了，未及考虑措辞，希望可以谅我。

我们这里仍忙乱，我直率这样乱涂一通，也望见谅。今后需你协助之处，相信你会一如既往的。

匆匆，祝

好。

仰晨

1980年6月19日

王映霞（1908—2000）

浙江杭州人。原名金宝琴。1928年至1940年与郁达夫结婚。鲁迅曾为她题写七律《阻郁达夫移家杭州》。

陈漱渝同志：

您好！

昨日收到你9月4日的信，知道最近在北京有鲁迅研究室的成立，使我们这位伟大的文学家和革命家生前的事迹将永远地流传下去。这真是毛主席和党中央英明的决策。

我已经七十岁了，虽然现在是在享受毛主席和共产党给予我的晚年幸福，但身体精神都大不如前。七八年来就患有严重的冠心病。眼睛内的白内障也日有发展，尤其是记忆力衰退得更甚。

鲁迅先生逝世至今四十年了，但我对于这位伟大的文学家和革命家的谈吐和神态，犹宛如在昨。细细地回忆起来，日子也真过得快。

鲁迅是1927年从广州乘轮来到上海的。随同来的还有他的夫人景宋，下船就被接客的接到一家广东籍开设的小型的共和旅馆里，从回忆中，这个旅馆位于现在的延安东路江西路附近,是一座不是很大的、坐南向北的三层楼洋式房屋,鲁迅和景宋是住在二楼。也许是在他们抵达后的第二天,郁达夫和我去拜访了他们。

郁达夫和鲁迅本来是相识的,我却是初见。他招呼我们坐下来后,郁达夫和鲁迅在谈及北京见面时的情景。我则目不转睛地在打量着我们这位中年时代的鲁迅。景宋的一口广东国语在和我们交谈中有时要打个折扣,听起来不甚了然。这一天的晚餐我们是一同去外面吃的。同座还有周建人和李小峰等,有些模糊了。好在鲁迅的日记里有着极详尽的记载。从这次以后的两三天后,他们就从旅馆到北四川路底的景云里安居下来。

从这次的初见,给我的印象却是相当深,以后,鲁迅在上海安居下来,郁达夫和我便经常地出现在鲁迅和景宋的书房兼卧室里。我们四个人无拘无束地在一起谈谈说说是经常事。鲁迅是绍兴口音的杭州话,景宋的广东官话,我都渐渐地熟悉起来。自从《奔流》月刊创刊,《申报》副刊"自由谈"特约鲁迅撰稿后,郁达夫和我便去的次数更多,有时甚至一天跑两次(详载日记),有时是去催稿子的。鲁迅在上海的消息传出去后,一些文学青年去拜访鲁迅的也愈来愈多。

这时,"白色恐怖"笼罩着上海。柔石等五名中国革命青年作家在上海惨遭国民党反动派杀害时，鲁迅接见宾客的次数也减少下去，有时会客室也暂时改变在内山书店的藏书室里，而且还要先通过内山完造的介绍和允许，那些中外的文学爱好者，这样才能见到鲁迅的面。但鲁迅对于每一个来访者总是诚诚恳恳地接待着，有时甚至还要看稿件，改稿件，日本的增田涉便是其中的一个。

民权保障同盟在上海成立后（也许是1933年），杨杏佛被杀害，作为上海负责人的鲁迅和郁达夫就不得不稍稍注意一下自己的行踪，这时我家就计划迁往故乡杭州，和鲁迅谈及，他大加反对，后来我曾向鲁迅索书作纪念时，他就写了《阻郁达夫移家杭州》。这首诗，分写了四张小屏条，我把它裱好挂在杭寓的会客室里，直到七七事变后我们全家离开杭寓时，还认为就会回来，匆忙间未将这四张墨宝带走。现在想来，我当年的无知和幼稚，真是好笑。待我1946年重返杭州时，家中已空无一物，这四张屏条连同我家的两万多本中外书籍，大约已多被日军搬去了（听说我家住的全是日军）。

自从我们迁家杭州以后，和鲁迅一家见面的机会便极少极少。鲁迅在1936年10月在上海逝世，我们从杭州赶来上海，一走进大陆新邨就见到景宋，彼此只点了一下头，我看她全神贯注地在里外忙着，我们也不敢多打扰她而匆匆别去。二十年后，在1956年10月，景宋一家来上海把鲁迅墓迁葬到虹口公园里时，景宋来找到了我，我和她又同在一处吃了饭，并亲自送她上了北去的火车。谁想到此时此日，连她也已经逝世四年了❶。

和鲁迅初见一直到如今，计算起来，将近半个世纪。去年冬天，上海虹口公园鲁迅纪念馆的陈友雄同志介绍了几个同志来看我，我们谈到了关于鲁迅先生生前的事迹时，我依然沉浸在当年的回忆中。等和陈同志分手后的次日清晨，我还冒着寒冷，独自走到延安东路江西路附近这一带去徘徊了好一会，似乎总想在那里找点什么痕迹来作为怀旧的，可是失望得很，地形虽然依旧，但由于数年来形势上已起了翻天覆地的变化，这条延安东路两旁的建筑物，也有多处已经翻造过，原来的灰暗色也已变得焕然一新，使我怎么也找不出当年共和旅馆的一砖一木来。于是我只能悻然而返，这也算作是一次无语的纪念。

关于郁达夫一箱书札的问题是这样的：在抗日战争开始后两年，我家辗转流亡，偶一不慎，在长沙车站上遗失一包旧信札，内中全是我和郁达夫共同生活了十二年中的郁达夫写给我的旧信，不料后来被一位不相识的青年所捡

---

❶ 许广平，笔名景宋，1968年3月3日于北京病逝。

到（这位青年，现在也已经是六十左右的老年了）。四十年来，无论在国内外，这位先生都妥为保存着，但在十年前，却散失了大部分，如今还留有十多封旧信，于半年前对方找到了我，还给了我。这些都是私人信件，找不出什么大价值。当年郁达夫本人由于环境限制，从来都没有留信的习惯，尤其我们和鲁迅先生同处上海，写信的机会极少，偶或有之，也都于当时毁去，现在想来，是极可惜的。

鲁迅先生定居上海后与我家的往来，以及当年上海文坛中的形形色色，除了在鲁迅日记里偶有记载外，我相信在郁达夫1930—1933年的日记中有详尽的记录，可惜的是郁的这阶段的日记，在抗战开始后两年我们去新加坡时，把全部行李存在郁达夫的姐丈家中（富阳），后来日军进驻富阳时他姐丈的住屋被焚毁，我们的行李就全都被殃及，因此如今有许多事情无从查考。

我已记不起是哪一年，郁达夫和我约鲁迅夫妇吃饭，席间大家提出写字作纪念，郁达夫当时写的什么我已忘记，但鲁迅先生写的一首就是《自嘲》。当时还写上四句跋，是"达夫赏饭，闲人打油，偷得半联，凑成一绝。"前几年有朋友问过我，这"偷得半联"是偷的什么人的，我也记不起，也许鲁迅先生这首诗是和郁达夫唱和之作，现在一点也想不起来（但郁的诗集里也找不出有关这些韵脚的诗）。

郁达夫和鲁迅的初见大约是在1923年，当时在北京（这是一个朋友讲给我听的），后来并不经常见面来往。在上海的这几年，他们间的友情是更增加了，见面时可以说无话不谈，虽如此，但郁达夫对于鲁迅，既尊敬而又诚挚，无论在人前人后，我从未听见郁达夫之对于鲁迅先生有什么不尊敬的言辞，在郁达夫的口中这是很特殊的。

日本出版的《郁达夫资料》一书，我不知道，也未听见朋友讲起过。昨日收到来信，今晨起来，我记忆所及拉杂地写了这些借以作复，万万谈不上什么资料的。

匆复，此致

敬礼

王映霞

1976年9月8日

漱渝同志：

9月11日您的信收到多日，因毛主席逝世，全国人民沉浸在悲痛之中，所以也就将信迟复了，乞谅。

关于过去许多作家，尤其是鲁迅先生的著作及事迹，要尽可能予以追忆，是符合中央关于抢救资料的精神一节，很感谢你启发了我。我虽年迈，自当尽一臂之力，追忆写成片段。问题是多年来手头的资料和可资参考的书籍都已散失，老友大半死去，如非文坛方面的人，对我们所要求的也很难满足，青年又因年岁差别无法交谈，这是一个极大的问题。为此我想对于抢救资料的精神方面，能不能详细提示一二或对有关这方面的书刊、参考文件等等，选择可以寄我的邮寄若干，以便启发与参考。因相隔年代过久，思想上由于与当前形势脱节，即使写来想亦不能符合要求，这是实在话。

来信谓自由大同盟成立于1930年2月，对的。大同盟成立后，由于国民党反动派的迫害，当时的鲁迅和郁达夫都没有住在自己的家中。迨1933年3月，上海民权保障同盟成立❶，主要负责人是宋庆龄，上海的负责人是郁达夫。这时白色恐怖更甚，我们才决定将家迁往杭州（杨杏佛是当年6月被害）。

关于浙江省党部通缉"堕落文人"鲁迅一节，先时我也听见郁达夫提起过，等我们1933年春天搬家杭州以后，

---

❶ 中国民权保障同盟上海分会于1933年1月17日在上海亚尔培路中央研究院成立。

我也就没有再听见谈及,究竟当时是否被通缉我不知道。

关于郁达夫与鲁迅的关系,我当会尽可能提供,即使我与郁达夫之间的情况,我也可以根据你所要求的,"不必顾虑,一切从事实出发"来对待这个问题,可是问题也就谈到郁虽为一代文人,他当时的文章,是有多方面的基础的,我和他过去的函件,虽是私人性质,你既见示有意复制一下,在我本人是问题不大,但对于郁在解放之后某出版社曾一度有意印行郁达夫全集,后来又中止,是以遂产生了对郁的评价问题,这一点不知你能否告诉我一下?又郁在"文化大革命"前,政府曾对他生前在南洋结婚及所生的子女,政府曾接回中国做了安排,但在"文化大革命"中对他的身份有所褒贬,为此我和他所生的孩子都以郁的过去有否做出评价和结论为念。关于这一点,是否也请你代为探听及见示。

1927、1928年时代的创造社,几个发起人都已星散,郭因反动派通缉而流亡日本,成仿吾一直就在北方,只有郁达夫适从广州来沪,他就不得不在既无人手又无经费的创造社中去收拾残局。为了《广州事情》这篇文章,郭郁意见很相左,从此就十年不通音讯。至于以后他们是怎样见面的,郭是怎样回国的等等,以后再写。

当时创造社里有名的几个小伙计是反革命潘汉年[1]、叶灵凤和周全平。他们联合起来，把社里仅有的一点经费搞得无法周转，薪金发不出，刊物不能按时出版，郁又是一个穷光蛋，外面更加有反动派的迫害，内外夹击，郁单枪匹马难以应付，就此关门大吉。这些情况，我从郁达夫的谈话中听到的。

我们迁家杭州以后的许多情况以后当再写奉。

祝

撰安！

王映霞

9月21日

魏建功（1901—1980）

江苏海安人。语言文字学家、书法家。他跟鲁迅从一度交恶到成为朋友。曾任北京大学中文系主任、副校长，新华辞书社社长，主持编纂了《新华字典》。

---

[1] 潘汉年当年蒙冤被劳动改造。

漱渝同志：

您好！12日手书收到。承询两事，谨答如下：

（一）集成国际语言学校，我几乎忽略过去，一向不加注意，竟与世界语专混淆。经您提出，我细读日记，才知道是时间最短，只从5月8日每星期四午后往讲，迄6月12日凡五次，19日即请假，24日得待集成学校信，26日续讲一次，以后到了暑假，准备去陕西暑期学校讲演。这一时期鲁迅先生固定教学工作是：星期一世界语专，星期五师大及北大，星期六女师校。这时我和鲁迅先生尚未正式谋面，所以说不清楚。但先生政治生活方向已经开始走出书斋，女师风潮正发端，我们都忙于"打老虎"❶，先生主编《莽原》则在次年，而《语丝》的刊行也要到这年冬间。我当时是北大中文系二年级学生（二十二三岁），曾经为北大同学演话剧受爱罗先珂批评，对他辩驳而失态做人身攻击，鲁迅专为这一错误写文申斥，我也还能做到服善的反应，我们由此进一步加深师生的感情。《热风》杂文集里1923年便不收那次评论的文章，而1922年最后一篇评论文是《即小见大》，却为当时另一轰动知识界在北

---

❶ 指北洋政府时期被称为"老虎总长"的章士钊。时任司法总长兼教育部总长。

大发生的大事件。那就是北京大学发生反对讲义收费风潮，结果开除了一位同学冯省三了事。鲁迅先生和冯省三熟识，为冯不平，发表了《即小见大》在《晨报副刊》上。日记里可以看出，冯省三是与爱罗先珂有往还，估计其思想体系与无政府主义接近。1923年1月20日日记云："晚爱罗先珂君与二弟招饮今村、井上、清水、丸山四君及我，省三亦来。"这时在讲义费风潮后一两个月。此后，2月6日"夜省三寄来书一本。"5月10日"省三将出京，以五元赠行。"6月26日"得冯省三信。"7月20日"夜省三、声树来。"30日"赠……省三……以《桃色之云》……一本。"8月1日下午"得冯省三信。"4日"寄冯省三信。"8月10日"上午冯省三来。"23日"以《呐喊》……赠……冯省三……"24日"以《呐喊》各一册赠钱玄同、许季茀，而省三移去，昨寄者退回，夜与声树同来，后取去。"9月19日"晚省三来取讲义稿子。"1924年1月28日"得冯省三信。"4月3日"午后省三来。"5日"晚省三来假去泉二元。"我觉得冯省三是和世界语专有关系，日记1924年4月以后不再见其与鲁迅先生过从，其过从中则往往与陈空三或陈声树同在一起。空三是与世界语专有关系的，1924年4月7日日记："午后往世界语校讲而无课，遂至顺诚街访陈空三。"其开始讲课是1923年9月17日（日记），后二日冯省三晚来取讲义稿子（日记）；最后，1925年3月11日"寄世界语专门学校信，辞教员职。"集成国际语言学校很像是由世界语专派生出来的，可惜一点线索我都不知道。那时候鲁迅先生主要研究小说史，以他思想评论家的精神，古为今用，联系到社会实际，世界语专的课想来是一个体系的。集成国际语言学校是不是有些国际间的活动者，顾名思义，聚集组成的呢？爱罗先珂是被日本政府方面"驱逐"出境来到中国的，大约总有一个集体接待转移在北京的吧？我记得护理爱罗先珂的一个青年❶，后来曾经遇见过其人，则是台湾光复初（1946）担任博物馆长去了。早期从事革新运动的人真是五花八门！因此，我直觉地认为，可能有这样一批人，组织起那样一个名义的学校。这里面蕴藏着一个问题，需要您探讨一下。爱罗先珂是怎样住到鲁迅先生家的？然后一系列历史事实才可以弄明白。从事世界语运动的老一辈，您得设法调查。向往"无政府主义"的一些安那其，如果能访问到，我先也能了解一点情况。

（二）黎明中学，我当时请鲁迅先生担任一周两小

---

❶ 似指世界语学者吴克刚，吴自1946年起担任台湾省行政长官公署图书馆馆长。

时，当然是提的"小说"，原来没有限制，完全由他自己调度。黎中的学生基本上由我从天津招来，大部分是英帝学校"新学书院"的。或许现在还有个别人可以访问，但我比鲁迅先生早半个多月离开黎明，情况也早忘光！

以上两个问题我尽就我想到的所答非所问地絮叨了一大堆。我有一点不成熟的体会，鲁迅先生的日记有他自己的线索，若干事情来龙去脉都含蕴在内，如果有这么一个事情，他记了而没有具体流传下来，那事情本身可能是流产了。例如，北大当年计划出四种季刊，除自然科学外，有"国学""社会科学"和"文艺"，都在日记中出现，1923年7月14日"作大学文艺季刊稿一篇成"；但北大事实上"文艺季刊"始终没有出，他这篇稿子就无从查考了！

匆匆草草，诸乞指正。

顺颂

著安

魏建功

1979年5月21日

漱渝同志：

您好！前月下旬惠书奉悉，并承赐大著，谢谢！

酷暑奇热，残躯略有起色，聊堪告慰。冗事缠绕，迟复为歉！

集成国际语言学校的问题，前函意图从各方面分析讨论，寻求线索，文献无徵，就没办法了。

黎明中学课程得高启沃同志证明，应以为准。

"讲义费风潮"的回忆，我没有絮谈，只是把冯省三与鲁迅先生的交往关系理了一下。您提出的章廷谦同志所说"杨度是开除冯省三的后台"，以及载德密报却说"李大钊是后台"，我认为都似是而非。章君的话是运动中的传言，现在几十年后据以为典实，就得深入细致研究一下。至于载德的密报，更要核实。请容许我以当时在校的一个普通文科的学生，爱参加学生活动，赋有单纯爱国心和热切迎接"新"思潮的青年，来叙述"讲义费风潮"的经过。

一、风潮未起的时期，"讲义费"征收和严格发行印花以换取讲义的情况

北大经过五四运动以后，一切事物都在进行革新。教育部无能力，大学经费几乎是由学校负责筹划。北大为了

印刷讲义，特别办起出版部，开支很大。学校在教授治教的评议会制度下展开工作，原来讲义不收费，后来为了开源节流，决定收一点费，也不过是略微弥补部分纸张钱。开始收费，同学各自为政，有的人照办，有的人不理。法科资料多，讲义费的负担较大。我们文科的同学，大半支持学校的措施，不声不响地交过钱。当时使用铜币，手续也实在麻烦，大约过了两三个星期，不用现钞，印发了一种印花，现钱买印花，用印花换取讲义。一个印花可换讲义若干张，价值几何已记不清。少数同学就买了印花，我记得我也买了。这时法科方面舆论反对收费。法科上课在第三院，如何酝酿的经过，我不清楚；文科上课在第一院，校部办公和图书馆在一二层，出版部在地下室和一层西头，三四层是教室，一院气氛是安静的，我们上着课。

二、风潮骤起的一瞬间

记得这一天上午，我正在上课，从北河沿南边有大批法科学生来到了红楼二层，见蔡校长。我们照常上课，下课时间只见二楼楼道里许多同学在徘徊，校长室里有一部分临时的代表在和蔡校长谈话。红楼后大操场上也三三两两有人在聊闲天。文科上课的人休息时，从楼窗向下作

"壁上观"。忽然人声嘈杂,蔡校长走出办公室下楼到操场上去。部分同学围绕着蔡校长,向操场走着,只见蔡校长右手向上举起,老先生疾呼:"我在这里!"原来在人丛外围有恶声,他激动地愤怒了。

一时二楼东头会计课、庶务课办公室里就有些零散的群众去吵嚷,会计课被砸了,庶务主任被追找(没有会见),秩序乱了。其时已近午,人群便散去。大约会见蔡校长,校长要面对大家解答,经此一乱便作罢了。要说"风潮",就是这么一瞬间的秩序动乱而已。

三、冯省三的开除和"风潮"的高涨起伏

鲁迅在《即小见大》中说:"北京大学的反对讲义收费风潮,芒硝火焰似的起来,又芒硝火焰似的消灭了,其间就是开除了一个学生冯省三。"五十六年后的今天,我的回忆的确可以证明那"芒硝火焰似的"是再具体而形象不过的概括了!上面我说"风潮"就是那一瞬间的秩序动乱,因此我不能相信那些什么"后台"的话。我也记得那一瞬间以后的经过,我也主观地说一说"风潮"的高涨起伏——芒硝火焰似的消灭过程,而"其间就是开除了一个学生冯省三。""五四"以后几年的北大,全校大势是"新"

派团结前进，校务在教授治校的评议会民主管理中，学生的活动可说是思潮澎湃、百花齐放，大多数爱国青年个人行动汇合成集体表现，最集中表现在学生会工作上。平时若干公共事业如讲演团、夜校，有一些同学各自以个人志愿参加进行；一有临时事件，就开全体大会公开讨论，总有若干热心的分子活动起来，许多办法在大会上表决通过，有干事会从而执行。干事会成员是自愿参加的。我入学的二三年间（1919—1923），正式学生会就是成立不起来，干事会一直工作得热火朝天。这样的基本情况必须了解，才能理解这样大的"风潮"竟是"芒硝火焰似的"起和灭的。那天上午从三院到一院见蔡校长的同学并没有什么准备要砸会计课，大约蔡校长维持评议会决议，群众中个别人是喊出了"打"的恶声，蔡校长听到便大声疾呼"我在这里！"表示极大的愤慨。大多数人依然平静无事，极个别的人就一时乱动起来。这一骤然的动乱，形成僵局，极个别的人一哄而散，接着学生干事会召开全体大会，在三院大礼堂。全体大会上各种发言都有，态度情绪也是五光十色。这个大会上各种思想见面，辩论激烈。到了最后决议，各人表态赞成或反对讲义收费，争持不下，举手不能算数，全场的人从大礼堂走出到操场上分两边站开。结果是反对讲义收费的人占多数，赞成收费的人也并不很少。

这个大会上讲话的都是同学个人，争论激烈的时候，有两个人最惹人注目：一个身材特高的延瑞祺，一个怒发冲冠、声如黑头（大面）的冯省三，他们跳上讲台力竭声嘶的情况至今历历在目。其他有些人在大会上投合群众心理，表示反对收费。事态就这样扩大了，"风潮"继续高涨。我记得从三院散会过一院时，就看见一张海报，内容简单地说："胡仁源要当北大校长"。这是有人使用"釜底抽薪"办法，把事情说成有动摇北大根本的阴谋的。海报不具名，我们也不知底细，但理解其意图显然是促使人警惕冷静下来，要收拾"风潮"局面。川岛讲的"杨度是后台"，我不知道，我觉得和不具名的海报说明"胡仁源"是同样的手法，不尽是事实。大会之后，干事会继续活动。干事会临时参加者几乎有百十人，在红楼的一个大教室里开会。这个会和全体大会不同的是人们有一个共同意愿，要有效地收拾局面。您见到的密探文件里说的杨廉、王汝玙、阮永钊等就是参加干事会的人，这文件里的冯省三、延瑞祺乃是大会上惹人注目的发言激昂的人，这些探得都实在，至于说"……李大钊又借题排除与该党敌手及攻击该党最力之无政府党学生冯省三、延瑞祺二人"，就有些捏造胡诌。更以回忆的事实来解析其讹言，则所谓"借挽留校长为辞，组织学生会，以便把持"，就是我说的干事会；

干事会参加者不排除当时的马克思主义者；同时也有因为动乱找那个大会上发言造成事态扩大与初衷不符的人，想在干事会里尽力挽回自己的失误；干事会一直存在，并非"借挽留校长为辞，组织学生会"。密探所举的人名，就我所知，可能阮永钊与党有关系，其余是不相干的。王汝玙即王昆仑，那时王也许已经搞国民党的活动。密探说杨、王、阮等是李"手下"，毫无根据，"唆使"云云也说不上。这些都是我回忆的主观事实。教职员方面，评议会忙着开会，李大钊同志是校长秘书，评议会工作他管得到，密探把学生干事会的事硬拉上大钊同志，反是捏造。所以我说不能相信那些"后台"的话。评议会的处理，是决议开除冯省三！大约是"红楼风潮"后三四天，三院大会的第二天，红楼进门间玻璃壁橱贴出布告。我们大家看到布告，便联想起冯在大会上那引人注目的神态。当时我很简单，并没有更多地想冯是什么思想和背景，看到鲁迅的评论，也只同意评论的意见而对冯的确有些同情，如果他不是那样"怒发冲冠"，"殃及池鱼"的"开除"就不知道会落在谁身上。这回给您写前一封信，引起分析的念头，才进一步研究冯的情况。我从《日记》的线索发现冯与盲诗人的交往，因而想到鲁迅先生20年代和无政府主义者是否有很深的关系，向您提出探讨的建议的。不料您告诉我那密探就说冯、延都是无政府主义者,我的考虑,顶多"事出有因",尚难置信。因为我对所谓"风潮"的"芒硝火焰似的"情况始终身历其境,大会和干事会也都参加了,对载德的密报认为是:北大有了风潮,他们干密探的总得有情报,事件那样骤然起灭,我不相信他们能够知道得具体,必然要捏造情报塞责交差,找上若干名单有的共产党人加几个风潮中出头露面的学生。"芒硝火焰似的"经过,他们如何能探出其中的具体情实来呢?鲁迅文章里批评的是北大评议会的处理"风潮"的措施,对冯省三是有感情的,但我觉得还不能说:"开除冯省三是马克思主义者对无政府主义者斗争的胜利,鲁迅为冯省三抱不平似欠妥当。"我们有几个前提并未肯定:(一)冯是不是无政府主义者?(二)北大评议会的决议是不是出自李大钊同志的"借题排除……敌手……?"(三)真正闹"风潮"的那一瞬间的群众和全体大会那半天的群众并没有关系,冯只是大会上发了言,在红楼的动乱中没有他,也没有马克思主义者,能不能说到两种主义者斗争?冯省三被开除,说明反对讲义费的"风潮"由少数人(法科学生多)在红楼的动乱,变到在三院大礼堂全体大会公开讨论,事态扩大,也是一瞬间骤然发生的,冯是适逢其会。这样,"风潮"的高涨要算开全体大会的那半天,可是起而即伏,"其间就是开除了一个学生冯省三。"

必须指出,"讲义费风潮"在1922年,党已成立。全国革命形势,正在国共第一次合作的前夕,北大处于新的革命力量集中的地位。大钊同志当时在北大工作,当然代表了党。那时的现实,马克思主义者和无政府主义者北大同学里有的是,有些人先接触无政府主义,慢慢转向马克思主义的。马克思主义组织在萌芽成长,和无政府主义者还处于各不相犯的状态。同学中先进分子不少受党领导而以个人身份参加活动,偌大的"讲义费风潮",大家起来维持学校大局,是肯定的。就我个人的回忆,有几位先烈寄宿在西斋(景山东街马神庙西口北大第一宿舍),忙工人运动,学校的事情不是他们的工作重点,并没有出面过问。我们必须历史地、唯物地讲当时的实况,决不能就说两种主义者斗争谁胜利了。

我的看法完全是从表面事实得到的印象,五十六年后回忆起来依然如故,可能根本错误。您研究相当深,资料情况又很熟悉,请对我的错误不要客气加以指正!

魏建功

1979年7月10—12日

【附录】

漱渝同志：

您好！

有些日子没有联系了，跟您说一件事麻烦您办一下，就是我写的那篇《关于鲁迅先生的两封信》小稿子，如果没有刊出的话，请把它撤下来别再出了。这事前几个月就曾想提出来，后来被"打岔"了。您还记得有次在您的办公室里我曾问过那篇稿子登了没有，您马上说："会登的，我们都会登的"，结果我后半句话"噎"回去了，实际那次就是想把稿子撤回的。

为什么要撤下来？因为我总觉得情况有了"不准确"的问题。不是说后半段讲的两封信的流失情况不准确，而是说前半段讲鲁迅先生的手卷丢失情况不准确。这事是听我姐姐讲的，我在投此稿前曾写信问过家姐，她仍然说是这样，我就把稿发了，但总觉得不妥。

（一）父亲1948年从台湾回北京经过上海时确实丢了手提箱，其经过如我那篇小文，是听父亲亲口讲的无误。但我听到的是我曾祖父给父亲的家书手卷（父亲很珍爱这份手卷，裱好后曾请许寿裳、李霁野、马裕藻等多人题咏）而姐姐坚持说听父亲说里面有鲁迅先生信的长卷。这事是孤证，不宜成立。

（二）父亲《关于鲁迅先生旧体诗木刻事及其他》一文，明确说"七七事变"后离京时身边带有鲁迅给台静农的诗幅、《娜拉走后怎样》原手稿，和《会稽郡故书杂集》手稿和他自己写的鲁迅诗长卷，就是没有提鲁迅先生的信。如果有，按理应该写上。

（三）父亲是个细心的人，如果裱装鲁迅先生的信，会把那两封信一同裱装而不会遗漏的。

（四）父亲那篇文章提到过上海丢失行李箱的事，但只说是丢了"鲁迅诗手卷"而又没有说丢失鲁迅先生的信。

由此我总觉得我那篇小稿子不妥，但从那次开口说了一半以后，没有再提过。7月下旬，我堂姐夫妇二人从台湾来，住了一个礼拜，她带来了父亲留在台湾的部分信件。据姐夫说，没带来的信件中，好像有几封鲁迅先生的信。（他已答应回台后即把信寄来）这下子，更证明了我感觉前文是对的，并且促使我决心给您写信要求撤回那篇稿子。

由于我的不严肃，给您添了麻烦，特此道歉。如果那篇小文已经刊登，最好能想办法补救一下。罪过！罪过！

祝

暑祺

又及：台静农先生抄的那份鲁迅诗手卷，据说还在，我已去信台的长公子❶（美国）动员他捐给鲁博，尚未有回信。《娜拉走后怎样》手稿亦在他处，我暂时不好意思提出来，"容缓图之"意也。

魏至 ❷

1995年8月2日

吴全衡（1918—2001）

江苏常熟人。曾任宋庆龄基金会副主席，全国妇联执委、常委等。

漱渝同志：

您好！您的来信收到多时了，迟复为歉！

我在报上拜读了您写的关于宋庆龄同志生平的文章，对您崇敬宋庆龄同志并愿致力于研究工作的精神深为钦佩。

我是一个妇女儿童工作者，现在因年老已不在全国

---

❶ 台益坚。

❷ 魏建功之子。

妇联工作，而在宋庆龄基金会做点义务工作。但说来惭愧，直到你来信提出，我才知道张珏❶同志的日记。至于宋庆龄同志保存的信件，我到现在也没有看到。

感谢您的推动，我现在总算看到了张珏同志留下的三本（1970年9月7日—1972年6月11日）日记。我翻阅了这些日记，觉得也许不能满足你所要解决的问题，但也许可能有一些线索。这三本日记现在放到宋庆龄基金会研究室保存，你如需要看的话，则请你自己来翻阅，不能外借。

我最近因公出差到江苏去，下月初回京，待我回来后当专程去看你，向您请教。

吴全衡

1986年10月14日

夏衍（1900—1995）

原名沈乃熙，浙江杭州人。文学家、剧作家、文艺评论家，中国左翼电影运动的开拓者之一。1929年同鲁迅等建中国左翼作家联盟，中华人民共和国成立后历任上海市委常委、上海市委宣传部

---

❶ 1967年5月至1981年5月曾任宋庆龄的秘书。

部长、中华人民共和国文化部副部长、中国文联副主席等。创作改编的电影剧本有《祝福》《林家铺子》等。

漱渝同志：

5月9日来信收到，因病迟复为歉。

杨度参加过自由运动大同盟及中国左翼社会科学家同盟，这是事实。但他用的都是假名，我也不知他用的是什么化名。关于他与第三国际东方局之事，我不了解。当时第三国际在中国有一个叫"互济会"的组织，杨度曾向这个组织捐过钱。方叔章先生所说的事，可能由此而来。至于第三国际东方局，一般是不吸收中国人的。

以上供参考。

　　顺致

敬礼

夏衍

6月15日

萧军（1907—1988）

辽宁义县（今属凌海市）人。原名刘鸿霖。"东北作家群"的代表作家。鲁迅曾为其抗日小说《八月的乡村》作序。晚年整理出版了《鲁迅给萧军萧红信简注释录》。

漱渝同志：

谨向您致谢——几次代买了鲁迅先生的著作。

鲁迅先生四十周年逝世纪念时，我写了两章旧体诗，兹录一份寄上，用作"报李"之义。

《日记》请交萧耘带下。时间如有暇，希来我家谈谈，使我知道一些关于研究室工作开展情况，这是我所殷切关心者。

敬礼！

何林同志等其他同志请代候！

萧军

1976年12月31日

【附录】

鲁迅先师逝世四十周年有感二律

——1936年10月19日—1976年10月19日

四十年前此日情,床头哭拜忆形容:

嶙嶙瘦骨余一束;凛凛须眉死若生!

百战文场悲荷戟;栖迟虎穴怒弯弓。

传薪卫道庸何易,喋血狼山步步踪!

无求无惧寸心参,岁月迢遥四十年!

镂骨恩情一若昔;临渊思训体犹寒

啮金有口随销铄;折戟沉沙战未阑。

待得黄泉拜见日,敢将赤胆奉尊前。

七十岁小弟子 萧军

漱渝同志:

4月8日我和老伴已搬来东郊居住,因此令学生来,未能见面,殊歉!

1936年夏季间我离开上海去青岛,关于当时和国防文学派的论争详情似知甚少。同时我也没参加这一论争,因此就更难于具体说明这一运动。文章当然看了一些,时至今日印象早已模糊了。

所提王梦野诸人,除罗烽是"老"朋友外,其他全不认识。他们和鲁迅先生是否有关系,我也不清楚。但有两点是清楚的:(一)在鲁迅先生家中我从未遇到过他们;(二)也从未听到鲁迅先生和我提到过他们的名字。至于罗烽,由于双方立场不同,当时我们也"绝交"了。他们现在何处也不知道,请谅。此祝
近好

萧军

1977年4月12日

萧乾(1910—1999)

蒙古族,北京人。原名萧秉乾。作家、翻译家。曾任中央文史馆馆长。著有《人生采访》,译有《尤利西斯》等。

漱渝兄：

今天下午我想去鲁迅博物馆及府上面托此事❶。如果仍见不到足下，就只好书面拜恩了。

（一）我原以为上次给痖弦❷兄去信后，他回信蛮肯定，表示一定"从旁说明，希望这事能照您的意思办"。（原信附上一阅）

（二）谁知昨天商务总经理来电话说，联经❸一点也无同意商务照出之表示。而因此，弟的6卷选集即搁浅了。弟为此万分焦灼（多时不吸氧了，昨天心脏又闷堵起来）。

（三）现在我给联经吴兴文信（由痖弦兄代转）可以就把话说到头了。即 a. 我承认100%错在我；b. 愿退还稿酬直至100%。我想他总可以点头了吧！

（四）此事目前弟最嘱望的是吾兄的鼎力斡旋。恳兄在离台返京之前，务必使商务社联络处得到一书面承诺，同意商务第2卷（报告文学卷）可以照出。

这样，商务即可进行印制了，否则只能这样悬下去。

兄行前头绪多端，尚以此事麻烦，心实不安。只有歉疚和感激而已。

---

❶ 萧乾托我赴台湾调解出版其著作的版权纠纷，终得妥善解决。
❷ 台湾诗人。已移居加拿大。
❸ 联经出版事业股份有限公司。《联合报》下属出版机构。

总之，希望兄抵台腾出时间后，先将痖弦兄处之信面交，如能面托一下更感。

俟联经松了口风，望再与商务张连生❶联系。

张系于1947年由上海派往台湾者，为人诚挚，办事认真，通情达理。今后与鲁博亦大有合作可能。

再次向兄郑重表示感谢

即颂

旅安

萧乾 上

1990年11月30日

漱渝兄：

谢谢寄本册简报。"踏上不归路"❷写得很好，既涉及台湾文坛，更谈了一个重要问题，不知兄可曾寄给港台报刊如《联合报》或《明报月刊》？我认为值得寄一下。在国内，此文如在《南方周末》或《共鸣》（都是广州刊物）发表，读者会多若干。此文读了，使人既怕此怪癖，又给以同情、理解。我认为是绝对健康的，一点也不黄。给《团

---

❶ 台湾商务出版社负责人。

❷ 拙文题为《误入"玻璃圈"，踏上不归路》，谈台湾的同性恋问题。

结报》（读者本少，而且多为老人）有些"窝囊"了。

匆问

近好

弟 萧乾 上

1992年4月18日

漱渝兄：

你好！

有一事相烦：中央及各省市32所文史馆2000余馆员近编写了一套"全国文史笔记丛书"，以抢救资料，并复兴这一文体。知兄对文史事业一向热心支持，特奉上样书数册，祈赐一评为感。此丛书第一辑为关键。这一辑如打响，尚有数辑陆续问世。望兄务必拨冗支持。尊评刊出后，望剪寄一剪报或复制件为感。匆颂

著祺

弟 萧乾

1994年8月17日

渝兄：

示悉，索性拜托您吧，可否请给"自由谈"选几篇风

信子❶的散文（你那里复制便当，我得跑到三里河）并望附一简介。我正在忙《尤》❷最后一章（觉得要命！），两个译本并驾齐驱，出版社史上少见。行家见分晓。匆问

近好

弟　乾　上
1994年8月18日

漱渝兄：

小文寄上请帮忙代修一下再送出。方在医院吸着氧气突击《尤利西斯》第3卷（前半卷）。出版史上还未见两个译本这么并驾齐驱，还真是在拼老命。望女士❸原谅。再有任务，请兄代搪住为要。

匆此，祝

好

萧乾　上
1994年8月20日

---

❶ 台湾女作家鄞台英。
❷ 萧乾夫妇当时正忙于翻译长篇小说《尤利西斯》，爱尔兰作家乔伊斯著。
❸ 即鄞台英。

萧三（1896—1983）

湖南湘乡人。原名萧子暲。在国际文坛常用笔名为"埃米·萧"。著名诗人。毛泽东在湘乡东山小学和湖南第一师范学院的同学。曾任中国左翼作家联盟驻国际革命作家联盟代表、中国作协书记处书记等职。

陈漱渝同志：

示悉。《天津师范大学学报》"鲁迅著作注释……丛编"早已收到，非常感谢您！

来信中的两个问题，今复如下：

（一）1930年11月开的哈尔科夫会议的确是第二次国际革命作家的会议，会后立即成立了"国际革命作家联盟"。第一次的会议是哪一年开的，我没有参加，也记不得了。只知道，那一次到会的国际作家很少，会后的活动是出版了一种刊物，名为《世界革命文学》。我为了那个刊物才到它的编辑部去过。他们也才知道我在莫斯科东方学院教中文，才邀请我赴第二次会，并转请中国派作家到会。我给"左联"写信，回信说，派人困难，就请你做代表。会后成立了组织，选我为书记之一，我就成了"左联"

的常驻代表。

（二）在哈尔科夫会议上我并没有做什么"很长的报告"，只是发言了，说中国新成立了"左翼文化同盟"和"左翼作家联盟""左翼戏剧家同盟""左翼音乐家同盟""左翼美术家同盟"等等。记得那几天的莫斯科的《消息报》发表了我发言的大意，《真理报》刊出各国到会作家的照片，其中也有我。从此我就公开了。

我人手少，孩子都要上班，我自己气管炎发作，很少出门，寄信，特别是制大信封、挂号等事为难。请告荣太之同志，请他派人来取要件为妥。

读了你在《人民日报》发表的大作，甚佩！

敬礼！

萧三

1977年12月18日

陈漱渝同志：

信悉。我于1935年秋为《真理报》写了一篇文章《鲁迅》（仿当时该报介绍世界名作家例，直书人名，不加其他字眼），确有其事。但发表时我一看，加了一小段。大意是说，鲁迅拥护中国全民抗日统一战线，并作文鼓吹之等语，现在不记其详。

我向《真理报》打听，才知道，该报把我的文章送给了王明审查，王明加了那段话，其他没有变动。我是用俄文写的，王明也是用俄文加的。

发表该文的当天，我就从报纸剪下那篇东西（占全版约三分之一的篇幅），寄给了鲁迅，由内山书店转，但是没有来得及译成中文——估计（Лу Синь）❶二字他能认识。我希望从鲁迅文件保管机关能再看一看那篇拙文并译成中文。请问上级或北京的鲁迅博物馆是否留存有那份剪报？此外，北京图书馆或北京大学图书馆是否有1935年秋的《真理报》？请查一查，甚为感谢！

又：上面信所写的我谈话的记录，没有我用铅笔写的王明替我加写的几句话。应加上。

1935年10月（？）我为"(Правда)"❷写的文章《鲁迅》，也应加上。

KS❸的谈话：（一）左联太左了。只抄发党的宣言、决议。（二）提保卫CCCP，而不提反帝（九一八后）。

萧三

日期不详

---

❶ 俄文"鲁迅"。

❷ 俄文"《真理报》"。

❸ 康生。

陈漱渝同志：

你好！所提几个问题答复如下：

（一）我和鲁迅通信不是秋白介绍的。大约在1930年底或1931年初，我给"左联"写了信，是由内山书店"转周豫才先生收"，以后无论是给"左联"（内称"卓姊"或直称"左联"）或是给鲁迅去信，都是由内山书店转。这从1930年底报告哈尔科夫会议的情况和结果就开始了。信当然是鲁迅先生最初看到的，他甚至亲自译了一首奥国作家、诗人写的悼念五位牺牲的"左联"作家或称颂中国革命的诗，发表在《文学导报》上，此事楼适夷同志记得，他是编者之一。

由此，我就直接写信给鲁迅，有一时期"左联"久久不来信，我便向鲁迅询问，鲁迅回信说："卓姊"并非无意，只因人手少，所以去信少……

这期间，秋白和鲁迅联系很密，他并给我来信，要我的诗的俄译本小册子，并说他可介绍我和鲁迅通信（其实在此之前，我们已经通信了）。常寄书（自己的文集）和国内上海的各种进步刊物给我。秋白给我信讲：鲁迅听说你进了苏联红色教授学院文学院，非常高兴，并说，"中国有人真正学文学了……"

这前后，和鲁迅来往信件不少，保存下来的，我都已交给了"鲁博"。

（二）邀请鲁迅去苏的信，从柏林发出而不直接从苏联发，我们是有所顾虑的。直接发，恐怕收不到，国民党特务缉查很凶，往往就没收了。而从柏林发，比较可靠，德国无产阶级文学力量相当雄厚，所以才由德国同志、德国的作家组织代发。

（三）关于"接收鲁迅文化遗产委员会"，我不知此情，是否你们搞错了名称。我记忆中，并无这么一个正式的组织，有一些热心人有一个想法，要搞一个专门研究鲁迅文学遗产的组织，但我始终没听到该组织搞成。只是在刊物上，比如《文学教学》（苏尔柯夫主编）出了一期，介绍了鲁迅的一些作品，该期有一篇重点文章，是我写的，比较系统地介绍了鲁迅的生平、思想和政治主张。有不少读者也称赞这篇文章。总之，该文使得鲁迅在苏联人的心目中，有了比较系统全面的认识。

一般说，鲁迅的作品，是指他的短篇小说，翻译了一些，但不全。《阿Q正传》有两种译本，其一是列宁格勒的文学家瓦西列夫斯基（或瓦西列夫，曹靖华同志确切知道）译的，另译本不记得是谁了。

有一点值得一提，"左联"发起组织"国际鲁迅纪念会"，发信给我，要我邀法捷耶夫和绥拉菲莫维支做委员。二人都有书面答复给我，表示同意。法捷耶夫的信是打字机打的，自己签了名。绥拉菲莫维支是手写的，因年高，手颤抖，墨迹斑斑。这两封信我带回国内，在新疆时，茅盾、张仲实二人亦在（盛世才请去的），由于盛世才作阻，我未能与茅盾同志会面，托人将两信交了他。在延安时，茅盾住鲁艺，我常去看他，遂将两信又给我。1950、1951年前后，我给了鲁博（是现在鲁博的前身，白塔寺那儿）。

我和鲁迅往来的信件，都交给了此地。

我处现仍存许广平同志签名的感谢信。

将以上情况提供给你，做参考。祝

工作顺利！

萧三

1981年3月9日

陈漱渝同志：

你的文章《鲁迅与萧三》读毕，汗颜之至，怎能把我和伟大的思想家、革命家、文学家的鲁迅并列呢？

其次，你的文章所涉及的事实、年月，大都是有根据的。但有一点不解之处。"鲁迅也将茅盾、周扬、夏衍、沙汀、张天翼、白薇、郑伯奇、周文等左翼作家的作品寄给萧三"。不知你的材料来自何处？❶也许是我记不得了，请告知。就我所知，并无此事，鲁迅除将自己的杂文成集的书陆续寄我之外，从未将上述这些人的作品寄我。茅盾的《子夜》是他本人寄给我的，是一本布面精装的书。另外鲁迅还曾寄我秋白同志的《海上述林》，绒面精装的两本。至于萧军的《八月的乡村》是谁寄的，我就记不大准了。

以前西安大学有位教师，单演义同志，曾写过一篇《鲁迅与萧三的友谊》的文章，寄给我征求意见，我很不同意，予以驳斥，后他尊重我的意思未发表。

为尊重事实，和对读者负责，你的文章我以为应予先给我看看为好，不然易造成不必要的麻烦。

我拟寄一更正给《湖南日报》，不知你的意见如何？请定夺。

祝

好！

萧三

1981年4月25日

---

❶ 材料来自1933年11月24日鲁迅致萧三信："今天寄出杂志及书籍共三包，《现代》和《文学》，都是各家都收的刊物，其中的森堡、端先、沙汀、金丁、天翼、起应、伯奇、何谷天、白薇、东方未明＝茅盾、彭家煌（已病故），是我们这边的。"信中提到的"端先"即夏衍，"起应"即周扬。我将此信抄寄给萧三，消除了他的误解。

许慈文（1929—2020）

浙江绍兴人。新闻工作者。许寿裳的侄孙女。许勉文（范瑾）之妹。她编撰了一份许寿裳家族世系简表。

陈漱渝同志：

你好！

寄上《绍兴赵家坂许栋家族世系简表》《绍兴赵家坂许栋家族世系百年纪表》及附表《1912年前先辈出生年月日，农历与公历对照表》，请审阅。祝

夏安

许慈文
2012年5月5日

附：绍兴赵家坂许栋家族世系简表

附：1912年前先辈出生年月日，农历与公历对照参考表

绍兴赵家坂许栋家族世系简表

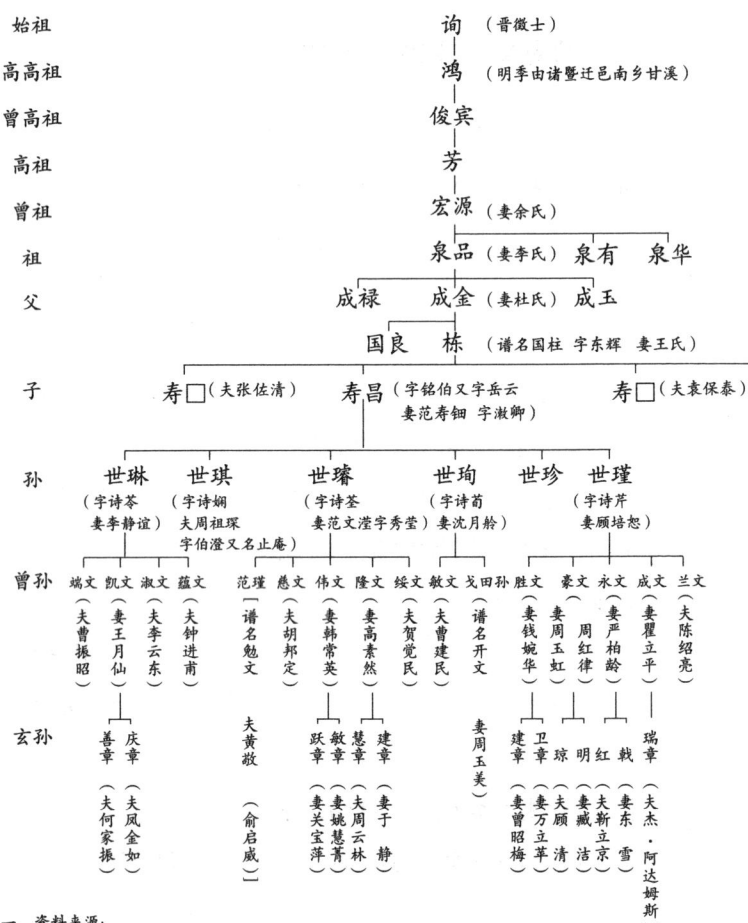

- **始祖**：询（晋徵士）
- **高高祖**：鸿（明季由诸暨迁邑南乡甘溪）
- **曾高祖**：俊宾
- **高祖**：芳
- **曾祖**：宏源（妻余氏）
- **祖**：泉品（妻李氏）　泉有　泉华
- **父**：成禄　成金（妻杜氏）　成玉
- 国良　栋（谱名国柱　字东辉　妻王氏）
- **子**：寿□（夫张佐清）　寿昌（字铭伯又字岳云　妻范寿钿　字漱卿）　寿□（夫袁保泰）
- **孙**：世琳（字诗苓　妻季静谊）　世琪（字诗娴　夫周祖琛　字伯澄又名止庵）　世璿（字诗签　妻范文滢字秀莹）　世珣（字诗筠　妻沈月羚）　世珍　世瑾（字诗芹　妻顾培恕）
- **曾孙**：端文　凯文（妻王月仙）　淑文（夫李云东）　蕴文（夫钟进甫）　范瑾［谱名勉文］　懿文（夫胡邦定）　伟文（妻韩常英）　陆文（妻高素然）　绫文（夫贺觉民）　敏文（夫曹建民）　戈田孙（谱名开文　妻周玉美）　胜文（妻钱婉华）　豪文（妻周玉虹）　永文（妻严柏龄　周红律）　成文（妻瞿立平）　兰文（夫陈绍亮）
- **玄孙**：善章　庆章（夫何家振　夫凤金如）　夫黄敖（俞启咸）　跃章（妻芙宝萍）　敏章（夫周云林　妻姚慧菁）　慧章（夫周云林）　建章（妻于静）　妻周玉美　建章　卫章　琼　明红　戟（妻东雪　夫新立京　夫臧洁清　夫万立革　妻曾昭梅）　瑞章（夫杰·阿达姆斯）

注：
一、资料来源：
　1. 许世瑛编《先君许寿裳年谱》、《许寿裳日记》《鲁迅日记》。
　2. 京、沪、绍、陕、鲁、台及美国、新西兰等地许氏宗亲提供。
　3. 光绪庚子辛丑恩正并科《浙江乡试朱卷（许寿昌）履历》等。
　4.《许寿裳纪念集》中裘士雄编《许寿裳世系简表》——绍兴市政协文史资料委员会、浙江省政协文史资料委员会编。浙江人民出版社出版。

二、许栋为其后四代排辈，分别为寿、世、文、章。此表列到章字辈。

本支世系始祖鸿，明季由诸暨迁邑之南乡甘溪，以耕樵为业，至成金公始迁居盛塘。东辉公（讳栋，谱名国柱）为国学生，候选同知，于洪杨后，改营商贾。东辉公自奉甚俭，为延师教子，遂于光绪元年（公元1875年）从盛塘迁居绍兴城内之水澄巷。后东辉公三子寿昌、寿棠、寿裳合资购赵家坂屋。

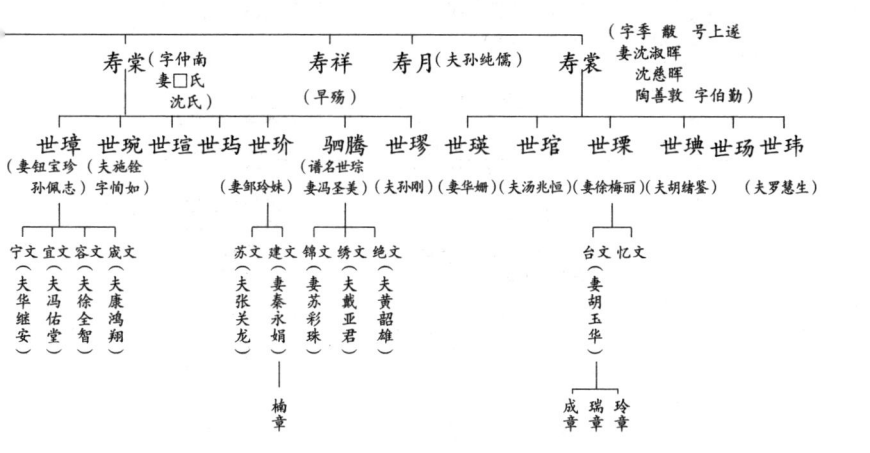

寿棠（字仲南 妻□氏 沈氏）　寿祥（早殇）　寿月（夫孙纯儒）　寿裳（字季黻 号上遂 妻沈淑晖 沈慈晖 陶善敷 字伯勤）

寿棠之子：世璋（妻钮宝珍 孙佩忠）、世琬（夫施铨 字惆如）、世瑄、世玙、世珩、驷腾（谱名世琮 妻邹玲妹）、世璆（夫孙刚）

寿裳之子：世瑛（妻华姗）、世瑄（夫汤兆恒）、世瑮（妻徐梅丽）、世琪（夫胡绪鉴）、世玚、世玮（夫罗慧生）

世璋之子女：宁文（夫华继安）、宜文（夫冯佑堂）、容文（夫徐全智）、戚文（夫康鸿翔）

驷腾之子女：苏文（夫张关龙）、建文（妻秦永娟）、锦文（妻苏彩珠）、绣文（夫戴亚君）、绝文（夫黄韶雄）

世瑮之子女：台文（妻胡玉华）、忆文

建文之子：楠章

台文之子：成章、瑞章、玲章

许世玮附言：上海鲁迅纪念馆将出版先父许寿裳的遗著手稿影印本，希望许家能提供一份家谱。我自忖无力完成，转请慈文担此重任。蒙地慨然允诺，使我非常感谢。有关许家祖上的情况并没有传下现成的资料，也缺乏口头传承可资利用，所以现在要完成家谱绝非易事。慈文以八十高龄不惮烦琐，认真负责地多方搜集材料，历时大半年始成此稿，其艰辛可想而知。文字翚、章字翚，还有许多位帮助地核查或提供线索，或编排设计、打印等等，共襄盛举，亦令人深感钦佩。此家谱对社会对家族终于可以有所交代。相信它也将成为维系家族的纽带，弥足珍贵。有关许家的任何材料，哪怕是点点滴滴，片言只语，凡有知者均希不吝提供，以便蒐集整理，补充完善之。

（二〇一一年一月）

附表：1912年前先辈出生年月日，农历与公历对照参考表

姓名	农历	公历
许 栋	道光7年（丁亥）	1827年
妻王氏	道光19年（己亥）	1839年
许寿昌	同治5年（丙寅）12月11日	1867年1月16日
妻范寿钿	同治6年（丁卯）11月2日	1867年12月1日
许寿棠	同治11年（壬申）10月	1872年11月
妻□氏		
沈氏	光绪9年（癸未）	1883年
许寿月（女）		
夫婿孙纯儒		
许寿裳	光绪8年（壬午）12月27日（立春日）	1883年1月26日
妻沈淑晖	光绪9年（癸未）	1883年
沈慈晖	光绪9年（癸未）	1883年
陶善敦	光绪15年（己丑）9月	1889年10月
许世琳	光绪11年（乙酉）11月15日	1885年12月20日
妻李静谊	光绪9年（癸未）2月1日	1883年3月9日
许世琪（女）	光绪13年（丁亥）7月27日	1887年9月14日
夫婿周祖琛	光绪14年（戊子）12月28日	1889年1月29日
许世璠	光绪21年（乙未）7月3日	1895年8月23日
妻范文滢	光绪23年（丁酉）10月28日	1897年11月22日
许世珣	光绪24年（戊戌）12月24日	1899年2月4日
妻沈月龄	光绪27年（辛丑）	1901年
许世瑾	光绪29年（癸卯）闰5月17日	1903年7月11日
妻顾培恕	光绪34年（戊申）9月12日	1908年10月6日
许世玮	光绪21年（乙未）6月20日	1895年8月10日
妻钮宝珍		
孙佩志	光绪34年（戊申）4月21日	1908年5月20日
许世琬（女）	宣统2年（庚戌）12月14日	1911年1月14日
夫婿施铨	光绪29年（癸卯）12月8日	1904年1月24日
许世瑛	宣统2年（庚戌）9月29日	1910年10月31日
许世琯		
夫汤兆恒	光绪33年（丁未）11月29日	1908年1月2日

两点说明

一、"绍兴赵家坂许栋家族世系简表"是应绍兴鲁迅纪念馆原馆长裘士雄先生之托而编制的，虽经多方调查核对，众亲友积极提供信息，历时两年，始克竣事。但恐仍不免有疏漏、差误之处，切盼知情者指正，以便修改。

二、"附表"列举中华民国（1912年）成立前的先辈出生年月日的农历和公历的对照，使读者可以清晰看到他们在清朝哪个皇帝的年代生活的。

许慜文　2012年2月21日

许杰（1901—1993）

浙江天台人。作家，上海复旦大学、华东师范大学中文系教授。著有《鲁迅小说讲话》《〈野草〉诠释》等。

漱渝同志：

你寄来的张静淑的手稿[1]，我看过了。兹特挂号寄还，还是给你保存吧。依我看来，这份手稿所写的内容，大概由于年代久远，有些回忆可能模糊，而有时却又以今日的眼光，重新渲染在记忆中的事实。因此，在我看来，如果拿来与我记忆中的印象对比，就可能有出入了。不过，这也难免的事。你近来写些什么呢？有什么新的著作出版吗？望允告！专此，即致

敬礼！

许杰
1982年4月29日

---

[1] 张静淑《我在吉隆坡》一文。

徐懋庸（1911—1977）

浙江上虞人。杂文家。1934年参加革命工作，1936年因文艺界"两个口号"问题与鲁迅发生笔墨之争。1938年加入中国共产党。中华人民共和国成立后曾任武汉大学副校长，中南军政委员会教育部副部长、文化部副部长等职。1978年恢复政治名誉和党籍，以"我国文艺界和社会科学战线的老战士"盖棺论定。

断简三则：

一

（一）鲁迅《答徐懋庸并关于抗日统一战线问题》一文的前前后后

A. 鲁迅与"左联"的关系

B. 鲁迅与徐懋庸的关系

C."左联"解散对鲁迅思想情绪的影响

D. 徐懋庸攻击鲁迅的信对鲁迅思想情绪的影响

E.《答徐》一文发表后鲁迅在私人通信中所表现的心理状态

（二）毛泽东"关于1936年'两个口号论争问题'对徐懋庸的指示"

关于书信注释的设想是：

我的注释，将与曹靖华同志的注释法不同（按：指《鲁迅书简——致曹靖华》），范围要宽一些，将说明一些事实，并对鲁迅先生的思想做些分析，有些地方，还有联系鲁迅先生给别人的一些信。所以工作量不小，我想在三四个月内完成。[1]

二

你问我的一件事，本来很简单，但被人们弄得很复杂了。事实是：

（一）我给鲁迅先生的信，完全是我个人起意写的，没有任何人指使我，也没有别的人参与。

（二）但信中的一些主要内容，如关于无产阶级在统一战线中的领导权问题（其实，在这个问题上我还没有像"四条汉子"那样走得远，他们根本否认无产阶级的领

---

[1] 此信写于1976年7月。徐懋庸在信中谈及他撰写回忆录及注释鲁迅致他书信的设想。

导权，而我，却只是反对"不以工作，只以特殊的资格去要求领导权"，我承认"在客观上，普罗之为主体，是当然的"，但这种提法，当然也是不够正确的）以及胡风是坏人等问题，乃是周扬平时多次向我谈论的，所以不能说周扬对我的信毫无责任。但是，自从鲁迅先生答复我的文章发表以后，周扬等怕得要命，竭力想推卸责任，曾召集会议围攻我，说我"个人行动，无组织，无纪律"等，我当时同他们争论，指出他们不能这样推卸责任。到了"文化大革命"的时候，则发生另一种情况。有人（我估计是何家槐）大概在红卫兵压力之下，说了一些似是而非的情况，说他和另一人曾参与我的信的写作，并说我8月1号未曾把信发出，过了几天，才发出的。于是，红卫兵根据这个口供，一定要我承认此信不是我个人的行动，而是"集体创作"。我坚决予以驳斥。你们只要看一看我的信的原文，就可看出这完全是我个人的口气。至于胡乔木制止云云，更无其事。胡乔木只参加过决定解散左联的那次常委会，后来就不见了。❶

1976年11月17日

---

❶ 摘引自陈漱渝：《"敌乎，友乎？余惟自问"——徐懋庸临终前后琐忆》，见《鲁迅研究月刊》2008年第12期。

三

你们也看到了（19）76年12月23号新华社的一则电讯了吧。这则电讯的编写者，是一个伟大的创造发明家。他把我提升在周扬之上，并把张春桥列为"徐派"小丑。真是奇闻。把事实搞成这样，在政策上不知将对我如何处理。我将写一材料，寄中央提个意见。这个材料，也可以寄给你们。多年以来，我被"四人帮"折腾惯了，对于此则新闻，倒也不觉得太特别。升级也不是坏事，但"提级不提薪"，却也得不到好处。❶

【附录】

漱渝同志：

你好！兹录懋庸同志旧作两首，以为留念。

---

❶ 此信写于1977年1月4日。1976年12月23日，新华社发表了《新发现的一批鲁迅书信》。书信内容可靠，但记者出于当年上纲上线的积习，在按语中出现了"徐懋庸伙同周扬、张春桥之流"的提法，而张春桥是"四人帮"的骨干分子。这使徐懋庸深受刺激。出处同上。

玉连环

1967年1月

两条路线,非寻常争斗,谁能局外。奈一时玉石难分,况野火烧身,千般罥碍。且学混沌,将诸窍泥封草盖。只留待双眼,看他后事,如何分解?

英雄大有人在,羡万千小将,冲天气概。也有些社鼠城狐,偶窃取天机,居然左派。冠冕堂皇,将风雨随心支配。料难逃,天网恢恢,红旗似海。

破阵子

1973年2月

读陈冷悼苏铭[1]词,作词慰之。

已是水流花谢,独嗔雨骤风惊。泉下有知应入梦,为忆青纱帐里行,并肩蓺敌情。

孤馆衾虚枕冷,晓窗柳暗花明。逝者如斯夫不老,栎

---

[1] 陈冷是中国社科院哲学所前副所长,苏铭是陈冷的爱人,两人均已故。

下还须试一鸣，休催白发增。

王韦[1]

1983年（日月不详）

X 许钦文（1897—1984）

浙江绍兴人。作家。曾在北京大学旁听鲁迅讲课，鲁迅模拟其讽刺小说《理想的伴侣》的笔法，创作了小说《幸福的家庭》。曾任浙江省文化局副局长、中国作协浙江分会副主席等职。

漱渝同志：

16日来信已收到。承询，试答如下：

（一）1929年在苏联初版发行的《阿Q正传》俄译本我未见过，单从时间估计，大概是的。我只知译者王（华）西里，是苏共党员，请原作者鲁迅先生去领稿酬。鲁迅先生因反动派造谣，说他赞美社会主义苏联是为卢布，

---

[1] 王韦，1919年生，贵州习水人。1936年参加革命。曾任中国社科院文学所资料部主任。徐懋庸夫人。

为避嫌不去拿。

（二）我在拙作上说，鲁迅先生去南京教育部前曾在杭州丁家九峰草堂住过些时候，有所根据。但根据什么，时隔二十来年，我已七十九岁，记忆力差，一时想不起来。张宗祥，鲁迅先生1909年归国后同在杭州两级师范教书，后又同在北京教育部同事。鲁迅先生从绍兴去南京教育部先在杭州暂住时，可能他还在杭州两级师范。他曾送我"木瓜之役"胜利后的合影，都是穿着长衫马褂的（已送绍兴鲁迅纪念馆保存）。张已于1965年去世。

（三）我只知鲁迅先生曾在爱罗先珂创办❶的世界语专门学校教过书。那学校我曾去听过一个世界语学者的讲演。地址已记不起来，似乎在西城。鲁迅先生教什么也不了解。

（四）我为看望妹子❷，曾常到石驸马大街的红楼会客室（当时沙滩北大旧址叫作大楼）。有时也在那里采用些题材，像《请原谅我》等。但只采用些情节，从不打听她们的姓名等。刘和珍烈士的脸貌很熟，但到了她的遗像印在报上以后，才知道她的姓名。羡苏读书的时候虽然还是女子高等师范，但不久就成立女师大，同在红楼，应该

---

❶ 创办人应为陈空三等人。

❷ 许羡苏。

熟悉情况。"郑""程"二字。南方人都分不大清楚，所以需要加以说明：耳奠郑，禾呈程。

拙作《鲁迅杂文选释》在西安出版还是前年的事。内部发行，虽然印了十三万册，却早已找不到。没有结合批孔，缺点不少，也无意再印。匆复。祝

暑安！

许钦文

8月21日

漱渝同志：

8月31日来信已收到。羡苏年纪也已不小，近体弱，问题又很广泛细碎，所说似不相宜。我能回答的也不多。我所知道鲁迅先生是从山会初级师范杜海生手上接办校事的，非绍兴府中学堂。当时的公学一般是大专性质的。中学分高、初是1929年以后的事，旧制中学四年毕业。大中公学情况我不了解。《苦闷的象征》是未完稿，厨川白村在大地震中被压死，他的学生才把它印出来。内容分三部分，"苦闷的象征""人格的表现"和"化妆出现"。当时在解释文艺的理论上算是比较新颖的。主要根据佛罗亦特的学说。这学说，在斯大林时期的苏联当初被部分否

定，终于完全被否定了。元庆❶纪念室在抗日战争遗失遗作后曾改名愁债室，1956年我有些稿费收入，还了建筑费，现在是我的工作室和寝室。已久不到京，嗣有机会，自当到红楼一转。祝

秋安！

许钦文

9月7日

【附录】

许羡苏❷学历、经历❸

浙江绍兴东浦村人，生于1901年1月24日即农历庚子年腊月十八日❹，1913年考入本村徐锡麟烈士创办的热诚

---

❶ 陶元庆，画家。

❷ 许羡苏（1901—1986），浙江绍兴人，许钦文之妹。鲁迅曾以她的剪发经历为素材写过小说《头发的故事》。她致鲁迅信有八十多封，鲁迅致她信有百余封，均不存。她曾帮助鲁迅照顾母亲，管理家务，晚年写有《回忆鲁迅先生》。

❸ 此年表为许羡苏自撰。

❹ 1901年1月24日为农历庚子年腊月初五。

小学初小三年级。

1914年热校初小毕业后在家自修。

1915年考入绍兴县❶立女子师范。

1919年绍女师毕业后,任浙江省上虞县❷立女子小学教师。

1920年到北京考入女子高等师范数理系。

1924年女师大数学系毕业后任北京私立华北大学附中及私立翊教女中数学教师。

1925年在女师大注册部工作。

1930年任河北省立五女师数学教师。

1931年任浙江省立湘湖师范及省女中数学教师。

1932—1938年任成都省❸女师、省女职及私立建国中学等校的数学教师。

1941年任成都省立实验幼儿园保育主任兼婴儿部主任。

1948年任成都慈惠堂育婴所顾问及保育主任。

1951年任北京出版总署(即出版局前身)幼儿园保育主任。因肺病调出版总署档案室管内部资料。

---

❶ 今浙江省绍兴市。
❷ 今浙江省绍兴市上虞区。
❸ 今四川省成都市。

1953年肺病痊愈回幼儿园工作。

1956年调鲁迅博物馆清理故居，管手稿。

1959年因高血压病退休。

1960年病愈又以编外人员资格回馆帮忙，帮助常维钧与矫庸等整理拓片。

1965年，真正完全退休。

1977年12月22日于成都

杨霁云（1910—1996）

江苏常州人。曾帮助鲁迅收集佚文，编为《集外集》。人民文学出版社鲁迅著作编辑室编审、鲁迅研究室顾问。现存鲁迅给他的书信三十四封。

漱渝同志：

17日来信收悉。马同志❶提的问题，略做简答于后，供参考。

清末维新运动中，反迷信也是一个主要潮流。当时的

---

❶ 马蹄疾。

报刊杂志，刊载这一类的文章很多。1917年陆费逵（中华书局创办人）在《〈灵学丛志〉缘起》中说："余素不信鬼神之说，十余年来，辟佛老，破迷信，主之甚力。"俞复（教育界名人）在《答吴稚晖书》（1917）说："吾辈二十年前，坚持打破迷信之宗旨……"可见这两位当年都是反迷信的维新志士，但到了1917年，却向迷信投降了。文中"士人"，当是指这一些人。

反迷信的文学作品，印成单行本的，有署名壮者的《扫迷帚》（1905）、吴趼人的《瞎骗奇闻》（1905），等等。至于反迷信的论著，印成书的，可查一查《新学书目提要》（1904）等目录工具书。

"中国志士"，指一部分的维新人士。当时醉心欧西，如风如狂，而高唱维新的人士中，却是鱼龙混杂，思想浮乱，故有以神话、宗教为迷信，以文物、艺术品视为迷信物者。这类"假洋鬼子"式的维新人物，在当时《文明小史》《负曝闲谈》等作品中，均有深刻的描写。

"冥通神闭之士"[1]，泛指思想清晰的诗人、哲学家等人。

"嘲神话""疑神龙""斥古教"，是指维新运动思想

---

[1] 见鲁迅《破恶声论》。

混乱中发生的事。五十余年前，曾在旧刊物中看过这一类论调的文章。文非一篇，作非一人，如查阅1900年前后的报刊，当不难检得这类作品的篇名和作者的署名。

匆复，即祝

撰安！

杨霁云

1978年7月19日

漱渝同志：

来信收悉。

"国民新报副刊"中《反闲话》一文，经杨瑾琤同志考证后，尚是孤证。今既在鲁迅遗物中发现剪报，又查到这一篇同样署名的《喝酒罢！》，都是对当时现代评论派斗争的一点一滴，看来这两篇大致是出于鲁迅的手笔了。

凌叔华的剽窃琵亚词侣装饰画，以及后来叶灵凤的撕剥，这种遗神取貌表面的模仿，深为鲁迅所惋惜的。此复，即请

撰安！

杨霁云

1979年6月9日

杨小佛（1918—2022）

江西清江人。中国民权保障同盟总干事杨杏佛烈士之子。经济学家，上海市人民政府参事。

漱渝、太之同志：

那天你们去后，我想起还有几位老人可能了解一些"中国民权保障同盟"当年的活动情况，特提出，以供参考：

张慰慈（十二年未见，身体情况不明），上海绍兴路96弄16号；

刘海粟，上海复兴中路五百多号；

马萌良，解放前一直在申报馆工作，解放后曾任上海图书馆馆长，地址不知。

由于你处电话不易接通，你们何时要去看先父的日记等，请随时通知我同去可也。

专此，即问

近好

杨小佛 上
1977年6月22日

漱渝同志：

你的来信收到了。感谢你在百忙中对拙稿的关心和指正。现在先谈这几个问题：

（一）关于总会没有成立之事，现将这句改为："这样同盟在公开成立以前，便已开始活动，也有以它的名义印发的文件，所以'同盟'的历史是不能以上海分会成立的日子——1933年1月17日作为起点的。"并加注③说明你查示的内容。

（二）关于胡适叛盟与父亲去北平的时间问题，现改为"……实际上是去发展'同盟'的北平分会和营救关押在北平的政治犯。"

那次去我未听他们谈起慰问伤兵的事，记者可能有此报道。但绝非此去的主要任务，所以不添上去了。旧报中如有具体内容希见示。胡适视察监狱和对记者发表谈话据鲁迅《"光明所到……"》引自1933年2月15日《字林西报》，但宋庆龄在1932年12月的《中国民权保障同盟的任务》中已为视察监狱事点了胡适的名。不知时间中是否有误。

（三）郑太朴现改陈彬和。这句前面"同盟的第一次全国委员会……"改为"同盟上海分会的第一次会议……"并在注④中增加你查示的内容。

（四）关于翰笙老伯一直参与同盟的活动……这句话

不拟改动了。因我向不知他与同盟有关，1962年我准备写点同盟的文史资料，发现若干问题请示宋副委员长，她说翰笙老伯是父亲的老友，同盟的事可去问他。1968年黎沛华伯母退休返沪，我们常谈及往事，据黎回忆陈始终参与同盟事务。1976年9月翰笙老伯来沪小住，我曾前去探望，谈到同盟最后的情况，他说我父亲被刺，同盟停止活动，他立刻辞中研院职务出国……根据这些情况我所以有他一直参与活动的印象。

（五）进步刊物现加上《中国论坛》。

另外，打印稿九页倒三行"……和据传成立于1933年4月的'民众武力御侮会'17"。现据1933年4月15日《申报》的报道（杨杏佛答记者问）改为"……和成立于1933年4月的'国民御侮自救会'并取消注17"。

由于原稿中略有修改以及注释号的变动和注释内容的增加，我将此稿抄了三份，特寄上一份请你审核。又"同盟"的临时全国执行委员会和上海分会的执行委员在当时的情况下是否分得很清，还是在一起开会？因为常常发现上海分会执委（如鲁迅）参加的会议是由全国执委主持的。因此我想上海分会与全国执委会在实际工作上似无明显的分家。还有"同盟"的上海分会和北平分会都是在正式成立前就开展工作的，则没有来得及成立的天津分会和广州分会不知有过什么活动或联系过什么人没有？你在这方面可曾见到什么材料？

"同盟"活动的时候离现在不算久远，一部分当事人也还健在，但是由于人是健忘的，或是太忙无暇研究这类小事，所以总会有些令人不求甚解之处，至于不了解那个时代特点的青年人疑问一定更多。

专此，即问

近好

并请代向荣太之等同志致意

杨小佛　上
1978年8月24日

漱渝同志：

9月1日、3日两信都收到了。关于胡兰畦的事，既经查明与同盟无关，则请在原稿中删去此条及注。

"民众武力御侮会"改"国民御侮自救会"并取消原注，记得前信中我曾提及。

《中国民权保障同盟的任务》如果发表日期1932年12月有误，希能查明确实的日期。此文可能在上海英文《字林西报》上披露过，又文中谈到3月11日蒋介石政府释放刺张宗昌的刺客郑继成的事,或能以此为线索查查旧报。

承告父亲在北平慰问伤兵经过,甚感,但《民国日报》载中委杨铨……实为想当然的称呼。因先父不是国民党的中委,也没有被选为候补中委,这与称他为"中央研究院"副院长、民权保障同盟会副会长一样,都是编制上根本没有的职称。

这两天我正在读你写的《鲁迅与一·二八战争》(载《天津师院学报》),觉得考据翔实,描述如绘,极有历史价值。当时我们虽住在法租界,离战区有一段路,但经历的情况确实如此。现在事隔多年,对一·二八、八·一三战事知道的人不多了。你这篇文章不但重现鲁迅当年的经历,而且反映了那时的社会情况,可补历史教材之不足。

匆匆,并问

近好!

小佛
1978年9月7日

漱渝同志:

10月27日的信收到了,敬悉一切。关于民权保障同盟的稿子是在你们的鼓励和支持下写就的,并承你帮助核实订正,衷心感激之至。此稿原拟由《鲁迅研究资料》刊用，旋你于8月20日来信说《鲁迅研究资料》奉上级指示出至第3期即休刊，该文准备交近代史研究所民国史组做资料，又因印刷问题，出版时间难以确定。因此除你们出面联系发表外，要我自行处理……旋是我将此稿送《历史研究》并经他们审校定于12月号刊出。

此稿搁置已久，作者希望早日发表的心情你是理解的，所以我的意思是请《读点鲁迅丛刊》抽下，仍让《历史研究》发表，你看如何？

专此，并致

敬礼

杨小佛　谨上
1978年10月30日

漱渝同志：

离京前，为联系胡愈老题书名事，已上一信，想已收到。你给我的稿子❶我是先睹为快，从京西宾馆开始看，上飞机后一直读到上海。感到十五章中的大部分内容充实，表达也好。我在每篇右上角做的铅笔编码只是记下你原来的次序，别无作用。另外还改了几个词和在需要核实之处

---

❶　拙著《中国民权保障同盟》。

写了几个字,仅供参考,你不一定要照改。

1933年4月5日,同盟派孙夫人等去南京一事,你将它拆开分在有关牛兰、黄平、陈赓各章中叙述,缺乏互相呼应照顾的文字,读后易生误会。好像他们分别去了几次南京,有脱节和重叠之感(陈友雄等写的同盟史料——载上海《社会科学》也有类似的问题)。为了避免这种问题,是否先写一章同盟代表去北京,在扬子饭店约见汪精卫、罗文干(国民党政府行政院长和司法行政部长),交涉释放政治犯、联系探监和提出停止内部一致抗日的经过。然后再分写探望牛兰、陈赓和召询黄平三章(上海《社会科学》某期载吴凯声回忆中有资料可用)。

附录的各种资料有目录否?全书及各章字数若干?便请示知,以便写序时参考。

姚锡佩同志托带的东西已电告陈梦熊同志来取,勿念。《民族魂》收到了,谢谢。

随信寄还原稿十五篇,请查收。

专此,并问

新年好!

杨小佛

1984年1月4日

于伶（1907—1997）

江苏宜兴人。剧作家。1931年参加中国左翼作家联盟，次年参与筹建中国左翼戏剧家联盟北平分盟。著有《夜上海》《长夜行》等。

漱渝同志：

您今天回京，我跟着来这信，在您未及休息的情况下，就来打扰了！千祈见谅！

二十一年前，写了关于回忆鲁迅先生北平五讲的短文。因时隔二十多年，记忆不多，加之当时正在病中，短文写得很空洞。今天，上海出版社嘱为补充。补记出一些，仍甚觉空疏！

承您应允：把您手边有关"五讲"的记载资料，借给参考、补充，极感谢！

千祈您能在百忙中，找出赐寄，用后当立即寄奉不误！

为了纪念鲁迅这一我们的共同事业，能使我这一回忆短文，写得较为对得起鲁迅，想亦是我们的共同心愿！

专致

敬礼!

于伶 谨上
6月28日

漱渝同志：您好!

9月8日的信和记录稿，收到!

既是《鲁迅研究资料》第3期急于付印，我同意先只发表关于两个口号的一段。

因为上海这几天正是强台风、大暴雨。信和稿在信箱中打湿了，无法在上面改，我照写一页，寄上，请决定!

关于当时的"文总"以及"左联"等方面，是有应写与可写的资料的。我以后当陆续写了奉上，供参考!

至于关于江青在蓝萍时期的种种活动，国防电影以及费穆等等，我主张不在这里顺带发表。如果觉得有参考意见与必要的话，也应当另外写得较全面些，觉得顺带一下说不明白。不知您及同志们认为如何？望复示之!

《鲁迅研究资料》第2期，希望能寄给我一本!

不一一，专致

敬礼!

于伶
9月11日，当天下午匆复

俞藻（1914—2007）

浙江绍兴人。教育工作者。1923年鲁迅迁居北京西城砖塔胡同时，房东俞英崖的三女。鲁迅曾做她在北京培根小学就读时的保证人。

陈漱渝同志，并转《鲁迅日记》注释组：

1923年夏鲁迅先生搬到砖塔胡同和我们同住，他对孩子十分爱护，相处的时间里，从来没有过不好的态度对待我们，有时我们玩起来，吵闹声非常大，影响了他的写作，他跑出来很和蔼地对我们讲，你们大声地吵闹，我要把这些声音和你们所说的话都写下来给大家印出来看。我们听了认为这样是不雅的，也就不大声叫吵了。

鲁迅一次送给我们姐妹俩两盒积木，他说可惜我太小了，不然可以启发我们动脑筋。

在七巧节（旧历七月初七）家乡有种习惯，把一盆水放在露天晒两个星期的光景，到那天大家都拿着小针来投掷，针就浮在水面上，在太阳光照射下成各种影形。人们用来象征巧、美、善等。鲁迅先生也来参加我们这种活动，后来他又解释给大家听，为什么针能浮在水面上，是由于水面上已浮了一层土所致。

鲁迅先生喜欢把放大镜放日光下聚焦点把纸烧起来给我们看，或在冬日用放大镜看雪花美丽的结晶。

在笃志小学时，有次地理课，要求我们把各省的位置、省会、交通、出产等分别一项一项地简单地写在一张卡片上，便于记忆。我们姐妹拿回来，请鲁迅先生代写，他工作那样忙，但没有拒绝我们，很乐意地用毛笔把一张张写好。

我小时候比较胖，又不爱动脑筋，智力发展比较迟，大姊（俞芬）为此常常担心。有次大姊和鲁迅谈起此事，鲁迅先生教我们做了几节体操，并说如果常常做操，人会长高不会长胖。又要我们大姊常常带我们看电影，说电影有连贯性，可以启发孩子的智力发展。

1924年春，前女师大校长曾三次送聘书来，请鲁迅先生至该校任教，都被鲁迅先生退回去了，后来这位女校长杨荫榆坐了人力车亲自来请，鲁迅先生只好去任教了。在1925年五六月的光景，女师大闹学潮，鲁迅先生始终站在正义立场这边和校当局斗，斗胜了，新的女师大成立了，鲁迅先生才离去。在闹学潮的日子里，有次鲁迅先生对他母亲说，当时这位校长几次来请我去教书，我不去，而今她想赶我走了，我也偏不走。（这是鲁迅先生母亲后来讲给我们听的）。

这大约是1923年前，有一次孔子生日到孔庙祭孔，那天安排要早到孔庙，北方的天气，9月的早晨是比较冷，鲁迅先生穿着大衣把两手插在袋里，坐着往常拉他上班的人力车工人的车，前往孔庙，不小心，一块石头把人力车工人绊了一跤，把鲁迅跌下车来，摔掉两个门牙。人力车工人的膝盖也被摔伤了，这样只好都去就医了。此后人力车工人不敢再来见鲁迅先生。鲁迅先生知道后，说这又不是他的过错，叫他依然回来工作，这样又继续给鲁迅先生拉了许多年车。搬到西三条后，他还在给鲁迅先生拉车。后来这位人力车工人染上了赌博的坏习惯，经常都要向鲁迅先生借钱。一次人力车工人又来向鲁迅先生借钱，鲁迅先生责备他怎么刚拿了工资又要借钱呢，那工人说没有钱用要饿死了。鲁迅先生把钱借给他，并对他说，以后不要再来了，所借的钱也不要他还了。这样一算，多付给他一个多月的工资。鲁迅先生认为这些钱是浪费的，从此他每天从西三条到旧教育部来回步行一个多月（这是鲁迅先生的母亲讲给我听的）。

鲁迅先生的母亲也是非常有正义感的人，1925年五卅日惨案时，北京也抵制日货，她把周作人太太送给她的日本伞和面盆都毁了。在九·一八事变后，周作人的太太夸耀日本如何如何，鲁迅先生的母亲很气愤，就立即回答说，我看日本的女人到中国来都是给中国人做小老婆，而做大老婆的只有你（这也是鲁迅先生的母亲讲给我听的）。

鲁迅先生的叔叔有次和鲁迅先生的弟弟争吵，打起来了。鲁迅先生祖父的小老婆就找鲁迅先生的母亲理论，鲁迅先生的母亲就说，孩子们打架，应由各自家长去教育，后来就决定由鲁迅先生的祖父打鲁迅先生的叔叔，鲁迅先生的父亲打鲁迅先生的弟弟。

俞藻

1977年12月3日

袁良骏（1936—2016）

山东鱼台人。中国社科院文学所博士生导师。著有《鲁迅研究史》（上、下卷）等。曾任中国鲁迅研究会副会长、法人代表。

漱渝兄：

您好！车站一晤，匆匆话别，不胜怅然！

接读《动态》，深为兄答沈鹏年文击节！此等"学痞"混入鲁研界实使我等羞于为伍！此文还应公开发出，以扩大影响。

我现在受孙先生❶之托搜罗、整理章先生遗文，现虽稍明眉目，但仍缺漏良多，为此，不能不求兄略施小计，以助弟一臂之力。兄在《忆川岛先生》文中提到他曾引用"倖尘""肖度""萸蹊""张穆熙"等笔名写的文章，不知均刊于何刊何期？

《丁玲研究资料》样书仍未见，7月份也许有望，但也殊难逆料！呜呼！一旦到手当即捧送吾兄及室上诸公也！

匆复，不赘。

祝

文祺！

弟 袁良骏 顿首
1982年7月1日

漱渝兄：

您好！夤夜打扰，不胜惶恐，但促膝长谈，亦快事也！唯时间太紧，未能尽言耳！吾兄有便，光临寒舍时（或弟再度趋访时），再继续我们的晤谈吧！

---

❶ 孙斐君。章川岛夫人。

老荣寄来的《动态》已收到，请代我致谢。关于批苏老太太[1]的稿子，写来不难，但我担心涉及台湾，到时候发表（即使内部）会不会碰到障碍呢？故迟迟未敢落笔也！中国盛产形而上学，允许苏老太太叫骂，而你一反驳她，可能就有碍这个那个了。其实有碍个屁！正常的学术讨论有何不可？此事还望转告老荣并望有明示也！

张杰同志寄我之《天师学报》[2]早已妥收，他的大作亦已拜读。本欲面谢，迁延至今，非常抱歉，便中请致意焉！

谨颂

文祺！

良骏 上

1982年12月16日夜

漱渝同志：

您好！

惠赠大作，早已妥收。本拟春节后面谢，但由于丁玲资料工作未毕，以致未能成行，不胜抱歉！

---

[1] 苏雪林。
[2] 《天津师范大学学报》。

现丁玲资料基本脱手,奉上打印件三份,请您哂正。

听说李先生春节期间在民盟的报告会上批评我"霸道",不知兄有所闻否?如有记录稿,请抄寄我一份,以便朝夕展读,闭门思过也!

打印稿请交老王❶一份。

不赘。颂

撰祺!

良骏 上
2月26日

漱渝兄:

绍兴事请谅。从根本上说,我觉得三兄弟放在一块不好办——汉奸周作人怎么摆?❷当汉奸前当然无问题。

学会会长事,社科院已发文件(我已交梦阳寄兄),我的法人代表也未辞成,只好"笑纳"矣!既然"笑纳",也就必须依"法"办事了。

我问了科研局,深圳黄××兼我学会职没问题,很

---

❶ 王世家。
❷ 有人提议在绍兴成立周氏三兄弟纪念馆。

多学会都是这样做的❶。学会缺乏经费,可以适当变通。黄××到底想当个啥?名誉顾问?名誉会长?名誉……现可以发聘书给他,不要管那些不负责任的言论,有事我们可共同承担。

余不一一,谨颂

时绥!

袁良骏 上
1998年10月13日

张静淑(1902—1978)

湖南长沙人。在"三·一八"惨案中跟刘和珍、杨德群烈士互相救助,是鲁迅著名杂文《记念刘和珍君》中提到的幸存者。长期从事教育工作。

陈漱渝老师:

来信收悉,谨复如下:

---

❶ 指有人建议中国鲁迅研究会跟深圳鲁迅研究会合作事。袁良骏作为法人代表请示了中国社科院科研局。详情见《我活在人间——陈漱渝的八十年》。

我还未届"八十高龄",但已是七十有三,年已古稀。晚年境况与健康均不佳,右腿骨跌伤,仅能拄杖而行。"三·一八惨案"身中四弹,经医抢救,虎口余生,幸得不死。弹头虽取出,但五十余年来,枪伤之处仍隐隐作痛,当前目力极差,手又颤抖,确难能执笔,唯各方纪念当年"女师大"师生之同志、好友等,纷纷来信,盛情难却。我子系机械工人,谨代笔作复,不是之处,万勿见怪!

您写的《鲁迅与女师大学生运动》一书,请于出版后,即送给我一本,如其中章节在《南开大学学报》上首先发表时,亦请寄该《学报》给我一读,或告我在哪几期《学报》上刊出,我这一请求,想必你是会答应的。我因腿伤,行动不便,报章杂志难以得到。

您在教学之余,还能写书,对于当年"女师大"的情况,了解得如此熟悉,此种精神,实为可贵。你之写书,裘沙与海婴先生合辑《鲁迅照片集》以纪念鲁迅逝世四十周年,你们的精神,可钦可佩!令我大为振奋,我希望自己能读到你们的书,但不知能如愿以偿否?

从你信中所提出的六个问题看,使我感觉到你这位五七届高中毕业学生比我这个五十年前"女师大"毕业的学生对"女师大"的情况都了解些,我不知道你为何能如此之熟悉?资料出自何处?我虽是当年"女师大"的学生,对你提的六个问题的回答是不会使你满意的。

（一）关于"女师大学生运动中的一些骨干是共产党员"及"当年党组织在女师大活动的情况"。这个问题我难以答复。当时是帝国主义者和封建军阀政府统治下的北京，资产阶级、右翼知识分子胡适、陈西滢之流也是我们的对头，美帝走狗、女师大校长杨荫榆是他们在校的代理人。在这种情况下，共产党还是处于幼年时期，是处于极其秘密的地下活动时期。当时，我知道"共产党"，但是，党组织与女师大学生运动的关系及其活动情况，我没有听说过，也不知道，也不可能了解。我只觉得：时值五四新民主主义革命运动高潮，冲破封建礼教、追求革命真理，剪发、放足，要求女性解放，思想激进之女大学生，在反帝反封建斗争中更是首当其冲。1925年第一次国内革命战争浪潮的影响下，爆发了"女师大事件""三·一八惨案"❶——当然有党的领导，但我难以察觉。

（二）李桂生，是我的好朋友之一，她与刘和珍合照的相片，我还保存了一张。解放前她在南昌，据说现在杭州，与许广平同班。

雷瑜，宝庆人，与我同班，是我好朋友之一。是大革

---

❶ "三·一八惨案"发生于1926年3月18日。

命时期在武汉被杀。

郑德音，四川人，是我朋友之一。是被活埋的。❶

蒲振声，四川人。

（三）"蔷薇社"我不知道。陆晶清、石评梅我认识。

（四）我选读鲁迅"文学史课"，对于其言行风貌我印象颇深，我近视，是坐在教室里最前一排，才看得见黑板。但鲁迅讲《中国小说史略》和《苦闷的象征》等课，我没有听过。

（五）杨德群烈士是湖南湘阴县人。牺牲时仅廿多岁。牺牲后，过继了一个儿子，名叫杨健民，此人现年五十岁，是长沙冶金工校老师，尚未结婚。保存有其继母铜版照片模子。其祖父曾编辑有《杨德群烈士纪念册》，内有烈士部分日记及散文。该纪念册原始资料，现由湖南汨罗县❷弼时公社弼时中学杨宪章老师保存。

刘和珍烈士，是我好朋友之一。1923年一道考入"女师大"。烈士（1904—1926），江西南昌人。1920年毕业于江西女子师范，在该校1922年（应为1921年10月10日）秋发起组织"觉社"，出版《时代之花》半月刊。她是"女

---

❶ 此处记忆有误，郑德音并未被活埋。
❷ 今湖南省汨罗市。

师大"英文系的，在"女师大事件"中与许广平等六位同学被校开除。"三·一八惨案"中牺牲。遗体从军阀政府手中经交涉才夺回。"女师大"开了隆重的追悼会。现在南昌革命烈士纪念堂有她殉难的照片三张。其弟刘和理老师现年六十七岁，是江西师范学院化学系教师，尚未退休，保存有烈士生前及友好照片五十多帧。其中有追悼、灵堂、入殓、英文遗作等照片，颇有历史价值。这些照片我都由刘和理老师给我见过。烈士的老母八十三岁，无疾而终，1960年才去世，享有烈属待遇。

（六）"集成国际语言学校"我不知道，无可奉告。

当前，我正在着手写"战友刘和珍烈士回忆录"的纪念小册子，但多是些生活片段，烈士廿岁以前的部分当由刘和理老师执笔。然此纪念册何日写成尚不知，因为我与刘和理都是年已古稀，健康情况和境遇都不佳的老人，又无得力助手，是否能写亦未可知也。但是我的儿子，这位好写写的机械工人已在整理他的"张静淑先生纪念册"了。与其我死了，看不见，倒不如在生时，看看自己的纪念册，此集汇总有"忆师友"部分。

"女师大事件"，其实质是左翼知识分子以鲁迅为首与资产阶级右翼知识分子胡适、陈西滢之流现代评论派展开针锋相对的搏斗，可惜我当时不是文学系而是教育系的，对写作素不专长。我出身贫家,六岁丧父,孀母以刺绣为业,我好学心切,力求深造,当时只知任教,带华侨学生维护华侨利益,与英帝斗争,对于"女师大"左翼右翼的斗争说不出多少,但在当时确是轰动京城的。

你家在长沙么?有机会可来我家谈谈。致礼!

又:我不知道裘沙同志是文物出版社的[1],你和他常来往么?遇到时,请代问好。我写了信给他,寄还了照片给他,却没有接到他来信,不知他收到否?请代我问一问。

张静淑
1976年元旦

陈漱渝老师:

你能阅读大量历史资料,能写出八万多字的《鲁迅与女师大学生运动》一书,这种学习和写作精神,难能可贵,可喜可贺!

据说"近代史所在论及学生运动时,以五四运动为主,

---

[1] 裘沙是画家,在中央工艺美术学院任教。当时编辑《鲁迅》照片集,由文物出版社出版。

其他为陪衬"。你有所闻否?

学生运动之一的"三·一八惨案"在新民主主义革命史中也少或没有论及,究竟其历史价值、地位、意义如何?

你为什么独对鲁迅与女师大运动有兴趣?写专文论述,而不写鲁迅与其他大学的学生运动呢?是否鲁迅与女师大的学生运动有其独特之处呢?

《鲁迅与女师大学生运动》既已成书,待出版,《鲁迅与三·一八惨案》一文亦待发表,你准备还写点什么哩?是想为近代史所的《中华民国史料》写点什么吧?

你打算"建议近代史所为我专立一传"或"通过其他途径将我的事迹反映出来"——我谢谢你的美意!不过这是正如出版社一样,是"思虑极多,非三言两语所能表达"的,而我,确无什么"事迹"值得"专立一传",值得"反映"的,这并非谦逊吧。能够提一提我的名字也就可以了。

近代史所"已跟你联系,让你写刘和珍、杨德群"[1],这很好。写鲁迅的书和文章已经很多了,写刘和珍的专辑尚不见,我认为从鲁迅的学生和交往的友好来反映和研究鲁迅也是件有意义的事。

---

[1] 中国社科院近代史所当时正在编写《民国人物传》。

近代史所知道我吗？该所没有让你写"张静淑传"？这就是没有"盖棺"，不能"论定""忌讳极多""非三言两语所能表述"也。

我希望你，我鼓励你写"刘和珍传"，或有关刘和珍的其他文字，写书也好，写篇文章也好，写传记体的小说也可以，可将许多类似典型集中到刘和珍身上去写，像写黄继光、董存瑞、欧阳海等英雄人物的传记体小说一样地去写。他们是用枪去对付用枪的敌人，他们是"兵"，刘和珍是五十年前的女大学生，是用笔、用舌、用鲜血去对付敌人，去对付用枪的封建军阀，去对付资产阶级右翼知识分子胡适、陈西滢、杨荫榆之流，用这样的题材去写鲁迅，倒读得很多；用这样的题材去写鲁迅的学生，去写五十年前具有反帝反封建军阀、追求真理、求女性解放的女青年倒不多见。我可以当你的参谋和顾问。

我的"战友刘和珍烈士回忆录"就不写了，因为我年老，力不从心，又无助手。我儿子是机械工人，能搞机械，却不能搞写作，是个没有考取大学文学系、历史学的学生，对文史只是有兴趣，现在他机械是专业，文史是副业，对我是无能为力。在我这七十余岁的晚年，很想搞写作，却苦于没有个秘书。

如果你真愿意写刘和珍的话，我打算将一些关于刘和珍在女师大生活、工作、学习等回忆片段的素材写给你，让你去写。

刘和珍廿岁以前的情况，就请烈士之弟、江西师范学院化学系教师、六十七岁的刘和理先生写，刘和理老师常有信给我，他早已答应写，你可直接去信联系就行。

刘和珍与方其道并未结婚，当时方只是注册课的小职员，对于刘并不是举足轻重的人物，大可不提不写。

刘和珍，1920年江西女子师范毕业，组织"觉社"，出版《时代之花》，这些情况都是在她的《小传》中见到的。在刘和理保存的照片中，有一帧是"觉社同人欢送一位同人去欧洲留学的合影"，《时代之花》可能是学校内部的小刊物，出版不多，图书馆就找不到。

你写过信给刘和理老师吗？可以写写，这位老先生会告诉你关于刘和珍烈士许多事迹的。

你想抄录《杨德群烈士纪念册》的目录，或是见到这本册子，你可以直接去信给长沙冶金工校杨健民老师，直接去信湖南汨罗县弼时公社弼时中学杨宪章老师，我可在杨健民老师处给你"打通关节"。杨健民老师已约定在春节时期来我家做客，届时我当与他谈谈。

你说"据当时报载，我受伤后被抬回女师大，惨叫了一夜，第二天才入院，身体备受摧残"——这您是在什么报上看到的哩？那时期的报纸上还写了我些什么吗？

在此我写一点给你。

我受伤后，苏醒过来后，我还倒在军阀段祺瑞执政府院内，左边大铁栅门口。刘和珍、杨德群两位同学也都倒在那里呻吟。我使劲地抬起双手来，抱着刘和珍叫她："快起来！"她指着胸前子弹眼说："起不来。"

当时，这院内大铁栅门口，人堆人，极难爬过去，有一位北大的，戴着眼镜的男同学，把我向缝隙里一堆，我跌倒在地上，他扶起我问我："哪里的？"我说："女师大的。"他叫了一辆人力车，扶我上车，放上车篷，嘱咐拉车的："由小胡同走！"我到校时，同学们正群集门口等候我们三人。同学把我抬到寝室床上后，发现枪弹从我背后、尾椎等处射入。当时，学校成立了救伤委会，注册课的职员伍斌，衡山人，戴眼镜，用电话请校长先生来，当即送往德国医院，将弹头一一从大腿等处取出。这时，鲁迅先生也住在这家医院，是秘密的。他吃得很少，我常将我吃的东西分送给他吃。

我准备在本月20日以后，将我以及刘和珍烈士在1925年女师大时的半身单照各一张，及我以及刘和珍烈

士的《小传》各一篇寄赠给你。祝你
健康！

张静淑

1976年1月13日

【附录】

张静淑先生小传

1902年，先生之父因工作疏忽被革职于江西泰和县。先生之母出自江西贫家，乘木帆船，冒六月酷暑，沿赣江逆流而上，回故里湖南长沙。在闷热船舱先生诞生了。

先生六岁，父病逝，孀母靠借债度日，携先生寄居长沙南门外的尼姑庵，以刺绣为业，东挪西借，艰苦生活，抚养先生成人。

其时，先生常默然不语，立母旁，望刺绣，或不声不响地站在荆棘丛生之路，望夕阳，候母挪借归来。先生常忆及孀母，将盛米和水之锡质圆筒，吊挂于庵内尼姑之醖醰中，借水之温，使米成粥，而以一片红腐乳母女佐食之。先生更忆及邻里黄家表叔，视先生告孀母："女娃子大了，当送其读书。"母无言而泪下,幸得黄家表叔代缴入学证金大洋一元,先生始入小学。

长沙办起了古稻田女子师范学校(后之湖南省立第一女子师范学校),徐特立任校长,其时,师范学校不仅供食宿,且发给灰布制服一件,青布裙一条,先生小学毕业后,就学于古稻田女子师范学校。1922年毕业,任教于长沙幼幼小学及纯德职业学校,并应堂兄之邀请,亦为生活计而赴北京,任教于北京平民半日学校。

时值1923年5月新文化运动时期,先生好学心切,欲求深造,乃于1923年与江西女子师范刘和珍君一道考入国立北京女子师范大学,选读鲁迅小说史课。在鲁迅指导下,先生阅读进步书刊,接触进步思想,与同窗好友刘和珍、许广平等结成亲密战友。

时值五四新民主主义革命运动高涨,冲破封建礼教,追求真理,剪发、放足,要求女性解放,思想激进之女师大学生,在反帝反封建斗争中首当其冲。1925年在第一次国内革命战争浪潮的影响下,北京爆发了震惊京城的"女师大事件"。女师大学生高举反帝反封建大旗,与军阀段祺瑞和资产阶级右翼知识分子,女师大校长杨荫榆以及陈西滢之流,展开了针锋相对的搏斗。在当时,杨荫榆毁校,教育总长章士钊非法解散,教育司长刘百昭率匪徒袭击，国立北京女子师范大学蒙从来未有之难，先生与许广平、刘和珍等，在鲁迅领导下，同仇敌忾，外御其侮，在宗帽胡同赁屋授课，坚持到底，直到复校斗争胜利，廿四位同学同摄有鲁迅作辞"偕行"的合影，以为纪念。

继上海五卅惨案之后，1926年3月18日，军阀段祺瑞执政府门前又响起了屠杀青年的枪声，英风毓秀，血溅长江，这是震惊中外的、由共产主义者李大钊领导的"三·一八惨案"。当时北京学生抗议日帝炮击我大沽口国民革命军，要求军阀段祺瑞执政府拒绝八国联军通牒的反帝反封建斗争。此次斗争中，先生之亲密战友刘和珍君不幸牺牲，先生身中四弹，经医抢救，虎口余生，幸得不死。鲁迅先生在《记念刘和珍君》一文中写道："同去的张静淑君想扶起她，中了四弹，其一是手枪，立仆。"又写道："只有一样沉勇而友爱的张静淑君还在医院里呻吟。"给先生英勇正义的行为以高度赞誉，并论述了此次史实。

"女师大事件""三·一八惨案"后，先生暂休学两年，于1926年冬，受海外华侨之聘，赴南洋群岛，在吉隆坡任教于坤城女子中学，在校，先生与共产党地下党员吴英华同志极力维护华侨利益，带领华侨学生与英帝殖民主义进行斗争，被视为共产主义分子而遭敌视，为此，于1928年回国教学。在女师大时，写有《教育问题论》一书，毕业后，留在女师大附属中学任教。

抗日战争爆发，先生扶老母携幼子回湖南，任教于长沙含光女子中学，对中学生之教育问题颇有研究。及至长沙沦陷，先生扶老携幼，辗转逃难于益阳、沅陵、湘乡、衡阳、桂林等县市达八年之久，并任教于湘乡陶龛学校。

及至1949年，先生老母病故，长沙解放，先生与友人陈莱生等创办大同小学及新民、光明两托儿所，对小学教育颇感兴趣，故致力于小学基础教育事业，对转变学生思想教育工作颇具成绩，曾受长沙市教育工会"积极改进教学"之奖励。

先生七十有四，年已古稀，晚年健康情况不佳，左腿骨跌伤，仅能拄杖而行。回顾先生一生，七十余年来，教书、读书始终不渝，反帝反封建坚毅不移，战斗于教育战线数十年，继承和发扬鲁迅精神，是新民主主义革命时代的战士，是社会主义革命时期的教育工作者。

1975年12月

1976年4月补记

陈漱渝老师：

一位搞美术的朋友给我作了一幅素描像，现寄一幅给你。

五十年前，我廿多岁，在女师大求学的照片你看到了，再看看五十年后我这位七十四岁老婆婆的样子吧！

我写了古体诗《战友刘和珍烈士》一首，寄你一读，请指正：

> 笑对朝阳梳白鬓，
>
> 喜倚陈案读红经。
>
> 西窗剪烛垂青史，
>
> 北望浮云忆和珍。
>
> 封建军阀成粪土，
>
> 反帝防修千古业。
>
> 神州今日庆新生，
>
> 五湖四海涌风云。

张静淑

1976年1月31日春节

陈漱渝老师：

记得你曾经问过我关于女师大"偕行社""蔷薇社"以及"偕行"合影的题词，与刘和珍坐过牢等问题，当时，我回答语焉不详。

最近，我与五十年前女师大老同学陆晶清有了联系，已通信好几次。在此，谨将上述问题，将陆晶清老同学的信抄摘如下寄你，以作为资料，如果你有兴趣为"偕行"合影写篇短文，说明合影，更作为鲁迅先生的佚文，投寄《光明日报》史学专刊或革命文物刊物，那是最好不过了。

抄摘老同学陆晶清先生的信如下：

（一）"偕行社"女师大没有过这一组织，只是鲁迅先生为我们廿四人拍的照片题词时用"偕行"这词。那题词确是鲁迅题的，是老许（指许广平先生）和我去求他题的，字可不是他写的，可能是照相馆人代写的。

（二）"蔷薇社"是由北大学生欧阳畹兰等倡议组织的，女师大参加过的人只有我和夏希和（欧阳的爱人）及石评梅，至今被人认为是女师大学生的组织的原因是因为后来评梅和我曾沿用"蔷薇社"名义编过几个月刊物，通讯处也用了女师大。

（三）和珍是曾在校内过夜，那是在刘百昭带三河县老妈子强拽留校学生出校之前，大部分同学都离开学校了，只有少数（大概就是那二十几人中的一些）坚守学校，她们是晚上分批轮班在大门内石阶上守卫。和珍坐牢等，从未听说过，为女师大风潮谁也没有坐过牢，只是曾被押到警察局（？）审讯了。

以上摘抄自陆晶清老同学1976年5月26日给我的信。

你现在是中国社科院近代史所的研究生？还是鲁迅博物馆的成员？请告。

由于你是专门研究鲁迅先生及其作品的，所以特将上述问题告及。致

礼！

张静淑

1976年6月3日

陈漱渝同志：

关于所询《鲁迅代偕行社同人悼刘和珍君祭文》是否系鲁迅手笔一事，我已有信给你，说明了我的看法，尚未见复。该信是否收到？现将陆晶清先生给我的信，抄寄你一读，陆先生系我女师大同学，"偕行"合影者之一，现还健存。

陆晶清先生说：

那篇祭文既不是鲁迅先生手笔，也不是郑德音写的。我在答复谢德铣的信中，已列举了有力的理由判定祭文非鲁迅所撰，并郑重声明我们确确实实没有组织过什么"偕行社"，也从没有任何人用这一"社"的名义做任何活动，

至于"偕行"两字的来源，是选用鲁迅题照片词中引句用的，是作为那张照片的"题款"而已。绍兴师校几位老师搞的有关的"说明""考证"等等，我认为是由于对当时了解不多，所掌握材料又少，凭主观和想象搞，越说越玄，不过相信他们是出于好心，也很虚心地想为鲁研工作尽点力。你想，如果我们要写篇祭文，于情于理也不会去烦劳鲁迅，并且，如果真有过鲁迅代撰的祭文，那保存原稿的人应该是我们廿四人中的某几个，至于追悼会，我是参加过的，共开了三天，其中有半天是划为学校内部的祭奠时间，除全校师生员工的集体祭奠外，有过几起分别祭奠，如英语系、江西同学等，我们廿四人也另举行过祭奠，但是否另有过祭文和是谁写的，谁念的，现已记不起。

如果说，我的看法较为主观、粗糙，用语不当，那么陆晶清先生说的，就极为具体了，且陆先生是祭奠时的参考者。我和陆先生的看法是一致的。

特此函告，唯不知你意如何？致

敬礼

张静淑

1977年10月31日

【附录】

漱渝同志：

　　雅礼校友会办公室负责人龙松筠老师嘱我写这封信给您：

　　龙老师的爱人刘浩然老师现已退休住在学校，刘老师正是您在五中时的老师，他对您印象极深，有次您参加学校的诗歌比赛，是刘老师辅导您哩！您还能记忆吗？

　　您过去和现在赠给学校的著作、信、捐款名片，以及回忆录都收到了，老师们说回忆写得生动、真实，已交给了《雅礼简讯》[1]的主编，老师们说，像您这样四十多岁，在文学上有成就的人，五中毕业的还不多见，因此，老师们很重视您。

　　《雅礼校友》油印本出了8期，您都收到了么？《雅礼简讯》第1期有关于您的简讯，您见到了么？第2期《简讯》正在编辑中，版面将扩大，发行已达二千多份。

　　先母张静淑老人，您是熟悉的，但是在以往的信札没有向您谈过的是：1957年底她被错划为"右派"，1978年含冤而逝，1979年才得平反。只是恢复了其"普通教师"的

---

[1] 《雅礼简报》。

政治名誉。我觉得这样极不公平,我最近将有关她的资料复印了廿多页,装订成本,标题《为先母张静淑老人全面落实政策》,已分别送:省、区统战部,市、区教育局,民主同盟,市委落实政策办。但人死矣!一切化为乌有,难以引起重视,我极想听取对此事您的意见和见解,请谈谈好吗?致敬礼!

友 王定中❶
1986年5月24日

张望(1916—1992)

原名张致平,广东大埔人。木刻家。曾任鲁迅美术学院教务长、院长。编有《鲁迅论美术》等。

漱渝兄:

信敬悉,你要的书已转告《美苑》❷编辑部,结果是

---

❶ 张静淑独子。

❷ 沈阳鲁迅美术学院主办。

长期送你与老潘各一册，直接寄上，须等候些日才能寄到，等着，但不宜为之宣扬，因学校无力扩大赠送范围。

关于捐款（基金）事❶，不是老袁粗心急躁，而是我主动自觉的。生活过得去就可以了，不要求吃喝玩乐，比上不是，比下多数是有余。人生数十年所求的应是为人民、为社会服务，为党与国家多做贡献。人人为我，我更要为人人才是。惭愧的不是企业家、万元户❷。因近（去年12月12日）阅《文汇报》有文章刊出才有所感也。

见到老潘同志时也请代为告知院方赠他一册《美苑》的事，同样要求他带回去阅读才好。

匆匆即颂

近安！

由王世家同志另转两册送给你，请指正之。又及。

张望

4月15日

---

❶ 为筹建鲁迅学术基金会捐款。不久，张望家被窃，捐款全部退还。

❷ 此处有删节。

张友松（1903—1995）

湖南醴陵人。翻译家。担任上海春潮书局经理时跟鲁迅有交往。

漱渝同志：

　　来信奉悉。承询诸事，我因太忙，要过几天才能答复，请见谅。鲁迅怒斥林语堂那次宴会，我未在场。那次宴会是李小峰约了一些人帮他圆场的，林语堂趁此机会攻击我，是有预谋的。他以为这既可以打击我，又可以讽刺鲁迅，讨好小峰。鲁迅的反击则非林始料所及的。林因自知弄巧成拙，便于次日请川岛午餐，说是误会，当然是知道再和鲁迅争辩，对他不利，便想找川岛当和事佬，取得鲁迅的谅解。川岛可能知道替林说情不妥，便没有照办，否则林不会从此就和鲁迅多年中断往来。不过从川岛这次给您的信中看来，他似乎对林语堂这个伪君子、真小人的品质并无深刻的认识，反而认为林对我的刻薄的讥讽（实际是无耻的诽谤）是符合实际的。此函把鲁迅提出的抗议视为偏见，亦未可知。我觉得现在时隔几十年，他这次表示的态度还是颇不明朗的。人们从各自的角度看问题，对人对事往往由于自己的主观偏见加上别人的影响而有不同的观点。我认为你们从事整理鲁迅著作的专业工作者对这个问题是应该十分重视的。在不同的人对同一事件提出的不同意见之间，必须以马列主义和毛泽东思想的辩证观点为准则，做科学的分析，才能得出正确的结论。否则编注工作者就会陷于"众说纷纭，莫衷一是"的迷惘之中。有时就只好勉强做出结论，那就难免要犯偏差。凡事都不偏听偏信某个人的话，而是多方找旁证，这当然是对工作认真负责的做法。但对具体问题做具体分析，更为重要。这是我的一点粗浅的意见，仅供参考，并望指正。祝

好。

附还川岛的信。

张友松

1978年4月21日夜

章廷谦（1901—1981）

浙江上虞人。笔名川岛，散文家。曾参与发起和编辑《语丝》。与鲁迅来往甚密，因他当时梳时髦的"学生头"，被鲁迅称为"一

撮毛哥哥"。曾任北京大学中文系副教授。著有《月夜》《和鲁迅相处的日子》等。

漱渝同志：

3日惠示奉悉。拙作就请您费神转交文物出版社，争取在《革命文物》发表。如果他们不拟登载，即请他们寄回。琐渎奉烦，感惭不已。

承垂询诸节，就所知一一奉陈，请参核。

（一）《呐喊》与《中国小说史略》之由新潮社出版，非因孙伏园的关系。

（二）我听郁达夫说起，《现代评论》出世前，曾在中山公园来今雨轩开会，说政府津贴他们多少钱是由章士钊经手的。在《现代评论》创刊号上登有金城银行的以及别的广告，杂志期刊上的这类广告为每月可得若干广告费，都是拉来的，即现在的"走后门"。《现代评论》原先是段政府的"诤友"，后来就不"诤"了。该刊前几期被查禁，我不晓得。

（三）安葬李大钊同志，不是由北大教授发起的。当时北大的校长是蒋梦麟，是他主持而没有正式出面。当时地下党与李先生家属有联系，解放后晤李乐光同志，才知

道如"路祭""游行""刻牌"等事他都知道。请鲁迅先生捐款的信是我发的。匆匆不尽言,敬颂

著安。

廷谦 上

4月4日

漱渝同志:

10日惠示,奉悉一一。拙稿如此处理,甚善。渎神,感不言谢。

1976年印行《鲁迅诗稿》的《后记》中曾说:"这些诗稿是非常珍贵的文物。现照原样影印,题款一仍其旧,以保持墨迹的完整。"而司马相如《大人赋》手迹的"题款"删去了上款,使墨迹不完整,既不"照原样影印",又以意为之的弄错了书写的时间,阅读的人看了会莫名其妙。我并没有"误会",也不晓得所谓"别的考虑"是什么。只想到未"照原样影印",亦未"保持墨迹的完整",和"后记"中所说的不对。如果为了"以免引起读者对他们的意见",要把拙稿中"提到这件事的那几句话""修改"一下或"删去",应当如何"修改"或竟"删去",就请你们裁酌吧!关于我"提到这件事的那几句话",绝非由于所谓"误会"或者杂有意气。

另外，您说不必特别提出顾君，我同意。我知道此人有些问题，是去年我写信给中文系党总支，请总支函顾所在学校向顾查询，后来顾写信给总支说，他毕业时把这两件文物寻出带走，一直存在他处，愿意归还。我就函知"鲁博"叶淑穗同志，9月间由"鲁博"派请叶同志和别位到山东潍县❶去取回来的。倘若因我之提起，"读者可能反会认为他是保存文物的有功之臣"，既大违我的初意，大可不提起此人了。应怎么办，请费神裁定，不胜感幸。

倘得便，请和叶淑穗同志谈谈。不但顾某的事，影印《大人赋》手迹删去上款等事，她都能提供些材料，我有好些情形是听她说过的。便中请替我候候她。专此布复

顺颂

著祺。

章廷谦 上
1978年（疑为）4月13日

漱渝同志：

13日奉书，谅达。

---

❶ 今山东省潍坊市。

12日惠教，敬悉。达夫给周作人信中说两事，我是否也在信中与周作人讲过，怎么讲的，或者没有讲过，连半点儿都记不得了。只记得因为鲁迅先生请律师与北新算版税事我去过上海，快回杭州时，小峰请我们在南云楼❶吃饭，有两席，达夫、语堂夫人、鲁迅先生和我好像还有杨骚、衣萍等人在同一桌。夫妇同来的分坐在两桌，如林语堂、王映霞、吴曙天等人在并排的另一桌上。快吃完时，看见鲁迅先生从座上站起，正言厉色地说"我抗议"，那一桌上的林语堂也站起来说了。据说是林语堂对张友松说了一些刻薄的俏皮话，怎么说的至少我当时没有听见，只约略地记得语堂夫人在我们桌中很窘，林语堂还想说，由达夫和我把他们俩劝走了。次日中午语堂约我在抛球场❷一个外国饭店吃饭，曾说昨天鲁迅先生是误会。在这之前，鲁迅先生和我谈到语堂和北新的关系时对林语堂表示不满。我想还不能说因为只是林语堂说了些俏皮话惹鲁迅先生生气。我当时觉得林语堂已经有点飘飘然，自鸣得意，眼睛快长到额角上，有些异味了。

---

❶ 上海一餐馆。
❷ 位于上海南京路河南路口。

匆此奉复，顺祝

著安

> 章廷谦 敬上
> 4月15日

漱渝同志：

3日来信，奉悉。

《现代评论》创刊时，大概先开过"筹备会"一类的会议，参加者有郁达夫，我所揭发的材料是听达夫说起过的。张定璜说过：胡适从济南讲学回来时说，"济南的女学生可以'叫条子'"。周作人在一篇文章中引用了这个传说（载《晨报副镌》）。《现代评论》第1期的封面上就登有金城银行广告，这一类广告的"广告费"，等于是"津贴"。

新月社社址在西交民巷西头松树胡同，当时算是一个俱乐部，如胡适、梁启超、王赓、陆小曼、徐志摩、张公权、张君劢、丁文江、林长民等人都参加的。"新月"是从泰戈尔的诗集《新月》得名，像是一个文学组织，实际上我想是一个由研究系控制的团体。有什么具体活动我不知道。

顾颉刚在《现代评论》上投过稿，他当时被胡适等人捧得很高，也很红，未必是"现代评论派"的主要成员。

王世杰、燕树棠、周鲠生、高一涵都是北大法学院的教授。除燕是法律系的以外，其余三人都是政治系的。周鲠生即周览，解放后在北京工作。现在北京的钱端升，和他们都很熟，如去问他，说不定可以告你一些。

具体编辑《现代评论》的是哪些人我不知道。

金城银行是"四行"之一，经理是周作民。应是商办的，在国民党统治下是否真的有商办银行就不知道了。

匆此布复，即颂

撰祺

章廷谦
1978年8月6日

漱渝同志：

4日来信奉悉。贱恙痊愈，承念极感。署名"野火"的两篇短文，我看不怎么像鲁迅先生的佚文，但不知是谁写的。很像衣萍或曙天的手笔，但也未敢确定，因尚不能写字，请由外孙朱泰代写。

章廷谦 敬上
1979年6月9日

赵景深(1902—1985)

四川宜宾人。文学史家、翻译家。复旦大学教授。写有《鲁迅给我的指导、教育和支持》等回忆文章。

漱渝同志：

17日来信收到。

关于《醒世周刊》❶的事，我不认识蒋云。我想，他任经理，也许不会做的。吴瑞容负责新闻采访，是可能的。她和她的妹妹吴瑞燕，都很爱国。我的姑母赵秀传，是她们的同学。据吴瑞燕说，她们有十姐妹，大约邓颖超最大，班级也高，其次就是吴瑞容、吴瑞燕、赵秀传，比较班级低。许广平可能是班级最低的。后来吴瑞容和赵秀传都留校，当小学教师，虽然爱国，却都是书呆子，但吴瑞燕、邓颖超和许广平却是最活跃的。这十姐妹中，另外还有一位陈奕涛，吕一鸣曾经与陈奕涛恋爱，但后来吕一鸣是党员，青年时代就被国民党杀害了。邓颖超、陈奕涛等都在

---

❶ 五四运动时期天津女界爱国同志会会刊。

达仁小学教过书。看来前一种说法比较详细、全面，后一种说法也是可能的。我自己只是为《醒世周刊》做卖报员，曾经得过她们的银牌奖。

祝好！

赵景深

1979年9月19日

钟惦棐（1919—1987）

四川江津人。文艺评论家、电影美学理论家。

漱渝同志：

用不着查找原书，我肯定您说得对，现在的写法，还是三十年前读全集时留下的记忆！

但我久有感慨，研究鲁迅的工具书问题，此处误记，其实应查（梁实秋条）。鲁迅书中没记的人和有关的事很多：章士钊、陈西滢、赵景深、李小峰……皆有事相关联，如在人名条中列出有关各事，一翻便知分晓。我读的是雪峰编辑本，当时连一个篇名索引也没有，我自作了一个，"文革"时被抄掉了。因此我很以为应有一个分类索引，一有篇目提要，二有人名索引……即从各条渠道，皆可以找到所要解决的问题。我这次所用的鲁迅的话，亦凭记忆。这样就还需要辞典。这些事都很迫切，未知博物馆对这些问题考虑如何？

新版全集我没有买，因为我更相信雪峰，他的这个本子，是有重要的学术价值。

幸得纠正，甚谢。

握手

钟惦棐

1986年5月17日

周海婴（1929—2011）

浙江绍兴人。鲁迅独子。长期在中央广播事业局技术部任职。著有《重回上海忆童年》《鲁迅与我七十年》等。

漱渝兄：

近来想必很忙。

我整理复印了一些材料，已挂号寄给丁言昭，除了附上的上海卢湾区文史第四册"更正声明"外，还有多份邻居、朋友的旁证材料（这才迫使吴克良承认所有都是"记忆错了"）。此事颇有趣，幸而不才尚未"过世"（多活了十年——比老爸）。否则，这件公案是永远存疑了！——也不会有人去疑！

现把更正奉上，请一阅。另附致陈沂信一封，亦请参阅。

草草顺致

文安！

海婴

1981年1月30日

【附录】

陈沂同志：

上月曾赴南京、绍兴、上海、广州几处，了解一些情况，有一些想法不知当否，特向你汇报。

明年是父亲鲁迅一百诞辰。日本及美国等人士均有向我提出，拟届时或以旅游身份或以参加纪念活动来华访问和参观。现就想到的供你考虑。

（一）南京青龙山煤矿遗址，目前已关闭，附近也无开采。但这是鲁迅青年时期求学矿路学堂实习之地。日本研究人员曾多次提出要去参考，均婉言拒绝。据了解，该处没有军政禁区，仅仅一段一公里十字路面，稍有不平整。由于从未对"外宾"开放，所以当地不能做主。为此，建议有关方面同意让外国人去该遗迹参观。

（二）由于绍兴鲁迅纪念馆陈列、研究人员太少，目前能值夜班男同志只有四人（连负责人在内），力量薄弱，建议适当增加合适的人员，以保证工作的完成。

（三）日本的仙台等城市多个，屡次向绍兴要求结为"友好城市"，此建议始终未获有关领导部门首肯。希同意批准仙台等日本城市的申请。

（四）如在绍兴的参观访问路线中有安桥头鲁迅的外婆家等地，基于房屋过于陈旧破烂（产权属于私人），建议拨必需款项适当翻修。

（五）据知上海市人民政府1980年8月26日发98号文件公布，原虹口四川北路2048号内山书店旧址，拟在该址门口勒石纪念。建议此项活动，安排在1981年9月，进行一适当的揭幕典礼，届时可邀请内山完造的家属内山真野夫人及弟弟内山嘉吉先生和原店员王宝良（退休在沪）参加。内山嘉吉据知美协有邀访计划，希予以落实。

内山夫人，年过七十，目前身体健康，基于养老在家，经济拮据，估计无旅资赴华。鉴于去年在日本为树立内山完造颂德碑的揭幕式，曾邀请我去日本，为考虑友好对等关系，建议届时能由我国负担他们来华一应费用（内山完造墓在上海万国公墓，也可同时去扫墓）。

（六）拟刊印一小册子"鲁迅故迹"，简单介绍鲁迅生前在我国内出生、学习、教学、工作的地点，附以简要说明和地图，彩色精印，用纸一印张。（照片我已基本具备，即可编排）供明年外宾及参考游览者购阅。此致

敬礼！

周海婴

1980年11月

陈漱渝同志：

你好！遵嘱以"汗流浃背"的心情，把小文《重回上海忆童年》❶匆匆地弄了出来，由于我是久舞"烙铁焊线

---

❶ 载1981年《新文学史料》第3期。

路"的人，对于"爬格子"是如同"七十岁学吹打"，不成音律。现奉上三篇，未知可否能作"充数"。请酌。万祈不可客气，使该集受到"影响"也。

草草祝

春节好！

又：次序是否以《一枚"生病"图章》《家庭日用药品》《内山书店逗留》合宜，请酌。前言妥否，如有不妥之处请告知。

海婴 上

1981年1月31日夜

陈漱渝同志：

感谢你出差返京就给我打电话，这实非客气话，从内心讲，有人不"见外"，颇为温暖。

李霁野先生有一份答词，写得极好，我有多余，现奉上请存。

附上一份申请，请转交有关领导或老谢❶，我不知写谁为妥，所以没具名。拍摄时间要下周了，本周会议已排满。

---

❶ 谢志明，曾任鲁迅研究室党支部委员。

草草此祝

康乐！

海婴
1984年4月11日

漱渝同志：

昨日接黄仁沛同志12月28日来信。他接到你的信及我的去信。他对你、我的明朗态度欣慰。

前几天，我向馆领导表示，希望馆方确定一个对待文献出版的原则，并且和我酌商一致，这样，便于和文献社交涉。我的立场明确。不同意×、×❶私编的书籍出版。主要原因是要共同煞住这种盗窃行为。

我倾向于出湖南这本书❷，并把贵室的注释并入，不知意下如何？如果是这么一个原则，那么：

（一）鲁博编选达一百九十九封，我选的约一百五十封（黄仁沛同志让我寄去这里选定的，他最终确定篇数，所以，我这里不知道他选定的篇目是什么）最好请你和湖南沟通一下，增加那几篇到湖南书中。

---

❶ 此处隐去二字。

❷ 指《鲁迅、许广平所藏书信选》，周海婴编，北京鲁迅博物馆注释，湖南文艺出版社1987年1月出版。责任编辑黄仁沛。

（二）全书，由鲁博注——即将鲁博注释置入，如个别篇没有注（我选的，你处未选的），请赶快注一下。

（三）书名可以增加附题，如"鲁迅研究室详注"或"注"均可。

（四）鲁博注的和编辑费等应当付给酬劳，按稿酬规定付给，这一点事先明确，大家也不要客气。

（五）许广平所收的书信，可否不放在附录，因为这本书本身就是我母亲所收藏的来信。我的编法是分上、下两编，上编为收鲁迅来信，下编为许藏来信，以1936年9月19日为界。不知妥否？

（六）百花社，可否请它谅解。

有何需要面谈的，望百忙中拨暇一晤为感！匆匆，

此祝

新年愉快！

海婴

1986年1月2日清晨

漱渝同志：

近来多承关注，衷心感激。

附上我工作调动情况函，请转致馆内各方领导及同志。

北京的美术馆（王府井大街）对面，有工艺美术售品

部，出售我父亲死后，日本人在面额上复制的遗容（古铜色，每具二元），不知原底从哪里得到。上周我去上海纪念馆，他们并未供给。不知你们的有关同志是否知悉此事缘由（我并非对出售此面容有什么确定意见，尚需进一步了解后再研究）。

请向得后、淑穗、孙瑛、太之等各位问好！

祝

好！

日期不详❶

朱微明（1915—1996）

江苏无锡人。翻译家、彭柏山夫人。

漱渝同志：你好！

昨晚收到锦襄❷老师来信。今天收到你23日信。

---

❶ 原信落款处损毁。
❷ 应锦襄。厦门大学中文系教授。

我是11月30日离沪，12月1日到了北京。此来北京，是为××诬我丈夫柏山❶同志"被捕自首"到中纪委上访的。时至今日，没有妥善解决。9月19日王任重同志对我的打印件和信，做了批示，××在被迫的情况下，本身又背理，写了一个"说明"（今附上）。这是一个不认真严肃，不负责任，没有诚意为肃清流毒的"说明"。因此，我对《文学评论》许觉民说："1. 我对'说明'不满意，大大背离澄清是非的目的；2. 此事未了，我保留发言权；3. 我保留上诉权。"

因此，锦襄老师信中提到："是否将《死者》文中有关鲁迅如何培养柏山的文字，另行编写成文寄你处"，这样处理不行。因为由于××"说明"的诡辩、狡辩，我已去信有关柏山同志的战友，在文艺杂志上发表《死者未瞑目，生者有其责》文。同时，你信中提及的"柏山同志有一批信，其中有论及鲁迅的部分"，这些信都在上海家中，我没有带来。而且，时间太局促，无以思考，请多原谅。这只能留待今后再说了。

我建议你访问屠玘华❷同志，她和胡风同志在30年代

---

❶ 彭柏山。左翼作家。曾任上海市委宣传部部长。因胡风问题受株连。1980年恢复党籍和名誉。
❷ 即梅志。

结婚，肯定知道有关鲁迅的事。她原来是搞儿童文学的，有写作才能。你不妨带一录音笔去，因她要照顾胡的病，恐抽不出时间。她住西直门国务院第二招待所207，电话：668971转207。

请代向荣太之同志好。我忙于私事，没有去看他，乞谅。我住的地方，远在地安门，电话：441380，有什么事，请联系。一般下午5:30我都在。估计元旦后，我要束装南归了。匆匆，祝

撰安！

又及：便中请告你处电话。

朱微明 上

1980年12月25日

朱正（1931— ）

1931年生，湖南长沙人。曾任湖南人民出版社编审。著有《鲁迅传略》《鲁迅回忆录正误》《周氏三兄弟》《反右派斗争始末》等。

漱渝同志：

承您挂号掷还拙稿两篇，收到了。谢谢！

我出生稍晚了一点，没有赶得上和鲁迅先生亲近的幸运，所以回忆录性质的文章我是无法写的。只是自幼爱读鲁迅先生的书，读得较多较熟而已。也胡乱写过一些东西，印出过的有一本《传略》❶，错误百出的，幸好现在连知道这本书的人也已经不多了。这以后还写了一些，但大都已经散失了。现在还没有散失的，有：

（一）《鲁迅全集补注举例》，约七八万字吧，还是两三年前誊清的，现在大约又可以增补若干了。这稿子已寄人民文学出版社（鲁编室），供他们做出版新的注释本的参考。

（二）《鲁迅手稿管窥》，如果有可能，将来我倒想把它印出来，并不是因为它本身有什么价值，而是因为曾经向叶圣陶先生请教过，我希望大家都知道叶先生是怎样热心指教一个不相识的后辈研究者的。

（三）一本关于鲁迅先生生平事迹的考证文集，你在杭州时，黄源同志和你谈起的就是这一本。

此外，还有若干单篇。总之，适合《研究资料》刊登

---

❶ 《鲁迅传略》，作家出版社 1956 年出版。

性质的，却是一篇也没有，非不为也，是不能也。

你问起以后的计划。由于现在业余时间很少，加之藏书资料的散失，已经不可能有计划地写什么。写什么完全是由偶然得到什么资料来决定的。例如见到一本《文史资料选辑》，我就写了《歌谣笺证》那篇拙作。现在我对鲁迅研究所能做出的微末贡献，仅仅是给收到的征求意见本提点意见而已。提过鄙见的，记得有人民文学出版社（鲁编室）寄来的试印本十余本，以及最近收到的文研所的《鲁迅手册》，所提鄙见，每本千余字或万余字不等。现在出售的《呐喊》《彷徨》，有一两处注释似乎是采纳了鄙见的。

尊编《鲁迅研究资料》，我已拜读第一辑，以为极好，内容充实，对研究者极有用处。只是在长沙购求不易，倘以后续出，不知能不能麻烦你每辑代购二册，所需价款自当随即寄奉。倘数额不大，拟即寄上邮票，以省汇兑之劳，不知道行不行。

承嘱将拙稿《歌谣笺证》补充资料，这正是我所愿意做的。只是到湖南省图书馆去查阅30年代的报纸，一般的读者证不管用，大约需要研究单位出具介绍信才行。也许就照现在的样子发表，文末加按语，要求有条件查阅旧报的人补充材料，较为切实可行。或者暂时搁置起来，等到以后有机会查阅旧报时再说。究竟应如何办理，悉听尊裁。

周作人的《知堂乙酉文编》和《过去的工作》二书，不知道贵室有没有。其中有关于鲁迅先生早期生活的点滴资料，似亦可节录在贵丛刊上发表。

专此布复，顺请

撰安！

朱正 上

1977年12月8日

漱渝同志：

19日手示今天收到。

郑君❶信已阅，兹奉还。因为不久以前刚刚把曹礼吾的遗稿《鲁迅旧体诗臆说》发排，而敝社又不能出一本以上论鲁迅诗的书，所以郑君的稿子就无法考虑了。这完全与稿件质量无关。即使写得很好，今年也无法出。这是十分抱歉的事。您推荐稿子的好意，我还是感激的。

为了怕郑君盼望，今天同时直接寄了一页信给他，建议他另找其他出版社探问。

---

❶ 郑心伶。

附带谈一件事：接李允经同志信，说聂绀弩同志要撤回他的稿子❶，那篇稿子我看很好，撤了可惜，是不是可以请他收回成命，还是发了算了。问题只有一个，即《人民日报》上的那篇报告文学，后来是否受到批判（公开的或内部的），这"批判"当然是指来自权威方面的，如果是某一个张三李四看了不高兴，则大可以不管。目前，我们暂时还是照发表安排，如果实在劝说无效，作者一定要撤，请再来信，再照撤不误。

近来常在报刊上拜读新作，则老兄之勤勉可知，不胜佩服。我回长沙后，整体"苦力的干活"，什么东西也不能写了。为了要赶在百周年纪念印一批书出来，也不得不为此。匆此，即颂

著安！

问尊夫人好！

朱正
1981年2月23日

---

❶ 聂绀弩回忆鲁迅的文章。

漱渝兄：

信悉。拙文承蒙关照，谢谢。

令外祖老太太的事，省统战部竟如此答复，真令人啼笑皆非。我看索性破釜沉舟，由老兄个人署名给中央统战部杨静仁部长写一信。老兄学术论文，自早已蜚声海内，唯于刀笔，不才似较有经验，现以刀笔吏门生之资格做如下建议：

（一）文字不能长，以一页半为度，留下半页空白等他去批。

（二）老兄尊楷辨认甚难，只有对大作有研究如不才者才能顺畅诵读，因此或请老兄用二楷誊正，或请令郎誊正，且字体宜稍大，以便老年人阅读。

（三）不用刺激性语言，只把事实写得清清楚楚，要求提得明明确确。对于湖南统战部的逻辑，也得驳几句，说明正因为档案中无记载，才写信申请的，而湖南如此答复，万不得已，只好来烦扰杨大部长了……老兄给我信中的一些内容也可写信给他看，当然意气之词不宜写上。

老兄知名度甚大，杨静仁部长当不会等闲视之的。

专此布复，顺颂

著安！

问阁府清吉!

> 朱正 上
> 6月10日

漱渝同志:

信收到。

沈文痞❶理应大张挞伐,老兄撰文批判,为扶正压邪之举,不才十分佩服。笔端不免株连知堂,也是此老咎由自取,实在无法曲为回护,读者通达,当能理解。

附上拙文数百字,不知可作《动态》补白否。

顺致

著安!

> 朱正 上
> 1987年2月25日

漱渝兄:

拙文蒙你夸奖,很觉荣幸。

查书❷已开禁,兹遵命寄奉一册(另封挂号)。现寄

---

❶ 沈鹏年。
❷ 英国劳伦斯的小说《查泰莱夫人的情人》。

上书券四纸，由足下分赠索取者。"存书无多，欲购从速"。

有刘甲其人，提倡新基调杂文，以反鲁为职志。足下有意予以反击乎？

年底广东开会，当可聆教。

顺颂

文安！

朱正 上

1988年5月23日

漱渝兄：

接电话后，我想了一想。出光盘版鲁迅全集是大好事。我对此的初步设想是：

（一）凡出于鲁迅笔下的，尽可能全收。如《中国矿产志》《人生象敩》都收入。

（二）凡鲁迅生前手定各集，均按原书（生前最后一版）原貌编入。

（三）鲁迅死后他人编集，如《且介亭杂文末编》《集外集拾遗》《集外集拾遗补编》等，则不必按原貌，须重编，集名要另定。

（四）另编"附录"一辑，收录：1.多人联名发表之作，如女师大风潮中七教授宣言；2.他人笔录者，如O.V

所写答托派信,《鲁迅研究资料》。第三辑所收之《关于猪八戒》等三篇。记得《新文学史料》《中国现代文艺丛刊》《鲁迅研究动态》及《月刊》上还可找到一些,如邓洁就《夜莺》的答问(？)。以上种种,均如附录,至于查无实据的所谓佚文,为祝贺长征胜利电或祝贺长征胜利函,则断不可收入,以维持此集之严肃性。

（五）有的著作,有一种以上文本的,除收入通行本(最后改定本)之外,可取另本作为附录。例如《文艺与政治之歧途》,可附章铁民记录稿(见《鲁迅研究资料》第七辑)。《中国小说史略》可附《中国小说史大略》(陕西有单行本)。

（六）书信除收入1981年版全集之全部书信外,应补入近年新发现者。此外,致许广平信亦应按原信全部编入。因《两地书》是一种著作,与这些信件互相不能取代。书信集编发,先按收信人分,再按写信先后排列。至于收信人之排列先后,可按电脑检索便利考虑,例如按汉语拼音次序。

（七）文言作品,可考虑附白话译文。

（八）辑校古籍,以鲁迅生前编定出版者为限,即《会稽郡故书杂集》《小说旧闻钞》《唐宋传奇集》三种。如果嫌少,最多加上二十卷本全集所收之《嵇康集》及《古小说钩沉》。此外皆不必收。有些其他抄的古书，影印出来，当作书法作品，或者见其求学之勤，也许还有点意义，至于收入光盘，则毫无必要了。

（九）工作底本用1973年竖排简体字20卷本。此本是孙先生到上海校出来的。在校勘上，比10卷、16卷本都好。

暂时想起这些，请酌。我以为可以作为讨论的基础，愿意听听你的高见。

8月，我将有浙江之行。8月底，将去乌鲁木齐。如果要在北京讨论，那么9月上旬我从乌鲁木齐飞京吧。

专此布复，顺颂

文安！

朱正 上

1998年7月10日

漱渝同志：

承你问及材料的来源，现简复为次：

（一）李季谷，这是我在鲁迅先生自己的文章中发现的。问李霁野或曹靖华，大约都知道。

（二）余志通，他是我中学时代的英语老师，所说情况完全是根据自己的回忆，无其他根据。

432

（三）碧珊，是根据她的父亲❶写给我的信。

（四）金溟若与董每戡是温州同乡，一度往来很密切，当年两人曾在上海合办时代书局，董对金的情况了解很多。1956年纪念鲁迅逝世二十周年时，董每戡曾在中山大学的纪念会上讲了他对鲁迅的回忆，当时曾有人记录了，拙文所写，即根据当时记录的抄本，估计不会有大出入。你们最好约董本人写回忆录。他爱人是湖南人，听说现在全家都住在湖南，"文化大革命"之前，中共湖南省委统战部与他是有联系的，现在是否还有联系，我不清楚。你们去问湖南省委统战部，大约可以问到他的地址，约他撰写回忆的事，似亦可以通过统战部进行，他也是七十岁以上的人了，约稿似也抓紧为宜。

黄源同志来信说，《杭州文艺》3月号起将连载《鲁迅先生给黄源的信，黄源诠释》一稿。不知道贵刊是否报道这方面的动态。

贵刊第2期出版，务请代购二册，费心之处，感激不尽。

专此布复，顺致

敬礼！

朱正

1月27日

---

❶ 冯雪峰。

编后赘语

这部书信选终于显露出了一个雏形。这个过程充分证明，一个好的想法跟真正付诸实施，有一个多么漫长而艰辛的过程！说是"选"，其实就是将手头容易找到的一部分藏信公诸于世。还有一些寄存于他处和找起来费劲的，只好暂付诸阙如。海外学者来函也概未入选。

这批藏信大多写于20世纪70年代中期至90年代。似乎是1992年，北京作协召开了一次"作家换笔大会"，大部分作家用电脑取代了钢笔，只有极个别愚钝如我者，仍在用圆珠笔涂鸦，电子文本都得求人打印。于是手写书信就变成了不可再生文物，具有了收藏价值。

唐代作家刘禹锡在他的名篇《陋室铭》中，说他的寒舍"谈笑有鸿儒，往来无白丁"。这部书的作者多为鲁迅同时代人或各个领域的精英，的确不愧"鸿儒"的雅称。

他们当年是如何培养、教诲和支持一个普通的初中教师，一个刚踏进研究领域的青年学子，书信的字里行间都会给读者留下深刻的印象。书信内容大多是直接谈学术问题，当然是名副其实的学术书简。个别信也涉及一些日常生活内容，但又无不跟学术和学人相关联，是研究这些"鸿儒"的第一手资料。吉光片羽，弥足珍贵。这批来信人的身份和地位，决定了这部书信选的价值。

书信既然是一种历史文献，必然打上特定的历史印记，比如一些提法、用词、习惯用语。如果擅改，那也就不成其为历史文献了。个别书信还涉及20世纪文坛的论争——对这些问题当年有不同看法，如今学者也各抒己见，好在都是属于正常的学术之争，观点永远不会绝对一致。信中偶有偏激之词，也只是一种个人看法和情绪，可供读者进行客观评判。

这批书信由于保存条件不佳，有些信笺破损，文字漫漶，增加了辨识的难度。虽然在整理过程中我们力求严谨，错误之处仍在所难免。特别是有些书信落款处日期不详，信封邮戳又字迹不清，排列顺序或有颠倒之处。好在每封信都有独立的内容，基本上不会影响阅读和研究。

此书由我编注，孙旭宏整理。她是一员年轻而能干的女将，能将前人书信整理到目前程度，着实为难她了。

以上数点，在前言中表达不详，故增补几句，作为续貂之笔。

陈漱渝

壬寅年霜降日

编辑附记

本书系陈漱渝先生所藏的个人书信选。

在整理、录入信件过程中，我们改正了行文中的个别错字，对于书信中的表达习惯、标点符号等不影响阅读理解之处，均保留原书信用法。

编辑过程中，我们通过种种途径，获得了绝大部分选文作者或版权继承人的亲自授权。但仍有少数几篇的作者，暂时没能联系到，样书、稿酬暂存。敬请相关作者或版权所有人获知信息后，尽快与我们联络，以便奉上样书和稿酬。谢谢。

联系电话：010-88275719　13439812535

联系人：康先生